the
xenogenesis series

莉莉丝的孩子

Dawn 破晓

［美］奥克塔维娅·E. 巴特勒————著
Octavia E. Butler

海际————译

天地出版社 | TIANDI PRESS

图书在版编目（CIP）数据

莉莉丝的孩子.1，破晓／(美)奥克塔维娅·E.巴特勒著；海际译.—成都：天地出版社，2021.2
　ISBN 978-7-5455-5697-1

Ⅰ.①莉… Ⅱ.①奥… ②海… Ⅲ.①幻想小说—美国—现代
Ⅳ.①I712.45

中国版本图书馆CIP数据核字（2020）第078856号

DAWN by Octavia E. Butler
Copyright © 1987 by Octavia E. Butler
Simplified Chinese translation copyright © 2021 by Beijing Huaxia Winshare
Books Co., Ltd.
Published by arrangement with Writers House, LLC through Bardon-Chinese
Media Agency
ALL RIGHTS RESERVED

著作权登记号　图字：21-2019-588

LILISI DE HAIZI 1：POXIAO

莉莉丝的孩子 1：破晓

出 品 人　杨　政
作　　者　[美]奥克塔维娅·E.巴特勒
译　　者　海　际
责任编辑　陈文龙　赵雪娇
装帧设计　挺有文化
责任印制　葛红梅

出版发行　天地出版社
　　　　　（成都市槐树街2号 邮政编码：610014）
　　　　　（北京市方庄芳群园3区3号 邮政编码：100078）
网　　址　http://www.tiandiph.com
电子邮箱　tianditg@163.com
经　　销　新华文轩出版传媒股份有限公司

印　　刷　北京文昌阁彩色印刷有限责任公司
版　　次　2021年2月第1版
印　　次　2021年2月第1次印刷
开　　本　880mm×1230mm 1/32
印　　张　11.5
字　　数　240千字
定　　价　49.00元
书　　号　ISBN 978-7-5455-5697-1

版权所有◆违者必究

咨询电话：(028)87734639（总编室）
购书热线：(010)67693207（营销中心）

如有印装错误，请与本社联系调换

纪念迈克·霍德尔：

他通过阅读 / 科幻文化运动，
努力地与他人分享文字中的乐趣和益处。

目 录

C O N T E N T S

I 子 宫

II 家 庭

The Xenogenesis

s e r i e s

I

子宫

1

活着！

还活着。

仍然……活着。

苏醒过程像往常一样艰难，而且令人极度沮丧。莉莉丝·伊亚波挣扎着吸入足够的空气以驱散窒息般的噩梦感，她躺着大口喘气，剧烈颤抖着。她的心脏快速跳动，怦怦如擂鼓。她蜷缩着身体，像胎儿一样无助。在一阵强烈的疼痛中，血液急速回流到她的四肢。

当身体平静下来，机能逐渐恢复时，她环顾四周，房间里似乎光线昏暗，然而她之前从未在清醒时面对这种昏暗环境。她确认了自己的想法——房间不是看起来昏暗，它本来就是昏暗的。在之前某次清醒时，她就已经认定，无论发生什么，无论她感受到什么，权且当作现实就是这样。这种事情发生过多少次了？她可能是有精神病或吸了毒，身体不适或受了伤，可这些都不重要。当一个人被这样囚禁，无助、孤独、一无所知时，一切都无所谓了。

她坐起来，头晕目眩，转身去看房间里的其他地方。

墙壁是浅色的，可能是白色或灰色的。床还是老样子：一个坚固的平台，摸起来有点像是从地板上长出来的。在房间的另一边，有一扇门，可能通往一个卫生间。他们通常都会给她一个卫生间，但有两次没给，在无门无窗的小隔间里，她只能被迫选择一个角落解决问题。

她走到门口，窥视同样的昏暗，感到很满意，确实有个卫生间。这个卫生间不仅有马桶和盥洗盆，还带了淋浴。真奢侈。

还有什么？

东西非常少。还有另一个平台——可能比床高一英尺①，这里没有椅子，它应该是当作桌子用的。上面摆了几样东西。她先看到了食物——像往常一样的粥或汤，里面还有一块块像面疙瘩一样的东西，盛在一个可食用的碗里，寡然无味。如果碗空了却没被吃掉，它会自行分解。

碗边还放了东西，她看不清，就摸了一下。

布！是一摞叠好的衣服。她一把攥住衣服，急切地把它放下，又拿起，穿了起来。这是一件浅色的长及大腿的夹克和一条宽松

---

① 1英尺 ≈ 0.3048 米。——编者注（全书注释均为编者注）

的长裤，都是用一种凉爽、柔软的布料制成的，让她想到了丝绸，但没来由，她觉得这并不是丝绸。夹克的前襟两边自行吸附，合上它的时候就一直合拢着，但当她把前襟向两边拉开的时候，很容易就分开了。裤子也以同样的方式合上。这种分开的样子让她想起了维可牢尼龙搭扣，尽管这衣服根本没有搭扣。从她第一次清醒时起，一直到现在，她的劫持者都没准许她穿衣服。她曾恳求过，但他们没有理睬她。现在她穿好衣服，感到比囚徒生涯的任何时候都安全。她知道这是一种虚假的安全感，但她已经学会了去品味任何快乐，珍视任何有助于她保持自尊的补给物。

在拉开和合拢她的夹克时，她的手触摸到自己腹部的长疤痕。在她第二次和第三次清醒之间，不知怎么就有了这道疤，她满怀恐惧地审视着它，想知道他们对她做了什么。她失去或获得了什么，为什么会这样，还会发生什么？连身体都不再属于自己了，他们可以在未经她同意或她不知情的情况下，切开和缝合她的身体。

在之后的清醒期，这道疤曾让她感到愤懑，有时候她又感激伤害她的人——在对她做这些事的时候让她睡着了，而且还做得很好，避免了她以后的痛苦或残疾。

她抚摸着伤疤，描摹着它的轮廓。最后她坐在床上，吃着味道寡淡的食物，也吃掉了那只碗。吃那只碗与其说是为了消除残存的饥饿感，不如说是为了换个口味。然后她开始了一项最长久也是最徒劳的活动：寻找裂缝、敲击空洞处和一些能够帮她逃离监狱的蛛丝马迹。

她每次清醒时都会这样做。在她第一次清醒时，她一边寻找一边大叫，没有得到回应，便扯开嗓子嘶吼，接着大哭，然后咒骂，直到最后嗓子哑了发不出声来。她捶打着墙壁，直到双手流血、肿胀。

她的劫持者没给她片语回应。他们在准备妥当之后才终于开口了。他们根本没现身，她还是被封闭在自己的小隔间里，他们的声音就像灯光一样，从上方传来。她看不到任何扬声器，就像找不出任何能作为光源的发光点一样。整个天花板似乎就是一个扬声器和一盏灯，鉴于空气一直保持着清新，它或许还是个通风设备。她猜测自己在一个大箱子里，就像一只被关在笼中的老鼠。也许有人站在她上方，通过单向玻璃或某种视频装置看下来。

为什么？

没人回答她。当她的劫持者终于开始和她说话时，她就问过他们，他们拒绝告诉她。他们向她提了一些问题。一开始问题很简单。

她多大了？

二十六岁，她默默地想。她还是只有二十六岁吗？他们囚禁她多久了？

他们不会说的。

她结过婚吗?

是的，但是他已经走了，早就故去了，他们抓不住他，也关不了他。

她有孩子吗?

天啊。一个孩子，早已和他的父亲一起离开人世了。那个孩子早就不在了。如果真有冥界，那里现在得多拥挤啊!

她有手足同胞吗? 他们用的就是这个词："手足同胞"。

两个兄弟和一个妹妹，可能和她家里的其他人一起死了。母亲，早已去世；父亲，可能已经去世；各位亲戚——姨妈、姑妈、叔叔、舅舅、表兄弟姐妹、侄子侄女……可能全都去世了。

她做什么工作?

她没工作。有几年，照料她的丈夫和儿子就是她的工作。在他们死于车祸后，她回到大学，想在那里决定她的生活怎么继续下去。

她还记得那场战争吗?

这问题真蠢。哪个经历过战争的人能忘了它? 一小撮人想要屠杀人类。他们差点就成功了。她凭着侥幸，设法活了下来——天知道她又被谁抓了，然后给关了起来。她提出，如果他们让她离开她的小隔间，她就回答他们的问题。他们拒绝了。

她又提出和他们交换信息：他们是谁? 他们为什么关她? 她被关在什么地方? 以回答换回答。可他们再次拒绝了。

　　所以她也拒绝回答他们，无视他们想让她完成的身体和心理测试。她不知道他们会对她做什么。她害怕受伤害，害怕受惩罚。但她觉得她必须冒险去谈谈条件，她想换取一些东西，而她唯一的交易物就是合作意愿。

　　他们没有惩罚她，也不跟她谈条件。他们干脆不跟她谈话了。

　　当她打盹时，食物继续神秘地冒出来，水还会从卫生间的水龙头里流出，灯还在亮。但除此之外什么也没有，没有人，没有声音——除非她自己制造出来。没有东西可以拿来消遣，只用作她的床和桌子的平台。无论她怎么粗暴地使用，这两样东西都不会从地板上升起。污渍很快就从它们表面黯淡下去，然后消失。她花了大量时间试图损毁它们，却徒劳无功。这是帮她保持相对理智的活动之一，另一样则是试图够到天花板。无论她站在什么上面，都没法跳起来够到。她还试着向它扔了一碗食物，那是她最方便的武器了。食物溅到天花板上，让她明白它是实物，而不是某种投影或是镜子的光学幻象。它可能没墙壁那么厚，甚至可能是玻璃或薄塑料。

　　可她永远都没法搞清楚。

　　她每天都坚持做一系列体育锻炼——如果她能分辨得出前一天还是后一天，或者白天还是晚上的话。事实上，她在每次久睡之后都会锻炼。

　　她睡得很多，很高兴自己的身体能够通过经常打瞌睡来应对恐惧和厌倦交织的情绪。这些小憩之后相对愉快的短期清醒，终于和更长期的清醒一样，让她感到失望。

更长期的清醒，是从何种状况中醒来？麻药引起的睡眠吗，还是什么别的？她没有在战争中受过伤，从未需要过医疗护理，而在这儿，她都经历了。

她也曾唱歌，回忆她读过的书、看过的电影和电视节目、听过的家庭故事、在她还是自由身时经历的点滴往事——当时只觉得再寻常不过。她编故事，为她曾经热衷过的问题，同时站在正反两方，和自己争论不休。任何能够打发时间的事情，她都做过。

又过了许久，她坚持住了，除了咒骂劫持者，她不直接和他们说话。她不肯合作。有时她也不知道自己为什么要反抗，如果她回答了劫持者的问题，她会失去什么？除了痛苦、孤独和沉寂，她还能再失去什么？但她坚持了下来。

有一段时间，她抑制不住地自言自语，似乎她脑子里的每一个念头都得大声说出来。她拼命地努力让自己保持安静，但不知怎的，话又不断从她的嘴边溢出。她觉得自己就像要失了心智。她已经开始疯了。她失声痛哭。

最后，当她坐在地板上刻板地摇晃着身体，想象着自己失去了理智，也许嘴里还在念叨着这事的时候，一些东西——也许是某种气体——被释放到房间里。她往后一倒，不知不觉地陷入了事后她认为是自己第二次长期沉眠的状态。

在她再次苏醒的时候——谁知道是在几小时、几天，还是几年以后——劫持者又开始和她说话了，问她一些相同的问题，就像以前没问过她似的。这次她回答了。想撒谎时她就撒谎，但她总会给出回应。长期的沉眠治愈了她。她清醒时没有再特别想大声说出自己的想法，没有哭，也没再坐在地板上晃个不停。尽管如此，她的记忆并没受到损伤。她对长期的寂静和隔离记忆犹新。相比而言，即便是一个看不见的审讯者，也能让她更容易接受一点儿。

向她提的问题变得越来越复杂，实际上，在她后来的清醒期，那已经变成了对话。一次，他们放了一个孩子进来和她待在一起——一个黑色直长发、烟棕色皮肤的小男孩，他的肤色比她的要浅一些。他不会说英语，还很怕她。他大约只有五岁——比她自己的儿子艾尔稍大一点儿。在这个陌生的地方，在她身旁醒来，可能是小男孩所经历的最可怕的事。

开始和她相处的一段时间里，他要么躲在卫生间里，要么缩在离她最远的角落里。她花了很长时间才使他相信自己并不危险。然后她开始教他英语，他也开始教她说自己的某种语言。他的名字是沙拉德。她唱歌给他听，他立刻就学会了。他接着用几乎没有口音的英语唱出来给她听。他不明白为什么当他给她唱自己的歌时，她不去跟着学。

她最终还是学会了唱这些歌。她喜欢这项测试。任何新东西都弥足珍贵。

　　沙拉德的到来是一件幸事，虽然他会尿湿他们共用的床，或者因为她不能很快理解他而变得不耐烦。他的模样和性情都不太像艾尔，但她能触摸到他。她不记得上次触碰别人是什么时候了，她都没意识到自己有多怀念这个。她为这个孩子担心，不知道该如何保护他。谁知道劫持者已经，或者将要对他做什么，但她并不拥有比他更大的权力。当她再次苏醒时，他已经离开了。实验完成。

　　她恳求他们让他回来，但他们拒绝了。他们说孩子和他妈妈在一起。她不相信他们。她想象着沙拉德被单独锁在自己的小隔间里，随着时间的流逝，他那敏锐而记性好的小脑瓜渐渐锈蚀迟钝。

　　她的劫持者漠不关心地开始了新的一系列复杂问话和测试。

这次他们会怎么做？提更多的问题？给她另一个同伴？她并不在乎。

她坐在床上，穿着衣服，等待着，疲惫不堪——是比身体上的疲惫更深沉、更空虚的精神倦怠。反正迟早会有人跟她说话。

她等得太久。当一个声音叫她的名字时，她都快躺着睡着了。

"莉莉丝？"那种熟悉的、柔和的、雌雄莫辨的声音。

她深深地、疲倦地吸了一口气，"干什么？"她问道。但是当她说话的时候，她意识到这个声音并不是像以前那样从上方传下来。她一骨碌坐起来，环顾四周。在一个角落里，她发现了一个模糊的身影——一名瘦瘦的长发男子。

那么，是因为他他们才给了她衣服？他似乎穿着一套类似的服装。当他俩都熟悉对方时，就把它给脱了？天哪！

"我想，"她轻轻地说，"你就是那最后一根稻草了。"

"我不是来伤害你的。"他说。

"不。你当然不是。"

"我是来带你出去的。"

她立刻站起来，使劲地瞪着他，希望光线能更明亮一点儿。他是在开玩笑吗，或者是在嘲笑她？

"出去干吗？"

"教育，工作，开始崭新的生活。"

她向他走近了一步，然后停了下来。他让她莫名其妙地感到害怕。她无法强迫自己靠近他。"这不对劲，"她说，"你是谁？"

他略微动弹了一下："我是什么？"

她跳了起来，因为她刚才差点儿就要这么说了。

"我不是个男人，"他说，"我也不是人类。"

她往后退到床边，但没有坐下："告诉我，你到底是什么？"

"我就是来告诉你……来向你展示的。你现在想看看我吗？"

因为她就在看他——它，于是她皱了皱眉头："这光线……"

"当你做好准备时，灯会调亮的。"

"你是……什么东西？从别的世界来的吗？"

"我来自其他一些世界。在讲英语的人中，只有几个从没想过自己落入了外星人手中，你是其中之一。"

"我其实想过，"莉莉丝低声说，"还想过我可能被关在监狱里，在疯人院里，在 FBI^①、CIA^② 或克格勃^③ 的手里。只是，似乎不管怎样，其他的可能性都没这么荒谬。"

那个生物什么也没说。它一动不动地站在角落里。她从多次清醒中知道，直到她按照它的意愿行事，它才会再次与她谈话——直到她说她准备好要看它，然后，在更明亮的光线下，强迫她看一眼。这些东西，不管它们是什么，都非常善于等待。她让这一位等上了几分钟。它不仅仅是沉默，而是连一块肌肉都不动。是纪律使然还是生理原因？

她并不害怕。早在被捕之前，她就克服了因被"丑陋"的面孔吓到而产生的恐惧。未知吓到了她，关她的笼子吓到了她。她宁愿和各种丑陋面孔朝夕相处，也不愿意被困在笼子里。

"好吧，"她说，"让我看看。"

如她所想的那样，灯光亮了起来，那似乎高瘦的类人生物，它没有鼻子——没有鼻梁，也没有鼻孔——只有扁平的灰色皮肤。它全身都是灰色的，皮肤是浅灰色的，头上的毛发是深一些的灰色。毛发顺着它的眼睛、耳朵和喉咙周围长出来。那么多毛发盖

---

① FBI，美国联邦调查局，是美国的安全和执法部门。英文全称 Federal Bureau of Investigation。

② CIA，美国中央情报局，是世界四大情报机构之一，总部位于美国弗吉尼亚州兰利。英文全称 Central Intelligence Agency。

③ 克格勃，全称"苏联国家安全委员会"，苏联的情报机构。本书完成于 1987 年，那时苏联尚未解体。

住了眼睛，这让她想不明白这个生物是怎么看东西的。长长的、浓密的耳毛似乎从耳朵里和耳朵周围生长出来，往上和眼部的毛发接在一起，往下和往后与头发连成一片。喉部的一团毛发似乎在轻微摆动，她想那可能是这个生物呼吸的地方———一种天然的气管造口术①。

莉莉丝瞥了一眼那个人形体，想知道它到底有多像人。"我无意冒犯，"她说，"但你是男性还是女性？"

"假设我一定具有某种你熟悉的性别，这是有问题的。"它说，"但碰巧的是，我是位男性。"

很好。"它"又可以变成"他"了。少了些尴尬。

"你应该注意到，"他说，"你看到的像是头发的东西根本就不是头发，我没有头发。这似乎会让人类感到迷惑不解。"

"什么？"

"你走近点看看。"

她不想离他再近哪怕一丝一毫。她之前不知道是什么阻止她上前，现在她确信这是因为他是个异类，他的异乎寻常，他完全就不是地球生物。她发现自己仍然无法再向他迈出一步。

"天哪！"她喃喃道。毛发动了———管它到底是什么呢，其中的一些似乎在朝她飘过来，就像给风吹来一样———尽管房间里

_____

① 气管造口术，是抢救危重患者的急救手术，方法是在颈部切开皮肤及气管，将套管插入气管，患者可以直接经套管呼吸。

没有空气流动。

她皱起眉头，紧张地观察着，想搞明白。然后，突然间她就明白过来。她退避着，绕过床夺路而逃，直退到远处的墙边。她不能再离得更远了，就靠墙站着，瞪着他。

美杜莎①。

那些"毛发"各自蠕动着，如同一窝受惊的蛇，四散逃窜。

她厌恶地把脸转向墙壁。

"它们不是独立的动物，"他说，"它们是感觉器官，并不危险，跟你的鼻子或眼睛一样。它们对我的意愿、情感或外界刺激做出反应是很自然的。我们的身体上同样分布着这种感觉器官，我们需要它们，就像你需要耳朵、鼻子和眼睛一样。"

"可是……"她再次面向他，无法相信。为什么他需要这种像触须一样的东西来完善他的感官呢？

"如果可以的话，"他说，"走近点，再看看我。我曾让你们人类相信过他们在我头上看到的是类似人类的感觉器官，当他们意识到自己错了的时候，就会冲我发火。"

"我做不到！"她嘀咕道，尽管现在她挺想这么做。她会不会真错了，被自己的眼睛欺骗了？

"你能的，"他说，"我的感觉器官对你来说并不危险。你

---

① 美杜莎，古希腊神话中的蛇发女妖，面目丑陋，头发是毒蛇，任何直视她双眼的人都会变成石像。

会习惯它们的。"

"不！"

触须十分灵活。在她的喊声中，有的触须延长了向她伸过来。她想到巨大的、缓慢蠕动的、垂死的夜行爬虫，沿着雨后的人行道蜿蜒而行。她又想到长着触手的小型海蛞蝓①——裸鳃蛞蝓——难以置信地长到了人类的大小和形状，很恶心，可它们似乎比某些人更像人类。她想要听他说话，他却沉默不语，完全不像个人类。

她咽了口唾沫："听着，别对我沉默。说话！"

"嗯？"

"你的英语为什么说得这么好？不管怎样，你至少应该有点儿非同寻常的口音。"

"和你差不多的人教会了我。我会说几种人类语言，在我很小的时候就开始学了。"

"你们这儿还有多少人？这是在哪里？"

"这是我的家。你可以把它称为一艘船——与你们人类建造的飞船相比，这是一艘太空巨舰。我无法解释清楚它到底是什么，称之为'船'，你会容易理解。它在环绕地球的轨道上，略微超出了月球轨道。至于这里有多少人，你们所有战争中的幸存者都在。我们尽可能多地收集他们。而那些我们没有及时发现的人死

---

① 海蛞蝓，裸腮类，别称海兔，浅海中生活的贝类，贝壳退化为内壳。有的海蛞蝓体表长有绒毛状和树枝状的突起。

于伤痛、疾病、饥饿、辐射和寒冷……我们后来才找到他们。"

她相信他。人类企图毁灭自己,把世界搞得无法居住。她坚信,即便她能躲过轰炸毫发无损,她还是会死的。她曾认为自己的幸存是个不幸——预示着一个更为缓慢的死亡过程。可现在……

"地球上还剩下什么东西吗?"她低声问道,"我是说,任何活的东西。"

"哦,当然。随着时间的流逝,还有我们不断付出的努力,它在慢慢恢复。"

她停了一下,尝试努力盯着他看了一会儿,没有被慢慢扭动的触须分心。

"让它恢复?为什么?"

"为了再次使用它。你们最终会回到那里。"

"你要把我送回去?和其他幸存者一起?"

"是的。"

"为什么?"

"你会渐渐明白的。"

她蹙了蹙眉头:"好吧,现在就开始。告诉我吧。"

他头上的触须挥舞着。单独来看,它们更像大蠕虫而不是小蛇,会伸得细长或者缩得短粗,随着……随着什么?随着他情绪的变化?随着他的注意力转移?她的目光转向了别处。

"不!"他严厉地说,"莉莉丝,只有你看着我时,我才跟你说话。”

　　她的一只手握成拳，刻意把指甲抠进掌心，直到手心几乎都破了皮。以这种痛苦分散她的注意力，她面对了他。“你叫什么名字？”她问道。

　　“卡尔特婷杰达亚·雷·卡古雅·艾吉·丁索。”

　　她瞪着他，叹了口气，摇了摇头。

　　“杰达亚，”他说，“这部分是我，剩下的是我的家人，还有其他含义。”

　　她重复着这个短一点儿的名字，试图准确地模仿他的发音，以使那个少见的鬼“J”的发音确切。“杰达亚，”她说，“我想知道你们帮我们的价码。你们想要我们做什么？”

　　“不会超出你们所能给予的，但超出了此刻你在这里所能理解的。首先，有些言辞之外的东西会有助于你理解，而为了这些东西你必须走到外面，亲自去看、去听。”

　　“现在就告诉我一些，不管我是不是能明白。”

　　他的触须颤动起来：“我只能说，你们的人拥有我们所珍视的东西。我这么告诉你吧，通过你们衡量时间的方式，你或许能够明白我们有多珍视它，我们已经有几百万年都不敢去干涉别的种族的自毁行为了。我们许多人都怀疑这次这么做是否明智。我们认为……你们之间达成了共识，你们一致同意灭亡。”

　　“没有物种会这么做！”

"有些物种会。其中一些物种曾带上我们整船人一起死。我们从中吸取了教训，有少数几件我们通常不会干涉的事情，集体自杀是其中之一。"

"现在你知道我们人类发生什么事了吗？"

"我知道你们发生了什么。他们对我来说是……异种。令人恐惧的异种。"

"是的。我自己也有这种感觉，尽管他们是我的同胞。那是……已经不是用疯狂能形容的了。"

"我们找到的人中有一些一直深藏于地下。他们造成了大量的破坏。"

"他们还活着吗？"

"有些是。"

"你打算把他们送回地球？"

"不打算。"

"为什么？"

"那些人中还活着的已经很老了。我们在慢慢使用他们，从他们身上学习生物、语言和文化。在你沉睡的时候，我们每次从他们中唤醒几个，让他们在船上的不同地方生活。"

"沉睡……杰达亚，我睡了多久？"

他穿过房间走到桌子平台旁，把一只多指的手撑在平台上，然后把自己举了起来。他双腿贴着身体，用双手轻松地移动到平

破　　晓 | Dawn

台中央。这一连串动作既流畅又自然，而且如此奇特，让她看得入了迷。

她突然意识到他离自己只有几米远，便迅速跳开，随即又觉得这极其愚蠢，想要挪回来。他把自己紧紧地蜷起来，坐姿看起来很不舒服。他没有理会她的突然移动——除了他的头部触须，就像飘在风里一样全都向她掠过来。他似乎在观察着她慢慢挪回到床上。会有生物的感知触须能替代眼睛去观察吗？

她尽可能靠近他，然后停了下来，坐在地板上。她只能待在原地不动。她把膝盖贴在胸前，紧紧地抱住双膝。

"我不明白为什么我这么……害怕你，"她小声说，"我是说你的样子，也没那么不同。在地球上有——或者曾经有过——一些生命形式，看起来有点像你。"

他什么也没说。

她急切地看着他，生怕他陷入长期沉默中。"你是在做什么事吗？"她问道，"做一些我不了解的事？"

"我来这里是要教你如何与我们融洽相处。"他说，"你做得很好。"

她觉得自己做得一点儿也不好："其他人干了什么？"

"有几个人想杀了我。"

她咽了口唾沫，很诧异那些人竟然敢去碰他："你对他们做了什么？"

"对那些想杀我的人？"

"不，在你刺激到他们之前。"

"就像我现在对你做的一样。"

"我不明白。"她强迫自己盯着他，"你真的能看得见吗？"

"看得很清楚。"

"看得出颜色和尺寸？"

"是的。"

可他的确没有眼睛。她现在能看到了，触须长得很浓密的地方只有一些暗斑。他的头两侧本来应该长耳朵的地方也是这样。在他的喉部有一些孔隙。喉部周围的触须看起来不像其他地方的那么黑，而是半透明的灰色，就像灰白的蠕虫。

"实际上，"他说，"你应该知道，只要触须延伸到的地方我就能看到——不管是不是我想关注的东西，我都能看到。我没法不看。"

这听起来真是一种可怕的存在——一个人无法闭上眼睛，无法沉入自己眼睑后面黑暗的私密空间中。

"你们不睡觉吗？"

"睡的，但和你们的睡眠方式不同。"

她突然把话题从他的睡眠转到她自己的身上："你还没告诉我，你们让我沉睡了多久。"

"以你们的时间，大约……两百五十年。"

　　这让她一时无法消化。她长时间一言不发，最终他打破了沉默。

　　"在你初次清醒的时候，产生了一些错误。我从几个人那里听说了这件事。有人对你处理失当，他们错判了你。在某种意义上，你和我们差不多，但你被当成那些隐藏在地下的军方一样的人。他们开始时也拒绝和我们交流。在第一次错误产生后，你沉睡了大约五十年。"

　　她不想再去管那些虫子一样蠕动的东西了，爬到床上，靠在床头说："我一直在想我清醒的间隙可能隔了好几年，但我也只是想想而已。"

　　"你就像你的世界一样，需要时间来慢慢疗伤，我们也需要时间来了解更多关于你这类人的情况。"他停顿了一下，"当你们有些人自杀时，我们不知道下一步该如何处理。我们中的一些人认为这是由于他们被排除在大规模自杀之外——他们只想一了百了。其他人说这是因为我们把他们隔离了。我们开始把两个或两个以上的人放在一起，可是很多人互相伤害，导致了伤害或死亡。把你们隔离造成的生命损失会少一些。"

　　这最后的话触动了她的记忆，"杰达亚？"她问。

　　他脸上垂下来的触须晃动了一下，有那么一刻，那看上去像是黑色的络腮胡。

　　"有一次，你们放了一个小男孩和我在一起。他的名字叫沙拉德。他怎么样了？"

他沉默了一会儿，然后他所有的触须都向上伸展。有人如往常一样，从上方跟他说话，声音和他的很像，但这次用的是外语，连珠炮一般滔滔不绝。

"我的亲人会查明的，"他告诉她，"虽然沙拉德可能已经不是孩子了，但几乎可以肯定，他一切都好。"

"你们让孩子们长大、变老？"

"没错，有一部分是这样。但他们和我们住在一起。我们没有孤立他们。"

"你们不应该孤立我们中的任何一个，除非你们的目的是想把我们逼疯。在我身上，你们有几次都差点成功了。人类需要彼此。"

他的触角淡然扭动："我们知道。我不会愿意像你那样忍受孤独。但我们没有能力以适合人类的方式对你们进行分组。"

"但是沙拉德和我——"

"他可能有父母，莉莉丝。"

这次有人从上面用英语说话，"这个男孩有父母，还有一个妹妹。他正在和他们一起沉睡，他还很年幼。"那个声音顿了一下，"莉莉丝，他说的是什么语言？"

"我不知道，"莉莉丝说，"要么他太小不能告诉我，要么他试图告诉我，可我没明白。我想他一定是东南亚人，如果这对你有点意义的话。"

　　"有人知道。我只是好奇而已。"

　　"你确定他没事？"

　　"他很好。"

　　她安心了，并立即质疑自己这种情绪。为什么另一个匿名者的声音告诉她一切都好，就能让她安心？

　　"我能看他吗？"她问道。

　　"杰达亚？"那个声音说。

　　杰达亚转向她："要是你能走在我们中间而毫不惊慌，你就能去看他。这是你最后的隔离室。等你准备好了，我就带你出去。"

• ⟨ 3 ⟩ •

杰达亚不肯离开她。尽管她过去非常讨厌被单独监禁，但她还是渴望摆脱他。有一段时间他陷入沉默中，她想知道他是不是睡着了——他的身体到了足以睡着的程度。她躺下来，很疑惑当他在这里时，自己到底能不能放松下来并睡着。这就像明知房间里有一条响尾蛇，知道自己醒来时会在床上找到它，然后去睡觉一样。

虽然面对着他无法入眠，可她又不能长期背对着他。每次她刚一打瞌睡，就会猛地惊醒过来，看看他是否走近了。这搞得她精疲力竭，可她没法阻止自己这样做。更糟糕的是，每当她翻身动弹，他的触须就会跟着移动，懒洋洋地朝她的方向伸过来，仿佛他在睁着眼睡觉——他很可能就是这样的。

她很痛苦，疲惫不堪，头痛，反胃，于是她从床上爬下来，躺在床边另一侧的地板上。不管她怎么翻身，现在都看不到他了。

她只能看到她旁边的平台和墙壁。他不再是她视野里的一部分。

当她闭上眼睛时，他说："不行！莉莉丝。"

她假装没听到他说话。

"躺到床上来，"他说，"或者躺在这边的地板上，不要在那边。"

她僵直地躺着，一言不发。

"如果你还躺在原地，我就到你床上来。"

这样他就会在她上方——离她太近了，"美杜莎"居高临下，隐隐对她送着秋波。

她爬起来，还真扑回了床上，咒骂着他，而且，令她感到丢脸的是，她还哭了一小会儿。最后她睡着了。她的身体实在是受够了。

她突然惊醒，转过身来看向他。他还在平台上，位置几乎没变过。当他的头部触须扫向她的方向时，她站起来逃进了卫生间。他让她在那儿躲了一段时间，让她独自洗漱，沉湎于自怜和自卑中。她不记得何时有过这样不停的害怕，这样无法控制住自己情绪的情况。杰达亚明明什么都没做，可她却如此畏缩。

听到他叫她，她深吸了一口气，走出了卫生间。"这行不通，"她悲哀地说，"把我和其他人一起放到地球上吧。现在这样我受不了。"

他没有理她。

过了一会儿，她又谈起另一个话题，"我有道伤疤，"她摸着腹部说，"我在地球上的时候还没有，你们的人对我做了什么？"

"你体内有东西在生长，"他说，"是恶性肿瘤。我们把它处理掉了，不然它会杀死你的。"

她倒吸了口凉气。她的母亲死于癌症，她的两个姨妈也都得过癌症，她的外祖母也因此做过三次手术。她们现在都死了，死于某些人的疯狂。但家族的"传统"显然还在延续。

"除了肿瘤，我同时还失去了什么？"她轻声问。

"什么都没有。"

"没有几英尺长的肠子？卵巢呢？子宫呢？"

"什么都没有。我的亲人帮你做了妥善处理。你没失去任何你不想失去的东西。"

"给我做手术的是你的亲人吗？"

"是的，它们对此兴致勃勃并满怀关切。我们身边有一位人类医生，但那时她已经老了，快死了。我的亲人做手术，她只是在一边旁观并做出指导。"

"他怎么会有足够的知识储备来解决我身上的问题呢？人体的解剖结构一定和你们完全不同。"

"我的亲人并非男性，当然也不是女性，它的性别称为欧劳。它了解你的身体，因为它是欧劳。在你们的世界里有大量已死和垂死的人类可供研究，我们的欧劳渐渐掌握了你们人类躯体的情况——什么是正常的，什么是不正常的，什么是可能的，什么是不可能的。然后，去过你们星球的欧劳教会了那些留在这里的。我的亲人在它生命中很长的一段时间里，都在研究你们种族。"

"欧劳是怎么学习的？"她想象着垂死的人被关在笼子里，每一次呻吟和抽搐都被密切观察；她想象着解剖活物和死去的尸体；她想象着，为了让欧劳学习，他们任凭可治疗的疾病拖到一个可怕的阶段。

"靠观察。它们有特殊的器官，以它们自己的方式进行观察。我的亲人从和你差不多的人类那里学到了一些知识，它给你做了体检，观察了你的一些正常体细胞，并将它们与它已有的知识做了比较，然后说你不仅患有癌症，而且拥有患癌症的天赋。"

"我不会把它称为天赋，可能说诅咒更合适。但是你的亲人怎么可能仅仅通过观察就知道呢？"

"也许感知会是一个更好的词，"他说，"因为这涉及的远不止视觉。它从你的基因中了解它能了解的一切。现在，它知道你的病史，以及许多关于你的思维方式。它参与了对你的测试。"

"是吗？我可能无法原谅这件事。但听着，我不明白它怎么能在不……嗯……不损害生长肿瘤的器官的情况下，切除肿瘤。"

"我的亲人并没有切除你的肿瘤。它其实并不想在你身上动刀，但它想动用它的全部感官直接检查肿瘤，它以前从未亲自检查过。它一检查完，就诱导你的身体重新吸收了肿瘤。"

"它……诱导我的身体重新吸收……肿瘤？"

"是的。我的亲人给你的身体下达了某种化学命令。"

"你们就是这样给自己治疗癌症的吗？"

"我们不会得癌症。"

莉莉丝叹了口气："我希望我们也不会得。它们已经在我家族里制造够多的苦楚了。"

"它们不会再伤害你了。我的亲人说它们很美丽，而且很好预防。"

"很美丽？"

"它有时会以不同的视角感知事物。这是食物，莉莉丝。你饿了吗？"

她向他走去，伸手想去拿碗，然后意识到自己在做什么。她愣住了，但还是尝试着不往后退缩。几秒钟后，她慢慢地向他靠近。她无法快速完成——她是指抢了就跑，她几乎不能这么做。她强迫自己慢慢地、再慢慢地向前挪。

她咬紧牙关，终于端起了碗。她的手抖得太厉害，把汤汁洒出来一半。然后她退回到床边。过了一会儿，她吃光了碗里剩下的东西，接着吃掉了碗。还是不够，她仍然觉得饿，但她没有抱怨。她不敢站起来从他手里再拿一碗。那是种雏菊型的手，手掌在中间，周围是一圈手指。手指里有骨头支撑——至少那不是触手。至少他只有双手双脚。他本可以比他现在还要丑得多，更加……

不像人类。为什么她不能接受他？他所要求的似乎只是：她不能一看到他或像他这样的物种就惊慌失措。她为什么做不到？

她试着想象自己被像他这样的生物包围着，几乎被恐怖压得喘不过气来。好像她突然患上了一种恐惧症，这是她以前从未经历过的。但她感觉就像她听别人描述过的一样，有一种真正的仇外心理，而且很明显，有这种心理的绝对不止她一个。

她叹了口气，意识到自己还是又饿又累。她用一只手抹了把脸，如果恐惧症就是这种样子，那么就得尽快摆脱这种东西。她看着杰达亚，"你们的人怎么称呼自己？"她问，"跟我说说吧。"

"我们是欧安卡利人。"

"欧安卡利，听起来像是地球上某种语言中的一个词。"

"可能是吧，但含义不同。"

"它在你的语言中是什么意思？"

"有几种含义，其中一种是交易者。"

"你们是商人？"

"是的。"

"你们做什么交易？"

"我们自己。"

"你是说……你们彼此？奴隶吗？"

"不是。我们从不这样做。"

"那么，是什么？"

"我们自己。"

"我不明白。"

他什么也没说，似乎用沉默的茧子把自己裹了起来，他就待在里面。她知道他不会回答。

她叹了口气："你有时候看起来太人性化了。如果我不看着你，就会以为你是个男人。"

"你已经做出这样的假设了。我的家人把我交给人类医生，这样我就能学会做这项工作。她来到我们身边时年纪太大，不能自己生育孩子，但她可以教导我们。"

"我还以为你说她快死了呢。"

"她最后的确是死了。那时她已经一百一十三岁了，在我们中间断断续续地醒了五十年。她就像是我和我的同胞的第四位家长。看着她衰老和死亡，真让人难过。你们人类拥有不可思议的潜力，但你们还没有充分利用这些潜力就死去了。"

"我听人这么说过。"她皱起了眉头，"难道你们的欧劳没有帮助她活得更久吗——如果她想活得比一百一十三岁还长。"

"它们的确帮助了她。它们给她延长了四十年的寿命。当它们不能再帮助她从病患中痊愈时，只能让她从痛苦中解脱。如果我们找到她时她更年轻一些，就可以给她更多的时间。"

莉莉丝循着这个想法得出了一个明显的结论。"我二十六岁。"她说。

"大了一点儿，"他告诉她，"只要我们不让你沉睡，你就会变老。总共有大约两年时间。"

她没有意识到自己大了两岁，突然间，他说她已经二十八岁了。两年的单独监禁，他们能给她什么作为回报呢？她盯着他。

他的触须似乎收缩凝固成第二层皮肤——在他的脸和脖子上形成黑色斑块，还在他的头上凝成又黑又光滑的一大团。"除非发生意外，"他说，"不然你将能活到一百一十三岁以上。在你生命的大部分时间里，你在生理上都会相当年轻。你的孩子会活得更久。"

他现在看起来非常像人类了。难道是触须使他看着像那种海蛞蝓的样子吗？他的肤色没有变。他没有眼睛、鼻子或耳朵，这种情形仍然困扰着她，但已经没那么严重了。

"杰达亚，就这样别动。"她告诉他，"让我走近点看看你……如果我能的话。"

它的触须荡漾了一下，像在皮肤上泛起了一层古怪的涟漪，然后又凝固了。"来吧！"他说。

她犹豫着走近他。即使从几米远的距离看，触须也像光滑的第二皮肤。"你介意……"她顿了一下，又继续说道，"我是说……我可以摸你一下吗？"

"当然。"

这比她预料的要容易。他的皮肤很凉，光滑得几乎不可能是真正的血肉之躯——就像她的指甲一样光滑，也许还像指甲一样坚韧。

"保持这种样子让你觉得很难吗？"她问道。

"不难，只是不自然而已。一种感官被抑制了。"

"你为什么要这么做？我是说，在我让你保持这样之前。"

"这是一种表达快乐或是有趣的方式。"

"一分钟前你很高兴吗？"

"嗯，和你有关。你想要回你的时间——要回我们从你那儿拿走的时间。你不想死。"

她盯着他，为他能如此清晰地读懂她的心思而感到震惊。他一定知道，有些人即使在听到长寿、健康和永葆青春的承诺后，仍然甘愿死去。为什么？也许他们听到了他还没对她说的那部分：这一切的缘由，她要付出的代价。

"目前为止，"她说，"只有厌倦和孤独让我想死。"

"那些都已经过去了。即使在那个时候，你也从没想过要自杀。"

"没错。"

"你对生的渴望比你意识到的还要强烈。"

她叹了口气："你要测试一下，是吗？这就是为什么你还没告诉我，你的人对我们有什么要求。"

"是的。"他承认了，让她惊惧不已。

"告诉我！"

沉默。

"如果你对人类的想象力有一丝了解，你就会知道自己做错了什么。"她说。

"一旦你能和我一起离开这个房间，我就会回答你的问题。"他告诉她。

她盯着他看了几秒钟。"那么，让我们为此而努力吧。"她冷冷地说，"不要保持那种不自然的姿势了，放松下来，让我们看看会发生什么。"

他犹豫了一下，然后放任他的触须自由游走。海蛞蝓一般奇形怪状的样子又出现了，她控制不住自己在恐惧和厌恶中跌跌撞撞地逃开。可她还没走远就又稳住了自己。

"天哪，我受够了，"她喃喃地说，"为什么我就停不下来？"

"医生刚来我们家的时候，"他说，"我的一些家庭成员觉得她实在令人感到不安，于是离家出走了一段时间。这种行为在我们之中闻所未闻。"

"你离家出走了？"

他的身体瞬间平滑起来："我那时还没出生。在我出生时，我的亲人全都回家了。我想他们承受的恐惧比你现在更强烈。他们从没在一个物种上感受到这么多的生与死。触碰到她，会令他们痛苦不堪。"

"你指的是……因为她病了吗？"

"即便在她身体很好的时候也是如此，是她的遗传结构干扰了他们。我无法向你解释。你永远也感觉不到我们所能感受的。"他走向她，去抓她的手。他的触须全都向她伸过来，她在片刻迟疑之后，就几乎条件反射般地把手递给了他。她移开目光，僵直地站在那里，她的手被松松地握在他的许多手指之间。

"很好，"他说，然后放开了她，"这个房间很快就会成为你的回忆了。"

再过十一顿饭之后，他就带她出去。

她不知道那十一顿饭会让她期待多久，又消耗多久。杰达亚不肯告诉她，他不会着急。当她催促他带她出去时，他没有表现出任何急躁或烦恼，只是陷入沉寂之中。当她提出要求或问出一些他不想回答的问题时，他几乎把自己封闭起来。她的家人在战前曾说她固执，但他已经是偏执了。

他终于在房间里走动起来。他已经一动不动那么久，差不多成了家具的一部分，所以当他突然站起来走进卫生间时，她吃了一惊。她待在床上，不知道他去使用卫生间，是否也怀着和自己一样的目的，不过她没有费心去寻找答案。过了一会儿，当他回到房间时，她感觉他带给自己的烦扰一下子少了许多。他给她带来了一样东西，使她惊喜万分，她想都没想，就毫不犹豫地从他手里一把夺过来。一根熟透了的香蕉，又大又黄，硬硬的，还很甜。

她细嚼慢咽，想狼吞虎咽地把它给吞了，却又舍不得。这简直是两百五十年来她吃过的最美味的食物。谁知道什么时候会有另一根呢——如果还会再有一根的话。她甚至把香蕉白色的内皮都给啃了。

他不肯告诉她这根香蕉是从哪儿来的，或者他是怎么得来的。他不会再给她带另一根了。他还把她从床上赶走了一阵子。然后他摊平了躺在床上，一动不动，就像死了一样。她在地板上做了一系列锻炼，故意把自己弄得疲惫不堪，然后爬到桌子上取代了他原先的位置，直到他站起来，把床还给她。

当她醒来的时候，他脱下外套，让她看看分散在他身上的一簇簇感知触须。令她吃惊的是，她居然很快就习惯了，它们只是难看而已。这些触须让他看起来更像是一个待错了地方的海洋生物。

"你能在水下呼吸吗？"她问他。

"是的。"

"我看你喉部的孔隙好像可以兼作鳃。你觉得待在水下更舒服吗？"

"我喜欢水，但也没超出我对空气的喜欢。"

"空气……氧气吗？"

"是的，我需要氧气，虽然没有你需要的那么多。"

她的思绪又回到了他的触须上，畅想着他可能与海蛞蝓存在的另一种相似性。"你能用你的某一只触须蜇人吗？　"

"每一只都能。"

她向后退了几步，虽然她离他并不近。"你为什么不告诉我？"

"我不会蜇你的。"

除非她袭击了他。"所以那些想杀你的人就是这样的下场。"

"不，莉莉丝。我对杀你们的人没兴趣。我毕生都在训练他们，让他们生存下去。"

"那么，你对他们做了什么？"

"阻止他们。我比你想象的更强壮。"

"但是……如果你蜇了他们会怎样？"

"他们会死。只有欧劳才能在蜇了人之后不杀死他们。我的一群祖先用刺来制服猎物。它们注入的毒液甚至能在它们进食之前就帮助消化。它们也会蜇那些想要吃掉它们的敌人。这不是一种舒适的生存状态。"

"听起来也没那么糟。"

"那些祖先活得不长。它们的毒素对有的东西不起作用。"

"也许人类就是。"

他温柔地回答她："不，莉莉丝，你们不行。"

一段时间后，他给她带来了一个橘子。出于好奇，她剥开了这个橘子，并提出与他一起分着吃。他从她手里接过一片来，坐在她身边吃了起来。当他们俩都吃完时，他转身面对着她——她意识到这是一种礼貌，因为他的脸那么小——似乎在仔细地打量着她。他的一些触须实际上已经碰到了她。它们一碰到她，她就跳了起来。然后她意识到自己并没有受伤，就保持安静了。她不喜欢他的亲近，但这已经不再使她害怕了。过了……搞不清过了多少天，她不再像以前那样惊慌失措。终于在某种程度上摆脱了恐慌，她感到一种解脱。

　　"我们现在就出去。"他说，"我的家人看到我们会松一口气的。而你——你还有很多东西要学。"

她让他稍等，等她洗完手上的橘子汁再走。然后他走到房间的一面墙前，用几根长一点儿的头部触须碰了碰墙壁。

　　在他触碰的位置出现了一个黑点，接着黑点变成了凹陷，还变得越来越深、越来越宽，最后凹陷扩展成一个洞，莉莉丝透过这个洞看到了外面的色彩和光线——绿色、红色、橙色、黄色……

　　自从她被捕以来，她的世界里色彩一直贫乏而单调，她自己的肤色，她的血色——在她囚室的苍白四壁之内，就这些了，其他一切都只是些白色或灰色的阴影。即便是她的食物——在香蕉之前——也是灰暗的。现在，缤纷的色彩都呈现在阳光下。还有外面的空间，那样广阔的空间。

　　墙上的洞在逐渐扩展，似乎是一种肉质的东西在慢慢起伏翻卷，波浪一样荡漾着向四周扩张，让她感到既着迷又厌恶。

　　"它是活的吗？"她问道。

“是的。”他说。

这墙，她曾经打过、踢过、抓过，还想过咬它。它光滑、坚韧、无法穿越，有点像床和桌子的质地，在她手下触感冰冷，就像塑料一样。

“它是什么东西？”她问道。

“肉。比起你的，和我的更像。不过它和我的也不一样。它是船的一部分。”

“你在开玩笑吧。你的船是活的？”

“没错。出来吧。”墙上的洞已经大到足够他们穿过去了。他低下头，迈开步子走了出去。她跟着他走了几步，然后停了下来。外面的空间实在是有点大。她看到的色彩来自毛发一般细长的树叶和椰子大小的圆形果实，它们显然处于不同的生长阶段。它们全都从巨大的树枝上垂下来，在这个新出口上投下一片阴影。在他们的远处是一片宽广的旷野，一些树木散布其中——不太可能是高大的树种，还有一带远山，以及一片明亮的象牙色天空，却没有太阳。树木和天空都如此奇异，她没法假设自己是在地球上。远处有人在走动，还有德国牧羊犬大小的黑色动物，离她太远了，她看不太清。可哪怕隔了段距离，动物的腿看着也似乎太多了点，六条？十条？这些动物好像是在牧场上吃着草。

“莉莉丝，出来吧。”杰达亚说。

她向后退了一步，退离了异星的广袤世界。她曾长期痛恨的隔离室突然之间变得安全而舒适。

"要回到你的笼子里去吗,莉莉丝?"杰达亚轻声问道。

她从洞里瞪着他,立刻明白他想对她使用激将法,让她克服恐惧。如果不是因为他实在很正确,这根本就不起作用。她退回到笼子里,就像一只动物园里的动物被关了太久,笼子已经成了家。

她强迫自己走到洞口,然后一咬牙跨了出去。

在外面,她站在他身边,战战兢兢地深吸了一口气。她回过头,望着房间,然后迅速转过头去,抑制住想逃回去的冲动。他拉着她的手,把她带走了。

当她再次回头看时,洞口正在闭合,她可以看到她从中走出来的其实是一棵巨树,她的房间只占了它内部很小的一部分。这棵树是从一种看起来很普通的、浅褐色的沙土上长出来的。它的下部枝条上果实累累。除了它的巨大尺寸,其他部分看起来几乎都很普通。树干比她记忆中的一些办公楼还要大,它甚至已经触及了象牙色的天空。它到底有多高?它有多少空间被用作了建筑物?

"房间里的一切都是活的吗?"她问道。

"除了一些你看到的管道设施,其他全都是。"杰达亚说,"连你所吃的,都是用外面树枝上结的果子加工而成的,它是为满足你的营养需求而设计的。"

"尝起来像棉花和糨糊，"她咕哝着，"我希望我不用再吃那些东西了。"

"你不会了。但是它能让你保持健康。你的饮食特别适合增强你的体质，让你不会长出肿瘤，虽然你癌症的遗传倾向已经得到纠正。"

"那么，你们已经把它给纠正了？"

"是的。我们把修正好的基因导入你的细胞中，你的细胞接受并复制了它们。现在你不会意外患上癌症了。"

她认为这是他赋予她的一项奇怪资质，但她暂时把这事放在脑后："你什么时候把我送回地球？"

"你目前无法在那里生存——尤其是在独自一人的时候。"

"你们还没有让我们的人回去吗？"

"你的团队将会是第一组。"

"哦。"她没有料到这一点，她和其他类似的人会像试验的小白鼠一样，想方设法在地球上生存下去，那里必然已经发生了巨变，"现在那里是怎样的？"

"一片荒野。森林、山脉、沙漠、平原、大洋……那是一个富饶的世界，大多数地方都没有危险的辐射。动物种类最丰富的地方在海洋里，但也有许多小型动物在陆地上繁衍生息，有昆虫、蠕虫、两栖动物、爬行动物、小型哺乳动物……毫无疑问，你们人类可以在那里居住。"

"什么时候？"

"不用着急，莉莉丝，你还有漫长的生命，而且你在这里还有些工作要做。"

"你以前说过这件事。什么工作？"

"你要和我的家人住上一段时间，尽可能地成为我家庭中的一员。关于你的工作，我们会教你的。"

"那到底是什么工作？"

"你要唤醒一小群人——全部都是讲英语的人——帮助他们学会与我们打交道。你会从我们这里学到些生存技能，并教给他们。你的人都来自你们所谓的文明社会，现在他们必须学会生活在森林里，搭起自己的住所，在没有机器或外界帮助的情况下，自己种植粮食，饲养牲畜。"

"你们会禁止我们使用机器吗？"她犹豫着问道。

"当然不会。但是我们也不会提供给你们。我们会给你们提供手工工具、简单的装备，以及食物，直到你们开始制作自己需要的工具，并种植你们自己的作物。我们已经给你们配备了对抗致命微生物的装备。但除此之外，你们必须保护自己——避开有毒的动植物，创造出你们需要的东西。"

"你怎么能教我们在我们自己的世界里生存呢？你怎么能对它或对我们有足够的了解？"

"我们怎么不能？我们帮助你们的世界进行自我恢复。我们研究了你们的身体、你们的思想、你们的文学、你们的历史记录和你们的多元文化。我们比你们更了解你们的能力。"

要么，他们认为他们做到了；要么，如果他们真的花了两百五十年的时间做研究，也许他们是对的。"你给我们接种了预防疾病的疫苗？"她提了一个问题，以确认自己真搞懂了。

"没有。"

"但你说——"

"我们增强了你们的免疫系统，提高了你们对疾病的抵抗力。"

"怎么做到的？我们的基因还有什么变化吗？"

他什么也没说。她任由沉默持续下去，直到确信他不会回答。这是他们在未经她同意的情况下对她的身体所做的另一件事，说是为了她好。"我们过去就是那样对待动物的。"她痛苦地咕哝着。

"什么？"他说。

"我们对它们做了很多事情——接种、手术、隔离——都是为了它们好。我们想要它们健康、受保护——有时这样做，我们就可以留着以后再吃。"

他的触须并没有贴在身上，但她有种感觉——他在嘲笑自己。"你对我说那种话，就不觉得害怕吗？"他问道。

"不，"她说，"有人对我做一些我不能理解的事情，这才让我感到害怕。"

"你获得了健康。欧劳研究过了，你将有很大机会存活在你的地球上，而不是死在那里。"

关于这个话题，他不愿再多说。她看了看周围的那些巨树，有些树长出很多巨大的树枝，树叶像长长的绿色头发。虽然没有一丝风，但有的"头发"似乎飘动了起来。她叹了口气。树也像这里的人一样伸着触须，又长又细的绿色触须。

"杰达亚？"

他自己的触须也以一种仍然让她感到不安的方式伸向她，尽管那只是他向她表示关注的方式，或者只是这么一种方式，给她一种信号让她有受到关注的感觉。

"我愿意学你教给我的东西，"她说，"但我不认为我适合当别人的老师。有那么多的人已经知道如何在野外生活——那些人说不定能教你点东西。你应该和那些人谈谈。"

"我们已经和他们谈过了。他们必须特别小心，因为他们'知道'的一些事情已经不再是事实了。地球出现了新的植物——有旧植物的突变种，也有我们添加的新物种。一些过去可以食用的东西现在是致命的。有些东西在准备不充分的情况下也会是致命的。有些动物已经不像以前那么无害了。你们的地球仍然是你们的地球，但在你们的人摧毁它和我们的人为恢复它所做的努力之间，它已经悄悄改变了。"

她点了点头，不明白为什么她能那么容易地理解他的话。也许因为她在被捕之前就知道，她所了解的世界已经死去。她早已尽自己所能地接受了旧世界的消亡。

"一定会有废墟。"她轻声说。

"有，我们已经摧毁了很多。"

她不假思索地抓住了他的胳膊说："什么？有些东西留存下来，而你们却毁了它们？"

"你们会重新开始。我们会把你们安置在远离辐射和历史遗迹的地方。你们会变得和过去不一样。"

"你们认为摧毁我们遗留下来的文化会让我们变得更好吗？"

"不，只是变得不同而已。"

她突然意识到自己正面对着他，紧紧抓住他的胳膊，应该把他抓痛了，她所听到的让她感到心痛。她放开了他，他的胳膊以一种奇怪的、呆板的方式摆到一边，他的四肢似乎在漫无目的地摆动着。

"你错了！"她说。她无法遏制住自己的愤怒。她无法看着他那张长满触须的外星面孔，同时强忍着怒火——她必须得说出来，"你们毁了的不是你们的东西，"她说，"你们做的是一种疯狂的行为。"

"你还活着。"他说。

她走在他身边，一言不发，毫不领情。一簇簇浓密的、肥厚的叶子或触须从土壤中长出来，长到膝盖那么高。他小心翼翼地避开它们——这让她想朝着它们踢上一脚，只是她光着脚，不敢轻举妄动。然后，她厌恶地发现，如果她走近这种植物，它的叶子会扭动着收缩回去，让出道来。这种植物就像是由蛇一般大小的夜行爬虫组成。它们似乎扎根在地上，这样它们就算是植物了吗？

"那些是什么东西？"她用一只脚指着它问。

"船的一部分。它们可以被诱发产生一种液体，我们和我们的动物都很喜欢。但它们对你们无益。"

"它们是植物还是动物？"

"它们是船不可分割的一部分。"

"好吧，那船是植物还是动物呢？"

"都是，还不止。"

这究竟是什么意思？

"它有智慧吗？"

"它可以有。这部分现在还未活化。但即便如此，从化学角度看，我们可以用化学方法诱导这艘船，操纵它完成很多功能，多到让你都没有耐心去听完。它可以在没有监控的情况下独自处理大量事务。"他沉默了一会儿，触须光滑地贴在身上，然后他继续说道，"人类医生总是说它爱我们，这是一种亲缘关系，但它是生物学上的——一种强共生关系。我们满足飞船的需求，船也满足我们的需求。没有我们它活不了，没有它我们就会被困在星球上。对我们来说，这意味着最终的灭亡。”

“你们从哪儿把它弄来的？”

“我们种出来的。”

“你……还是你的祖先？”

“我的祖先种了这一棵。我正在帮忙培育出另一棵。”

“现在吗？为什么？”

“我们将在这里分出支系，就像无性繁殖的动物成熟时那样，但我们分裂为三支：丁索会留在地球上繁衍出若干代子孙，直到它准备好了要离开；托艾特将乘这艘船离开；阿克加将乘新船离开。”

莉莉丝看着他：“你们有些人会和我们一起去地球？”

“我，我的家人，还有其他人，所有丁索这一支都会。”

“为什么？”

“我们就是这样繁衍的——我们一直都是这样繁衍的。我们会带走培育船的知识，这样当时机来临时，我们的子孙就可以离开。如果我们总是局限于一艘船或一个世界，我们作为一个种族就无法生存。”

“你们要带上……种子或者其他什么吗？”

“我们会带上必要的材料。”

“那些离开的支系——托艾特和阿克加——你再也见不到他

们了吗？"

"我是见不到了。但是在遥远的将来，我的一部分子孙可能会遇到他们的一部分子孙。我希望他们会相遇。我们都将分裂出多个支系，他们各自都会得到很多东西，可以互通有无。"

"他们可能根本就不认识对方。如果他们还记得的话，他们会把这种分裂当作神话。"

"不，他们会认出彼此的。对分裂的记忆是生物学意义上的传承。在我们离开家园之后，我能记得家族中曾发生的每一件事。"

"你还记得你的家园吗？我的意思是，如果你想回去的话，你还能回去吗？"

"回去？"他的触须又变得平滑了，"不，莉莉丝，那对我们来说，是一条早已封闭的道路。现在这里就是我们的家园。"他指了指他们周围的一圈，从发光的象牙色天空到褐色的土壤。

现在他们周围有了更多的巨树，她可以看到人们从树干里进进出出——是裸体的灰色欧安卡利人，他们的触须伸向四面八方，有的有两只胳膊，有的竟然会有四只胳膊，但她没有看到她认为是性器官的东西。也许有些触须或额外的手臂具有性功能。

她检视了每一群欧安卡利人，想从中找到人类，但一个都没看到。至少没有一个欧安卡利人走近她，也似乎没有注意到她。让她感到不寒而栗的是，其中一些人的头上密密麻麻地布满了触须，其他人的触须则分布在一种奇形怪状的不规则斑块上。没有人的触须拥有像杰达亚那样的类人的分布方式——排列得像眼睛、耳朵和头发。是因为他头部的触须碰巧这样生长，杰达亚才被推荐安排了接触人类的工作，还是说他是通过外科手术或者别的什么方法，才看起来更像人类的？

"这就是我本来的样子。"当她问他时，他回答说，对这个话题他没有再谈下去。

几分钟后，他们经过一棵树旁，她伸出手去摸它那光滑、轻薄的树皮——有点像她的隔离室的墙，但颜色更深一些。"这些树都是建筑物，对吗？"她问道。

"这些结构不是树，"他告诉她，"它们是船的一部分。它们支撑起船的形状，为我们提供生活必需品——食物、氧气、废物处理、运输渠道、储存和生活空间、工作区……"

他们与一对欧安卡利人擦身而过，那两人紧靠在一起站着，头部的触须蠕动着纠缠在一起。她可以清楚地看到他们身体的细节。就像她看到的其他人一样，他俩也是裸体的。杰达亚穿上衣服可能只是出于对她的礼貌，为此她很感激。

他们走过时遇到的欧安卡利人越来越多，这开始让她感到不安，她发现自己越来越贴近杰达亚，好像是在寻求保护。她又惊讶又尴尬，便从他身边错开了一点儿。他显然注意到了。

"莉莉丝？"他非常平静地说。

"什么？"

沉默。

"我没事，"她说，"只是……这么多人，对我来说太奇怪了。"

"通常，我们什么都不穿。"

"我猜是这样的。"

"你可以随意，穿不穿衣服随你。"

"我要穿！"她犹豫了一下，"你把我带出来的那个地方，里面还有清醒的人类吗？"

"没有。"

她紧紧地抱住自己，双臂交叉在胸前，更加孤独了。

令她吃惊的是，他向她伸出了手。更令她吃惊的是，她充满感激地握住了它。

"你为什么不能回到你的家园呢？"她问道，"它……仍然是存在的，不是吗？"

他似乎想了一会儿："我们很久以前就离开了……我怀疑它现在是否还存在。"

"那你们为什么要离开？"

"它是一个子宫，而我们出生的时刻来临了。"

她悲伤地笑了笑："直到导弹发射的那一刻，我们人类中还有人这样想，相信太空是我们的归宿。我自己也曾相信。"

"我知道，尽管从欧劳告诉我的情况来看，你们人类不可能实现那样的归宿。你们自己的身体阻碍了你们。"

"你们……我们的身体？你是什么意思？我们已经进入了太空。我们的身体并没有阻碍——"

"你们的身体有致命的缺陷。欧劳立刻意识到了这一点。起初它们连碰都不想碰你们，然后它们对你们又无比迷恋，现在它们简直无法把你们放在一旁不闻不问。"

"你在说什么？"

"你们有一对不匹配的基因特征。它们中单独的每一个都是有用的，都有助于你们的种族生存，但两者放在一起是致命的。你们被摧毁只是时间问题。"

她摇摇头："你是说我们在遗传学上就被编辑设定了，去做那些我们做过的事，把我们自己炸飞——"

"不是。你们种族的情况更像你身上发现的癌症，我的亲人治愈它时，肿瘤还很小，人类医生说，在那个阶段，如果人类发现并切除了它，你也非常有可能会康复，并且它在你的余生里不会复发。即便如此，她说她还是希望你能做定期检查。"

"我记得我的家族病史，最后一点她就不必提醒我了。"

"是的。但是如果你没有认识到你家族病史的重要性呢？如果我们或者人类没有发现你的肿瘤呢？"

"我想它是恶性的。"

"当然。"

"那我想它最终会杀死我的。"

"是的，会这样。你们人类的情况也差不多。如果他们能够感知并解决他们的问题，他们也许能够避免灭亡。当然，他们也必须记得定期复检。"

"但是问题是什么？你说我们有两个不相容的特征。它们是什么？"

杰达亚发出了沙沙声，就像是一声叹息，但那些声音似乎不是从他的嘴巴或嗓子里发出来的。"你们是有智慧的，"他说，"这是两个特征中较新的一个，也是你们可能会用来拯救自己的那一个。你们也许是我们发现的最聪明的物种之一，尽管你们的关注点与我们不同。你们在生命科学，甚至遗传学上都有一个良好的开端。"

"第二个特征是什么？"

"你们是有等级的。这是一个更古老、更根深蒂固的特征。我们在和你们亲缘关系最近和最远的动物身上都发现了这一点。这是陆生动物的特征。当人类的智慧用来为它服务，却不去引导它，当人类的智慧根本不承认这是一个问题，而是对它引以为傲或毫不关注的时候……"沙沙声又响起来，"这就像忽视癌症一样。我想你们人类没有意识到你们所做的是多么危险的事。"

"我想我们大多数人都不会认为这是基因问题。我之前没有，现在也不确定我会这么认为。"她的脚在崎岖的地面上走了太久，已经开始疼了。她想结束行走和对话。这种对话使她感到很不自在。杰达亚所说的听起来……貌似是很有道理的。

"是的，"他说，"智力确实会让你否认你不喜欢的事实。但你的否认无关紧要。肿瘤在人体内生长时，不管人们怎么否认，它仍会继续生长。在一些复杂的基因组合的共同作用下，你们拥有了智慧，也拥有了等级体系，不管你们承认与否，都会妨碍到你们。"

"我只是不相信有那么简单。只是一两个错误基因就会导致这些后果。"

"这并不简单，也不是一两个基因的问题，是由多个基因、多种因素的复杂组合导致的后果，而这一切只是从基因开始。"他停了下来，把他的头部触须伸向一棵巨树上的一个粗糙的环形物。触须似乎是在做着指示，"我的家人住在这里。"他说。

她站着没动，此刻真切地感到了害怕。

"没有得到你的同意，没有人会碰你的。"他说，"只要你愿意，我就会陪在你身边。"

他的话使她感到安慰，她又因需要安慰而感到羞愧。她怎么会变得这么依赖他呢？她摇了摇头，答案很明显，他想要她的依赖，这就是他们持久地把她和同类隔离的原因。她要依赖一个欧安卡利人——依赖他们，信任他们。见鬼去吧！

"告诉我，你从我这里想得到什么东西，"她突然问道，"你想从我们人类那里得到什么。"

他的触须摆动着审视她："我已经和你讲了很多了。"

"告诉我你的价码，杰达亚。你想要什么？你们的人救了我们，将来要从我们这里取走什么作为回报呢？"

他的全部触须似乎都无力地耷拉下来，使他有一种几乎滑稽的消沉感，但莉莉丝不觉得这有什么好笑的。"你会活下来的，"他说，"你们的人也会存活。你们会重新拥有你们的世界。我们想找你们要的，我们已经拿走很多了——特别是你的癌细胞。"

"什么？"

"欧劳对此有浓厚的兴趣。这就表明，这是一种我们以前从未成功交易过的能力。"

"能力？从癌细胞上获取吗？"

"是的。欧劳从中看到了巨大的潜力。因此，这个交易已经让我们获益良多。"

"你们随意吧。但之前我问你的时候，你说你们交易……你们自己。"

"是的。我们拿出我们种族的精髓，把我们自己的遗传物质送给你们。"

莉莉丝皱起了眉头，然后摇摇头："怎么交易？我的意思是，你不会是在说杂交吧？"

"当然不是。"他的触须平滑了下来，"我们做的就是你们所说的基因工程。我们知道你们已经开始做了一些，但这个领域对你们来说仍然是很陌生的，而我们是凭本能这么做。我们必须要这么做。它使我们不断更新，使我们能够作为一个不断进化的物种生存下去，而不是陷入灭绝或停滞。"

"在某种程度上，我们都是凭本能这么做的，"她谨慎地说，"有性繁殖——"

"欧劳为我们做这项工作。它们有专门用来做这个的器官。它们也可以为你们做到这一点——确保一个良好的、可行的基因组合。这是我们繁衍后代的一部分，但目前为止，这比任何一对人类在交配后所能做到的，都要更加审慎。你看，我们没有等级制度，我们从来没有，但我们有强烈的获取欲。我们去获取新的生命——去寻找，研究，控制，分类，应用。我们在一个极小的细胞里——我们身体的每个细胞里都有的一个微小的细胞器，携带着完成这项工作的动力。你明白我的意思吗？"

"我明白你的话。但是，你的意思……对我来说和你本人给我的感觉一样，很奇特。"

"这也是我们最初对你们的等级驱动的看法。"他顿了一下，"欧安卡利的一个意思是基因交易者，另一个就是那种细胞器——我们自身的本质与起源。因为这个细胞器，欧劳可以感知DNA并精确地操纵它。"

"它们……在它们的身体里做这些？"

"是的。"

"现在它们正在体内用癌细胞做一些事？"

"做些实验，是的。"

"听起来……离安全还有一段距离。"

"它们现在就像孩子一样，不停地讨论着各种可能性。"

"什么可能性？"

"失去肢体的再生，可控的身体延展性。如果未来的欧安卡利人能够在交易之前重塑自己，让自己看起来更像个合作伙伴，那么它对潜在交易伙伴的威胁可能会小得多。这甚至可以延长寿命，尽管与你们相比，我们现在已经活得很长了。"

"所有这些都可以通过研究癌细胞得来？"

"也许吧。当欧劳不再喋喋不休时，我们就听听它们谈的话。到那时我们才能知道我们的下一代会是什么样子。"

"你把这一切都交给它们？由它们决定？"

"它们向我们展示经过实验的各种可能性。我们共同决定。"

他想把她带到他家的巨树里去，但她退缩了。"我现在需要搞明白一些事，"她说，"你管它叫交易。你从我们这里拿走了你认为有价值的东西，你把我们的世界还给了我们。是这样吗？你们想从我们这里得到的，已经都得到了吗？"

"你知道不是的，"他轻声说，"你已经猜到一些了。"

她等待着，盯着他。

"你们人类将会改变。你们的孩子会更像我们，我们的孩子也会更像你们。你们等级体系的倾向将被修正，如果我们学会再生肢体和重塑身体，我们将与你们分享这些能力。这是交易的一部分。这个交易我们已经延期了。"

"那么，不管你把它称为什么，这就是杂交。"

"它就是我所说的，一个交易。欧劳可以在你受孕之前改变你的生殖细胞，它们会控制你的受孕过程。"

"怎么做到的？"

"欧劳会在时机恰当时解释的。"

"你们想用我们制造出什么？我们的孩子将来会变成什么样？"她说得很快，一心想抹去做更多手术，或者与那该死的欧劳以某种方式进行交配的念头。

"正如我所说的，你们会变得不同，不完全像你们，还有点像我们。"

她想起了她的儿子——他多么像她，又多么像他的父亲。然后她想到了怪异的美杜莎儿童。"不！"她说，"不行。我不在乎你们用你们学到的东西做什么——你怎么把它应用到你们自己身上——但不要管我们，放过我们吧。如果我们真的有你们认为的那些问题，那也应该让我们人类自行解决。"

"我们致力于这个交易。"他言语温和，却不容拒绝。

"不行！战争开启的，会由你们来终结，在几代之后——"

"一代。"

"不行！"

他用一只多指的手搂住她的胳膊："莉莉丝，你能屏住呼吸吗？你能凭自己的意志屏息到死吗？"

"屏住我的——"

"我们致力于这个事业，就像你的身体自发地致力于呼吸一样。我们发现你时交易已经逾期了。现在要开始施行——为了你我种族的复兴。"

"不行！"她喊道，"只有让我们自己来，我们才能复兴！让我们自己重新开始。"

沉默。

她用力往外拉自己的胳膊，过了一会儿，他放开了她。她觉得他在密切地注视着她。

"我想我真希望你们的人把我留在地球上，"她低声说，"如果你们找到我就是为了这个，我真希望你们把我扔在那儿。"

美杜莎的孩子。蛇一样的头发。取代眼睛和耳朵的触手。夜行爬虫的巢穴。

他在光裸的地面上坐了下来，一分钟后，她诧异地坐在他对面，不知道是为什么，只是跟着他的动作做。

"你就在这里，我不能无视你。"他说，"但我还能……做一件事。为你提供一个帮助，对我来说……这真是大错特错，这个忙我也不会再帮第二次。"

"什么？"她漠然地问。她走累了，被他说的事搞得不知所措。简直毫无意义。天啊，难怪他不能回家——即使他的家园还存在。不管他的种族离开时是什么样子，他们现在肯定已经大不相同了——就像最后幸存下来的人类的孩子会大不相同一样。

"莉莉丝？"他说。

她抬起头，盯着他。

"现在摸我这里，"他指着他的头部触须说，"我要蜇你。你会死去，死得迅速而且毫无痛苦。"

她咽了口唾沫。

"如果你想要这样。"他说。

这是他送的礼物，不是威胁。

"为什么？"她低声问道。

他不愿回答。

她盯着他的头部触须，抬起了手，让它伸向他，仿佛它拥有自己的意志、自己的意图。不再会有苏醒，不再会有更多问题，也不再会有出乎预料的答案。什么都没有了。

什么都不会再有。

他一动不动，连他的触须也完全静止。她的手在犹豫着，想要落到那坚硬、灵活、致命的器官中。它徘徊着，不小心差点擦过一只。

她猛地抽回了手，紧紧握住。"天哪，"她喃喃自语，"我为什么不能这样做？为什么我做不到？”

他站起来，毫无怨言地等了几分钟，直到她软绵绵地拖着脚站了起来。

“你马上就会见到我的伴侣们和我的一个孩子，”他说，“那么休息一下，吃点东西吧，莉莉丝。”

她看着他，渴望着一个人类的表情。“你会那样做吗？”她问道。

“会的。”他说。

“为什么？”

“为了你。”

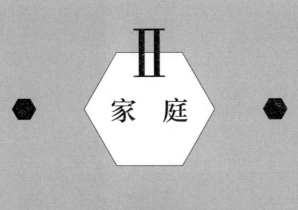

The Xenogenesis

s e r i e s

II

家　庭

睡觉。

她都记不清杰达亚怎么把她介绍给他的三位亲人，然后带她离开。他还给了她一张床，让她睡上一觉。后来，小憩之后，她在迷茫中醒来。

现在，吃点东西，忘了那些事。

食物和快乐的滋味是如此强烈和甘美，把她脑海中纷乱的念头一扫而光。有整根香蕉、几碟菠萝片、无花果、几种带壳的坚果、面包和蜂蜜，还有一种用玉米、胡椒、番茄、土豆、洋葱、蘑菇、香草和调味料炖的蔬菜汤。

莉莉丝很想知道这些食物到底是从哪儿冒出来的。他们无疑在以前就该给她一点儿，而不是让她长时间地节食，让吃东西成为一件苦差事。难道这一切都只是为她的健康考虑吗？或许还掺杂着其他目的——与他们该死的基因交易有关？

她把每样东西都尝了个遍，心怀喜悦地尽情享受完每一种新的味道，便留意起和她一起待在那间空荡荡的小屋子里的四个欧安卡利人了。他们是杰达亚和他的妻子特婷——卡尔杰达亚特婷·雷·卡古雅·艾吉·丁索，还有杰达亚的欧劳伴侣卡古雅——阿楚卡古雅卡尔·雷·杰达亚特婷·艾吉·丁索，最后是这个家庭的欧劳孩子尼卡吉——卡尔尼卡吉·欧·杰达亚特婷卡古雅·艾吉·丁索。

四个人坐在眼熟的、毫无特色的平台上，用几个小碟子吃着地球上的食物，仿佛生来就是吃这些东西的。

屋子中央还有一个平台，上面放着更多食物，欧安卡利一家轮流为彼此盛菜。其中一个似乎站不起来，只盛了一盘子，立刻就传下去轮到其他人，甚至还轮到了莉莉丝。她把热腾腾的炖汤盛进杰达亚的碗里，把碗递给他，想不起来他上次吃饭是在什么时候——除了那次他们一起分吃橘子之外。

"我们在隔离室的时候你吃东西了吗？"她问他。

"我进去之前就已经吃过了，"他说，"我待在那里时消耗的能量很少，所以我不需要再进食。"

"你在那儿待了多久？"

"以你的时间来算，六天。"

她在平台上坐了下来，凝视着他："有那么久？"

"六天。"他重复道。

"你的身体已经从你们世界里二十四小时的一天偏移了。"欧劳卡古雅说，"在你们所有人的身上都会发生这种事。你的一天会稍微延长，你失去了对时间流逝的估算能力。"

"但是——"

"你觉得过了多久了？"

"几天吧……我不知道。没到六天。"

"你明白了？"卡古雅轻声问。

她皱起眉头。它赤身裸体，除了杰达亚之外，所有人都这样。可即便是近距离接触，这也并没有像她曾担心的那样对她造成什么困扰。但是她不喜欢这位欧劳，它给人以自鸣得意的感觉，让她觉得它在以一种屈尊的姿态对待她，况且它也是计划摧毁人类遗民的生物之一。尽管杰达亚声称在欧安卡利人中不存在等级制度，但欧劳似乎是这里的一家之主，每个人都服从于它。

它的个头几乎和莉莉丝一样大——比杰达亚略大一点儿，比女性特婷小得多。它有四只胳膊，或者说是两只胳膊和两只胳膊大小的触手。那是种巨大的触手，呈灰色，表面粗糙，让她联想到大象的鼻子——只可惜她不记得曾被大象的鼻子恶心过。至少那个孩子还没有长出这种大触手——尽管杰达亚明确跟她说过那是一个欧劳孩子。她看着卡古雅，很高兴地发现，欧安卡利人自己在提到欧劳时也使用了中性代词。有些东西就活该被称为"它"。

她又回过头关心起食物来："你们怎么能吃这些东西？"她

问，"我不能吃你们的食物，是吗？"

"我们每次唤醒你时，你以为你吃的是什么？"卡古雅。

"我不知道，"她冷冷地说，"没人告诉我那是什么。"

卡古雅错过了，或是忽视了她声音里的愤怒。"那是我们的食物的一种——只是稍微调整了一下，以满足你的特殊需求。"它说。

想到她的"特殊需求"，她意识到这可能是杰达亚"那位"治愈她癌症的亲人。不知怎么的，她直到现在才想起这一点。她站起来，拿一个小碗给自己盛满了坚果——烤的，但没加盐——她无奈地想自己是不是该感谢卡古雅。她不假思索地在特婷推到她面前的碗里放满坚果。

"我们的某些食物会对你们有毒吗？"她直截了当地问。

"不，"卡古雅回答，"我们已经适应了你们世界的食物。"

"你们的某些食物对我是有毒的吗？"

"是的，有很多都是。在这里，你发现了不认识的东西，你不能随意乱吃。"

"这没道理啊。你们为什么要从那么遥远的地方——另一个世界，另一个星系——来吃我们的食物呢？"

"我们不是花了时间来学习吃你们的食物吗？"卡古雅问。

"什么？"

它没有重复自己的疑问。

"听着，"她说，"你们怎么能学会吃对你们有毒的东西呢？"

"我们以那些不会被有毒的食物毒倒的人为师，向他们学习，并且通过这些东西来研究你们的种族，以及你们的身体，莉莉丝。"

"这实在让我无法理解。"

"眼见为实，那就接受吧。我们能吃所有你们吃的东西。你只要明白这一点就够了。"

自以为是的混蛋，她心里想。但她只是说："这就意味着你们可以学会吃任何东西？你们不会中毒吗？"

"不。我不是那个意思。"

她等待着，一边嚼着坚果一边思考，可卡古雅没有继续回应。她看着它。

它聚焦在她身上，头部触须纷纷指向她。"很老的人可能会中毒，"它说，"他们的反应变慢了。他们可能无法识别某种预料之外的致命物质，也无法记住如何及时中和它。重伤者可能会中毒。他们得分心控制身体，忙于自我修复。而孩子们如果还没有学会保护自己，也会中毒。"

"你是说……如果你们没有做好准备，准备好保护自己免受伤害，那么几乎任何东西都可能让你们中毒？"

"不是任何东西，其实是为数不多的东西。在我们离开最初的家园之前，我们特别容易受到伤害。"

"比方说是什么？"

"你为什么要问这个，莉莉丝？要是我告诉你，你打算怎么做？对一个孩子下毒？"

她嚼了几颗花生，咽了下去，其间眼睛一直盯着卡古雅，毫不掩饰自己的厌恶。"你诱导我去问的。"她说。

"不，我可没这么做。"

"你真以为我会伤害一个孩子吗？"

"不。你只是还没学会不去问危险的问题。"

"你为什么尽你所能告诉我这么多？"

卡古雅的触须放松了下来："因为我们了解你，莉莉丝。而且，在合理的范围内，我们也希望你能了解我们。"

欧劳卡古雅带她去见沙拉德。她本想让杰达亚带她去，但卡古雅自告奋勇要带她过去，那时杰达亚向她倾过身子，非常温柔地问："要我一起去吗？"

她没有想到自己居然打算忽视隐含在这个姿势中没说出来的信息——杰达亚在溺爱一个孩子。莉莉丝很想接受这个孩子的角色，要他一起跟过来。但是他应该从她那儿放上一个假，她也该从他那儿放个假。也许杰达亚想和那个沉默寡言的特婷一起待上一段时间。她很疑惑，这些人是怎么处理他们的性生活的？欧劳在当中又是怎样配合的？它的两只胳膊大小的触手是性器官吗？卡古雅并没有把它们用在吃东西上，而是盘在身上，放在真正的胳膊下面，或是搭在肩上。

她不怕卡古雅，尽管它很丑。目前，它只激起了她的厌恶、愤怒和反感。杰达亚是怎么和这样一个生物生活在一起的？

卡古雅领着她穿过三道墙，每次都是用它的一条大触手在墙上触摸一下把墙打开。最后，他们走进一条向下倾斜、光线充足的宽阔廊道。廊道上熙熙攘攘，欧安卡利人往来其间。他们或是步行，或是乘坐着一种速度缓慢、无轮的平板型运输工具。这些运输工具显然是悬浮着的，离地面不到一英寸，相互之间不会碰撞，连险些擦碰的情况都没发生过，然而莉莉丝却没看出来他们在遵循着什么交通规则。人们随心所欲地走向或驾车去任何他们能找到通路的地方，似乎只是指望他人别撞上自己。其中一些车上运载着她不认识的货物——透明的、沙滩足球大小的蓝色球体，里面充满了某种液体；两英尺长的蜈蚣似的动物，叠放在长方形的笼子里；还有绿色的长方体大托盘，尺寸约六英尺长，三英尺厚。那些托盘还在无意识地慢慢蠕动着。

"那是什么？"她问欧劳。

它不理她，只是挽着她的胳膊，带领她走过交通拥挤的地方。她突然反应过来，它正用它的一条大触手的尖端引导着她。

"你们管这叫什么？"她边问边摸着绕在她胳膊上的那只大触手。它就像那些小触须一样凉凉的，和她的指甲一样硬，但显然非常灵活。

"你可以称它们为感知臂。"它告诉她。

"它们是干什么用的？"

沉默。

"听着，我认为我应该学习。如果不通过提问获得答案，我就没法学习。"

"你最终会获得它们的——因为你需要用到它们。"

她愤怒地挣脱了欧劳的牵挽，这做起来出人意料的容易，欧劳也没再碰她，似乎都没注意到它有两次都差点把她弄丢了。当他们穿过拥挤的人群时，它也没打算去帮她。她发觉自己分不出成年欧劳之间的差异来。

"卡古雅！"她焦急地叫道。

"在这儿。"它就在她身边，毫无疑问，它一直在观察着她，也许还在对她的困窘暗中嘲讽。她生出一种任人摆布的感觉，便抓住它的一只真正的胳膊，紧紧地走在它身边，直到他们走进一条少有人迹的廊道，从那儿又拐进另一条空无一人的廊道。卡古雅用一只感知臂沿着墙壁划了几英尺，然后停了下来，将手臂的尖端平贴在墙上。

在它的手臂触碰之处出现了一个开口，莉莉丝原本猜测自己会被带进另一个廊道或房间。可实际上，墙上的开口似乎是形成了一个类似括约肌的结构，并排出了一个东西，甚至还飘出一股酸溜溜的味道来加强这景象的冲击力。一个半透明的绿色长方体滑入视野，湿漉漉、滑腻腻的。

"这是一种植物。"卡古雅主动解释道，"我们把它储存在某种特定光线下，使它们长势更为旺盛。"

为什么它之前就不能这样解说呢，她想。

绿色的长方体就像其他在路上看到的一样，缓缓蠕动着，欧劳使用它的一对感知臂对它进行了一番探测。过了片刻，欧劳把注意力集中到长方体的一端，并用它的感知臂摩擦着那一端。

莉莉丝看到植物开始张开，她瞬间就明白过来这是怎么回事了。

"沙拉德在这东西里头，是吗？"

"过来。"

它坐在长方体现在已经打开的一端，她走了过去。沙拉德的头刚刚露出来。她记忆中漆黑的头发现在又湿又亮，紧紧粘在他的头上。他的双目闭着，脸上的表情安宁，就好像这个男孩沉入了日常睡眠中。在植物打开到男孩喉部的位置时，卡古雅就让它停住了。但她能看得很清楚，知道沙拉德只比他们一起待在隔离室时长大了一点儿。他看上去很健康。

"你能唤醒他吗？"她问道。

"不能。"卡古雅用一只感知臂摸了摸那张棕色的脸，"我们暂时不会唤醒这些人。指导和训练他们的人自己都还没开始训练呢。"

如果没有两年来与欧安卡利人打交道的经历，让她知道恳求毫无用处，她一定会恳求它的。这是她在这两年里——在两百五十年里见过的唯一的人类，可她却不能和他说话，也不能让他知道她和他在一起。

她抚摸着他的脸颊，他的脸湿湿的，黏黏的，凉凉的。"你确定他没事吗？"

"他很好。"卡古雅碰了碰被拨到一边的植物，植物开始慢慢地合拢，包住了沙拉德。她注视着那张小脸，直到它被完全遮住。植物在他的小脑袋周围无缝地闭合。

"在我们发现这些植物之前，"卡古雅说，"它们常常活捉动物，让这些动物——猎物——存活很长一段时间，利用猎物产生的二氧化碳，为它们提供氧气，同时慢慢消化猎物身体的非必要部分：四肢、皮肤和感觉器官。这些植物甚至传递给它们的猎物一些自己的物质，来滋养猎物，并使其尽可能长时间存活。猎物排泄的废物使植物繁茂生长。猎物的死期非常非常漫长。"

莉莉丝咽了口唾沫："猎物能感觉到发生在自己身上的事吗？"

"不会。那就会加速死亡。猎物……只是睡着了。"

莉莉丝凝视着绿色的长方体，它像一条恶心的肥毛虫一样缓缓地蠕动着。"沙拉德怎么呼吸？"

"植物为他提供了理想的混合气体。"

"不仅仅是氧气？"

"不是。这些混合气体符合他的需求，而他呼出的二氧化碳，以及产生的少量代谢废物仍然能使植物从中受益。混合气体漂浮在营养液中，营养和光线提供了植物其余的需求。"

　　莉莉丝摸了摸那株植物，感觉它又凉又结实，在她的指尖下微微凹陷，表面还有一层薄薄的黏液。她惊奇地看着她的手指陷入其中，越陷越深，它开始吞没她的手指。她并不害怕，直到她试着抽离手指时才发现它不肯放——她把手猛地往回一拔，疼得要命。

　　"等等。"卡古雅说。它用一只感知臂触碰了莉莉丝手边的植物，她立刻感到那株植物放开了她。当她能够抬起手的时候，发现手已经麻了，但没受伤。知觉慢慢恢复到手上。卡古雅首先用它的感知臂摩擦自己的手，然后打开墙壁，把植物推了回去，那时那个印记还清晰地留在植物的表面。

　　"沙拉德很小，"放回植物后，它说，"那棵植物能把你一起装进去。"

　　她战栗起来："我也曾被装在里面……是不是？"

　　卡古雅没回答这个问题。她当然曾在某一株这种植物里待过——在过去的两个半世纪里，她大部分时间都待在一种食肉植物里。这个东西把她照顾得很好，使她保持年轻和健康。

　　"你们是怎么让它们不再吃人的？"她问道。

　　"我们改造了它们的基因，改变了它们的一些需求，使它们能够对我们的某些特定的化学刺激做出反应。"

　　她看着卡古雅说："对植物这样做是一回事，对有智慧、有自我意识的人这样做是另一回事。"

"我们做我们应该做的，莉莉丝。"

"你们会杀了我们的。你们会把我们的孩子变成骡子——不育的怪物。"

"不，"它说，"当我们的祖先离开我们最初的家园时，你们地球上根本没有生命，在漫长的时光里，我们也从来没有做过这样的事情。"

"即便你们做了，也不会告诉我的。"她的话语中满含着苦涩。

它带着她穿回拥挤的廊道，回到她认为是杰达亚公寓的地方。在那里，它把她交给了那个孩子——尼卡吉。

"它会回答你的问题，在必要时会带你穿过墙壁。"卡古雅说，"它的年龄是你的一半，掌握的知识，除有关人类的以外都算得上渊博了。你要把关于你们人类的知识教给它，它也会把有关欧安卡利人的知识教给你。"

它的年龄是她的一半，个头是她的四分之三，而且还在长大。她希望那不是一个欧劳孩子，她甚至希望那根本不是一个孩子。卡古雅怎么能一开始指责她想毒害儿童，然后又留下自己的孩子关照她呢？

至少尼卡吉看起来还不像个欧劳。

"你会说英语，是吗？"当卡古雅打开墙并离开房间后，她问。这是他们吃饭的那间屋子，现在已经空了，只有莉莉丝和那孩子在。剩下的食物和碗碟都被收走了，自从她回来以后，她就没再见过杰达亚和特婷。

"是的，"孩子说，"但是……不多。你教。"

莉莉丝叹了口气。这孩子和特婷除了开始时间候她之外，都没有跟她讲过一句话，尽管他俩偶尔也会用欧安卡利语快速而且滔滔不绝地和杰达亚或卡古雅聊起来。她还曾疑惑为什么，现在她明白了。

"我会尽我所能去教你的。"她说。

"我教。你教。"

"是的。"

"好。外面？"

"你想让我和你一起出去吗？"

它似乎想了一会儿。"是的。"它终于说。

"为什么？"

孩子张开嘴，又闭上了，头部的触须在扭动。它这是困惑吗？是词汇问题？

"没关系，"莉莉丝说，"如果你喜欢，我们就出去。"

有一瞬间，它的触须平滑地贴在身体上，然后抓住她的手，想要打开墙壁，把她领出来，但她让它先等一下。

"你能让我看看怎么把它打开吗？"她问道。

孩子犹豫了一下，然后拿起她的一只手拂过它那长长的头部触须的密林，让她那只手微微湿润。然后抓着她这只手的手指触碰了一下墙壁，墙开始打开了。

对化学刺激的程序化反应。不是在特定的区域施加压力，也不是一系列特定的压力变化，只是欧安卡利人在他们体内制造的一种化学物质。她将继续作为一名囚犯，被迫待在他们选择让她待着的任何地方，她甚至连自由的幻想也不被允许。

他们一出去，孩子就拦住了她。它很费劲地憋出几个词："其他人，"它说，然后迟疑着，"其他人看你？其他人没有见过人类……从没有。"

莉莉丝皱起眉头，确信它在问她一个问题。这个孩子的语调上扬，似乎在表明这是一个问题，如果她觉得能从一个欧安卡利人的语气中得到这种提示的话。"你是问我你能不能在你朋友面前炫耀我？"她问。

孩子把脸转向她。"炫耀……你？"

"意思就是……把我展示出来——带我出去，让别人看到我。"

"啊，是的。我炫耀你？"

"好吧。"她笑着说。

"我说话……很快就更像人类了。你说……如果我说得很坏。"

"很差。"她纠正道。

"如果我说得很差？"

"是的。"

一阵长时间的沉默，"同样，很行？"它问道。

"不，不是很行，是很好。"

"很好，"孩子似乎是在品味这个词的余韵，"我很快就会说得很好。"它说。

· 3 ·

尼卡吉的朋友们戳她裸露的肌肤，还试图让尼卡吉说服她脱下衣服。他们都不会说英语。虽然尼卡吉说他们都是孩子，但似乎没一个看起来有一丁点孩子气，她觉得有人会享受解剖她的过程。他们很少出声说话，但触须与身体或触须之间的接触倒是很频繁。当他们发现她不肯脱下衣服时，就不再向她提问题了。她先是觉得很有趣，接着感觉有点生气，然后就被他们的态度激怒了。对他们来说，她只不过是一只不同寻常的动物——尼卡吉的新宠物。

她突然转身离开了他们，她受够了被人展示。她从两个正在调查她头发的孩子身边避开，并尖声叫着尼卡吉的名字。尼卡吉松开和另一个孩子纠缠在一起的长长的头部触须，回到她身边。如果它没有回应她的呼唤，她都不知道哪个是它。她打算学会把欧安卡利人区分开来，估计得记住各种各样头部触须的图案。

"我想回去。"她说。

"为什么？"它问道。

她叹了口气，决定尽可能多地说出她认为它能够理解的真相，最好现在就来看看真相能让她走多远。"我不喜欢这样，"她说，"我不想再被展示给那些我甚至无法与之交谈的人。"

它试探性地摸了摸她的胳膊："你……生气？"

"我生气了，是的。我需要独处一段时间。"

它略作思考，"我们回去。"最后它说。

有些孩子显然对她的离去感到不满。他们围在她身边，大声对尼卡吉嚷嚷，但尼卡吉解释了几句后，他们就让她走了。

她感觉自己气得发抖，就通过深呼吸来放松自己。一只宠物该有什么感觉？动物园里的动物又会有什么感觉？

如果这个孩子能把她领到一个地方，并离开她一段时间。如果它能多给她一点儿她曾以为再也不会想要的东西——孤独——那多好。

尼卡吉用几根头部触须碰了碰她的额头，似乎在采样她的汗水。她猛地扭开头，谁来采样她都不肯给。

尼卡吉打开了通往它家公寓的一道墙，把她带进了一个房间，看起来和她认为已经离开的隔离室简直一模一样。"在这里休息，"它告诉她，"睡觉。"

里面甚至还有一个卫生间，在熟悉的桌子平台上，放了一套干净的衣服。取代杰达亚的是尼卡吉。她无法摆脱它。大人们嘱咐它要和她待在一起，它就打算留下来。当她对着它喊叫时，它的触须结成了丑陋的奇形怪状的肿块，可它待着不走。

她输了，在卫生间里躲了一阵子，冲洗着她的旧衣服，尽管上面没有粘着异物——没有污垢，没有汗水，没有油脂，连水都没有。这件旧衣服都不能保持湿润超过几分钟。这是一种欧安卡利人的合成物。

然后她又想睡觉了。她已经习惯累了就睡，不习惯长途跋涉，不习惯结交新朋友。令她惊讶的是，欧安卡利人这么快就成了她心目中的"人"了。但是，还能有谁呢？

她爬到床上，转过身背对着尼卡吉，尼卡吉已经取代了杰达亚的位置，待在桌子旁。如果欧安卡利人坚持按自己的方式行事，还有谁会帮助她呢？毫无疑问，他们已经习惯了按自己的方式行事。改造食肉植物……他们改造了什么来得到他们的太空船？他们会把人类改造成什么有用的工具？他们是已经心中有数了，还是计划做进一步的实验？他们会有所顾虑吗？他们打算怎么做出改造？或者他们已经做过了——在治疗她的肿瘤时已经对她做了一小点额外的基因篡改？她真长过肿瘤吗？她的家族病史使她相信自己应该长过，他们可能没有撒谎。也许他们在任何事情上都没撒谎。他们为什么要费心撒谎呢？他们已经拥有了地球，控制了所有人类的幸存者。

她怎么就不能接受杰达亚提供的帮助呢？

最后，她睡着了。光线从来不会改变，但她已经习惯了。在这期间，她醒了一次，发现尼卡吉爬到床上，在她身边躺着。她的第一个反应是在厌恶中把孩子推开，或者自己爬起来；而第二个反应，就是她所选择的那个——疲倦地、无动于衷地继续睡觉。

对她来说，有两件事简直都成了她的执念：第一，和一个人类说上话，谁都可以，但她希望是一个比她清醒时间更长的人，一个比她知道得更多的人；第二，她想揪住一个在撒谎的欧安卡利人。随便哪个欧安卡利人，随便撒什么谎都可以。

但是她没发现有其他人类存在的迹象。而她发现最接近于抓到欧安卡利人撒谎的时候，就是他们只说出了部分真相——可即便如此，他们仍然是诚实的。他们坦陈，关于她想知道的，他们只会告诉她一部分。除此之外，欧安卡利人似乎总是说出他们所领会到的真相。这让她产生了一种几乎无法忍受的无望和无助感——好像抓住他们说谎就能抓到他们的弱点，好像这能让他们打算做的事变得不那么真实，更容易加以否认。

只有尼卡吉给了她快乐，让她暂时忘掉烦恼。似乎他俩都很喜欢和对方待在一起。它很少离开她，看上去喜欢她——虽然她不知道"喜欢"一个人类对一个欧安卡利人意味着什么。她甚至还没弄清欧安卡利人彼此之间的情感纽带。但是杰达亚非常关心她，愿意为她做一些他认为完全离谱的事情。尼卡吉最终会为她做到哪一步呢？

她其实就是一只实验动物，不是一个宠物。尼卡吉能为一只小白鼠做些什么呢？当她在实验结束后牺牲时，满含热泪地抗议？

但是，不会的，这又不是那种实验。他们对她的期望是生存和繁衍，而不是死亡。实验动物，驯养动物的父母？或者……对濒危动物实施的圈养繁殖计划的一部分？人类生物学家在战前就这样做了，他们圈养某种濒危动物的一些个体，来为野生种群繁殖更多的后代。这就是她要走的路吗？强迫进行人工授精，代孕母亲？生育药物和强迫"捐献"卵子？植入无亲缘关系的受精卵，从母亲身边拿走刚出生的孩子……人类曾对圈养繁殖的物种做过这些事——当然，出发点都是为了更崇高的利益。

这是她需要和另一个人交谈的话题。只有人类才能让她放心——或者至少理解她的恐惧。但她只有尼卡吉。她把所有的时间都花在了教导它和从它那儿学习上。这使她尽可能地忙碌起来。它需要的睡眠比她少，并希望她在不睡觉时能一直学习或教导它。它想要从她那儿学的不仅是语言，还有文化、生物、历史和她自己的人生故事……不管她知道什么，它都想学。

　　这有点儿像她又和沙拉德在一起了。但尼卡吉的需求要大上很多——更像一个坚持不懈的成年人。毫无疑问，她和沙拉德有一段时间被安排在一起，是为了让欧安卡利人观察，她和自己种族的外国孩子在一起时有什么表现——她必须和这个孩子住在一起，并教他点东西。

　　和沙拉德差不多，尼卡吉也能过目不忘。也许所有的欧安卡利人都是这样。不管尼卡吉是否明白，它能记得它看过或听过的任何东西——哪怕只接触过一次。它很聪明，拥有惊人的迅捷的理解力。她为自己的迟钝和破绽百出的记忆力感到羞愧不已。

　　她以前一直觉得，当她能把东西写下来时，学习起来就容易多了。然而，在她与欧安卡利人相处的时间里，她从没看到他们中有人读过或写过任何东西。

　　"你除了自己脑中的记忆，会留下其他记录吗？"她问尼卡吉，那时他们待在一起的时间够长了，她感到既沮丧又愤怒，"你读过，或者写下来过什么东西吗？"

　　"你以前没教过我这些词。"它说。

　　"通过符号标识来交流……"她四处寻找可以做点标记的东西，但在他们的卧室里，没东西能把痕迹保存的时间长到足以让她写上几个字——即便能找到些东西拿来写字。"我们出去吧，"她说，"我会做给你看的。"

　　它打开了一堵墙，把她带了出去。在外面那棵容纳他们住处的伪树的枝条下，她跪在地上，用手指在一块松散的沙土上写起字来。她写下了自己的名字，然后尝试用各种可能的拼法拼出尼卡吉的名字。"内坎吉"看起来不太对，"内可安吉"也不对，"尼可安吉"近了一些。她在脑海里念着"尼卡吉"的名字，然后写下了尼卡吉。这感觉不错，她喜欢它被写出来的样子。

"你的名字写下来就是这样的，"她说，"我可以把你教我的东西写下来，然后学习，直到我明白为止。这样我就不用一遍又一遍地问你问题了。但是我需要一些可以用来写字的东西，薄纸最好。"她也不确定它知不知道纸是什么，它没问。"如果你没有纸，我可以用薄塑料片，要是实在没有，布也行。如果你能准备一些可以在上面做上标记的东西的话，比如说墨水或者颜料——那些能留下清晰印记的东西。你明白吗？"

"你可以像现在这样用手指来写啊。"它对她说。

"这不够啊。我需要能够保存住我写的东西，再去学习。我需要——"

"没有。"

她说到一半时停了下来，眨了眨眼睛。"这不是什么危险的东西，"她说，"你们中的一些人一定看过我们的书、磁带、磁盘、电影——我们的历史记录、医学、语言文字、科学等等。我只是想用自己的方式把你们的语言记录下来。"

"我知道你们的人保存的……记录。我不知道它们在英语里叫什么，但我见过。我们保存了许多这样的东西，并学会了利用这些东西更好地了解你们人类。我不懂这个，但有人懂。"

"我可以看看吗？"

"不行。你们的人都不给看。"

"为什么？"

它不回答。

"尼卡吉？"

沉默。

"那么……至少让我自己做记录来帮助我学习你们的语言。我们人类需要做这些事来帮助我们记忆。"

"不行。"

她皱起了眉头："什么……你说'不行'是什么意思？我们明明可以这么做。"

"我不能给你这种东西。不准写，也不准读。"

"为什么！"

"就是不允许。有人规定不允许这样做。"

"这并没有回答任何问题。他们的理由是什么？"

再次沉默。它的感知触须都垂了下来，这让它看起来更小了——就像一只被打湿了毛皮的小兽。

她说："这不可能是因为你们没有——或者不能制作书写材料。"

"我们可以造出你们人类能造的任何东西，"它说，"尽管大部分东西我们根本不想造。"

"这么简单的事……"她摇摇头，"有人叮嘱过你不要告诉我原因吗？"

它拒绝回答。那是不是就意味着不说是它自己的主意，是它自己在幼稚地行使权力？为什么欧安卡利人不能像人类一样随手做这种小事呢？

过了一会儿，它说："回去吧，我要再教你一些我们的历史。"它知道她喜欢听欧安卡利人物种多变的漫长历史，这些故事帮助她掌握了欧安卡利的词汇。但是她现在没心情合作。她坐在地上，背靠着那棵伪真树。过了一会儿，尼卡吉在她对面坐下来，讲了起来。

"时间追溯到六次分裂之前，在一个白色太阳照耀的水世界里，我们生活在一湾巨大的浅海中。"它说，"我们拥有几个躯体，在我们自己间和我们同类间用身体发出的光和色彩图案来进行交流……"

她由着它继续讲下去，不明白的时候也不去问，她压根儿不想关心。欧安卡利人与一种类鱼的受教育的智慧生物混种，这个想法很吸引人，但她太生气了，不想把注意力集中到这件事上。书写材料，这么点小事，他们却拒绝了她。这么点芝麻绿豆大的小事！

当尼卡吉走进公寓给他俩拿食物的时候，她站起来走开了。

她比以往任何时候都更随心所欲地在住处——也就是伪树之外公园般的环境里漫步。欧安卡利人看见了她，但似乎也不会关注她太久。她正一门心思东张西望时，尼卡吉突然出现在她身边。

"你必须和我待在一起。"它说话的语气让她想起了一位人类母亲对她五岁的孩子说的话。她想，这对她在这个家庭中的地位来说还真挺合适的。

在那之后，她一有机会就溜走。在这样的情况下，他们可能会阻止、惩罚或监禁她。

她没受到任何处罚。尼卡吉似乎也渐渐习惯了她四处闲逛。在她逃开几分钟之后，它也不再突然出现在她身旁。它似乎愿意给她一两个小时的时间暂时离开它的视线。她开始随身携带食物，从餐食中省下一些方便携带的东西——一种加了调料、裹着一层可食用高蛋白的米饭、坚果、水果或夸挞赛椰沙（一种辛辣的、类似奶酪的食品）的欧安卡利食品，卡古雅曾说过那对她是无毒的。尼卡吉已经表态允许她四处游荡，并建议她把不想吃的东西埋起来。"把它喂给船吧。"这就是它提议的方法。

她把多余的夹克改成了一个袋子，把午饭放了进去，然后独自闲逛，一边吃一边思考。独处时的思考与回忆并不能让她真的感觉自在，但不知为什么，自由的错觉减轻了她的绝望感。

其他的欧安卡利人有时也会试着和她交谈，但她对他们的语言理解不畅，无法与他们交谈。有时，即使他们说得很慢，但是那些她本应该知道的词，在当时却听不懂，在与他们邂逅结束后她才能反应过来。大多数时候，她最终只能求助于手势——效果不是太好——并感到自己简直愚不可及。她唯一有把握做好的沟通就是在迷路时寻求陌生人的帮助。

尼卡吉告诉她，如果她找不到回"家"的路，她就去离得最近的一个成年人那里求助，讲出她的名字，当然得带上新的欧安卡利式的前后缀：都卡尔特婷杰达亚莉莉丝·伊卡·卡古雅·艾吉·丁索。"都"作为前缀代表一个被收养的非欧安卡利人。"卡尔"是一个亲族的名称。然后是特婷和杰达亚的名字，把杰达亚放在后面，因为是他把她领进了家里。"伊卡"的意思是孩子。一个这么小的孩子实际上是不分性别的，就像年幼的欧安卡利人都没有性别。莉莉丝满怀希望地接受了这个称呼。毫无疑问，没有性别的孩子不会被用于繁殖实验。然后是卡古雅的名字。毕竟这是她的第三位"家长"。最后是表征交易身份的支系名称。丁索这一支系留在地球上，通过篡改人类的基因遗产来改变自己，像传播疾病一样在身不由己的人类中传播自己的基因……丁索，这不是姓，而是一个可怕的承诺，是一个威胁。

然而，如果她说出这个长长的名字——一口气全说出来——人们不仅能立刻明白她是谁，而且还知道她应该在哪里，然后他们把"家"的方向指给她。她并不会为此特别感激他们。

在某次孤独的散步中，她听到两个欧安卡利人使用了他们用来称呼人类的一个词——凯智迪——她放慢了脚步去倾听。她觉得他们是在谈论她。她经常认为在自己走过时人们都在谈论她，就好像她是一只不寻常的动物。这两个人在她靠近时沉默了下来，互相碰触头部的触须以继续他们无声的交流，他们的行为印证了她的忧惧。几次散步后，在她差不多忘记了这件事时，她听到另一群人在同一个地方又在谈论一名凯智迪——一位他们称之为福本的男性。

大家又一次对她的到来陷入沉默。她还想着潜伏起来去偷听，就躲到一棵巨大的伪树的树干后，但她一停在那里，欧安卡利人之间的谈话就停了下来。只要他们集中注意力，他们的听觉就相当敏锐。尼卡吉和她待在一起时，早先还抱怨过她的心跳声太大。

她继续往前走，为偷听时被人抓住而感到羞愧。这种感觉其实没什么意义，她只是个俘虏而已。除了必需的自我保护之外，俘虏还需要什么礼貌？

可是，福本在哪儿？

她在脑子里把她听来的片段过了一遍。福本与梯捷族有关，梯捷族是丁索的另一个亲族。她知道他们大概住在什么方位，虽然她从来没有去过。

为什么卡尔的居民一直在谈论梯捷的某个人类？福本做了什么？她怎样才能联系到他？

她要去梯捷，如果可能的话，她会在那里闲逛——如果尼卡吉没有突然出现并阻止她的话。它现在仍然会偶尔这样做，让她知道它在哪里都能跟上她，都能靠近她，并能突然在她眼皮底下冒出来。也许它喜欢看她被吓一跳。

她朝着梯捷出发了。如果那个男人碰巧也在外头——像她一样喜欢到处闲逛，她今天也许能设法见他一面。如果她能看见他，他可能也会说英语。如果他会说英语，他的欧安卡利看守可能不会阻止他和她说上两句。如果他们俩一起谈上了话，可能会发现他和她一样无知。如果他并不无知，而且他们见了面，谈了话，一切顺利，欧安卡利人可能会决定惩罚她——再单独囚禁她，强制她休眠，或者她仅仅会遭到尼卡吉及其家人更严密的监视？如果他们做了前两者之一，她就能摆脱她不想要也不知如何处理的责任。如果他们做了后者，那和现在又有多大差别？什么样的惩罚能与和同类再次见面并交谈的机会相媲美呢？

根本没有。

她压根就没有想过回头去找尼卡吉，请求它或它的家人让她见见福本。他们已经向她明确表示，她不得与人类或人类制造的物品接触。

去往梯捷的路比她预想的要长。她还没学会判断船上的距离。要是地平线没有被伪树和通向其他层的山丘似的入口挡住，它看起来会非常近。但到底有多近，她说不上来。

至少没有人拦住她。她路上见过的欧安卡利人似乎认为，无论她身在何处，她都属于那里。除非尼卡吉出现，不然她可以在梯捷爱逛多久就逛多久。

她来到了梯捷，开始了她的搜寻。梯捷的伪树是黄褐色的，而不是卡尔的灰褐色，树皮看起来更粗糙——更接近于她脑海中对树皮的印象。欧安卡利人在来来往往的途中把伪树打开。她一有机会就从他们打开的洞口往里窥探。她觉得，如果她能瞥见福本——任何一个清醒而且有意识的人类，任何人都行，那么这次探险就是值得的。

直到她真正开始寻找，她才意识到，对她来说找到一个同类有多么重要。欧安卡利人把她从她的同类之中完全隔离开来，只告诉她，他们打算把她当作犹大山羊①。他们做这一切时丝毫不显残暴，那么温柔，那么耐心，那么亲切，渐渐腐蚀了她自己的决心。

她边走边看，直到累得再也走不动了。最后，她极度气馁和失望，根本没有想过这种结果其实是理所应当的。她靠着一棵伪树坐下来，吃了她先前在卡尔吃午饭时省下的两个橘子。

她终于承认，她的搜寻是荒唐可笑的。她本可以待在卡尔，做着能遇见另一个人的白日梦，并从中得到更多的满足。她甚至不能确定她已经走过了梯捷的多少土地。这里没有可识别的路标，

---

① 犹大山羊，一种训练有素的山羊，在牲畜围场里，带领其他动物就戮的那只领头羊，而它自己却能够得以幸免。

欧安卡利人不使用这种东西。他们亲族的领地明显是以气味来标记的。每次他们打开一面墙,他们就增强一次那里的气味标识——否则就会被判定为游客,是来自其他亲族的成员。欧劳可以改变它们的气味,当它们成家时,离开原先的家庭就会这样做。男性和女性保留着它们与生俱来的气味,并且从来不会居住到它们亲族领地之外的地方。莉莉丝不能识别他们的气味标识。在她看来,欧安卡利人一点儿气味都没有。

她想,这比他们身上有臭味还迫使她忍受要好得多。但这让她找不到路标。

她叹了口气,决定回卡尔去——如果她能找到回去的路的话。她四下看了看,证实了自己的猜测,她已经迷失了方向,她迷路了。她得找人给她指明卡尔的方向。

她站起来,从她倚着的那棵伪树旁走开,在土里刨了一个浅坑——这确实是泥土,这是尼卡吉告诉她的。她把橘子皮埋了起来,知道它们一天之内就会消失,被船自己的生物组织——它的卷须分解。

或者说,这些应该会这样发生的。

她抖了抖当袋子用的夹克,掸了掸身上的灰尘,埋了橘子皮的地面开始变暗了。颜色的变化引起了她的注意,她看着土壤慢慢变成了泥浆,还变成了和橘子皮一样的橙色。她以前从未见过这样的效果。

土壤开始发臭，那种臭味让她觉得很难将之与橘子联系起来。也许是气味吸引来欧安卡利人。她抬头一看，发现有两个人站在她身边，他们的头部触须向她所在的位置扫了过来。

其中一个跟她说了话，她努力想听懂那些话——确实听懂了一些，但她的反应还不够快，也不够完整，并不能领会他们在说些什么。

地上的橙色斑点开始冒泡并扩张起来。莉莉丝从边上退后一步。"发生了什么事？"她问道，"你们俩有人能说英语吗？"

两个欧安卡利人中体形较大的那个——莉莉丝认为这个是女性——她说的既不是欧安卡利语，也不是英语。起初他们把她搞得一头雾水，然后她反应过来这种语言听起来像是日语。

"福本君？"她满怀希望地问道。

他们又爆发出一长串显然是日语的词汇，她摇摇头，"我听不懂。"她用欧安卡利语说。那几个词她通过不断重复，学得很快。她能迅速想到的几个日文词汇是她多年前的一次日本之旅中学的日常用语：你好、谢谢、再见……

其他欧安卡利人则聚集在一起观看冒泡的地面。那团橙色已经扩展成一个直径大约有三英尺、几近完美的圆形，还波及了一棵肉质的、有触须的伪植株，那棵伪植株开始变暗，抽搐了起来，好像很痛苦。看到它剧烈地扭动，莉莉丝忘记了它不是一个单独的生命体。她的思维集中在它是活的这个事实上，她差不多算是造成了它的痛苦。她不仅制造了有趣的效果，还造成了伤害。

她缓慢地、小心翼翼地说着欧安卡利语，"我不能改变这个，"她说，想表达的是她无法修复损伤，"你们能帮忙吗？"

一位欧劳走上前来，用它的一只感知臂触碰了橙色的泥浆，并将感知臂插入泥中，静止了几秒钟。冒泡开始缓和，然后停止了。当欧劳收回手臂时，鲜亮的橙色也开始逐渐暗淡下来，变回普通的泥土色。

这位欧劳对一位高大的女性说了些什么，这位女性回答了，用她的头部触须指着莉莉丝。

莉莉丝狐疑地皱了皱眉头。"卡古雅？"她问，觉得自己傻透了。这位欧劳头部触须的图案和卡古雅是一样的。

欧劳用它的头部触须指向她，"你是怎么搞成这样的？"它问她，"仍然是这么大有作为却又这么愚不可及？"

就是卡古雅。

"你在这儿干什么？"莉莉丝问道。

沉默。它把注意力转移到复原的地面上，好像在再次检查它，然后大声对聚集在一起的人们说了些什么。他们中的大多数都平静地走了，人群四散离开。她怀疑它对她制造的麻烦开了一个玩笑。

"所以你终于找到下毒的东西了。"它对她说。

她摇摇头说："我刚埋了几片橘子皮。尼卡吉告诉我要埋掉垃圾。"

"在卡尔你爱怎么埋都行。可当你离开卡尔的时候，如果你想扔掉什么东西，就把它交给一位欧劳。在你能和别人交流之前别再离开卡尔了。你为什么到这里来？"

现在是她拒绝回答了。

"福本君前阵子死了。"它说，"毫无疑问，这就是你听到人们谈论他的原因。你确实听到人们在谈论他，对吧？"

过了片刻，她点点头。

"他死时有一百二十岁了，不会说英语。"

"他是一个人。"她低声说。

"他清醒着在这里住了将近六十年。我不认为他见过其他人类超过两次。"

她走近卡古雅，端详着它："你不觉得那很残忍吗？"

"他适应得非常好。"

"但还是——"

"你能找到回家的路吗，莉莉丝？"

"我们是适应性很强的物种，"她说，拒绝岔开话题，"但仅仅因为受害者能够忍受就给他们制造痛苦，这样是不对的。"

"学习我们的语言吧。当你学成时，我们就会把你介绍给另一个人，就像福本这样的，选择在我们中间生活和死亡，而不是回到地球的人。"

“你是说福本选择了——”

“你基本上还是一无所知，”它说，“来吧。我带你回家，再跟尼卡吉谈谈你。”

听到这句话，她脱口而出：“尼卡吉不知道我去了哪儿。它现在可能在追踪我的下落。”

“不，它没来，我来了。走吧。”

卡古雅把她带到一座小山下，下到了较低的一层。在那里，它命令她乘上一辆缓慢移动的小平板车。运输车移动的速度比她跑的还慢，却把他们迅速带回了家，毫无疑问，相对于她之前绕的圈子，小车显然是走了一条直路。

卡古雅在途中不愿和她说话，她感觉到它是生气了，但她其实并不在乎。她只希望它不要对尼卡吉发大火。她可以接受因梯捷之行而受到某种惩罚的可能性，但她并不想给尼卡吉惹麻烦。

他们一到家，卡古雅就把尼卡吉带进她和尼卡吉两人的房间里，把她留在她后来觉得是餐厅的地方。杰达亚和特婷正在那里，这次他们吃的是欧安卡利的食物，这些植物食品对她来说是致命的。

她静静地坐了下来，过了一会儿，杰达亚给她拿来了坚果、水果和一些欧安卡利的食物，这些食物的味道和质地都有点儿像肉，但实际上是一种植物果实。

"我到底惹了多少麻烦？"他把盘子递给她时，她问道。

他的触须平滑起来："不是太多，莉莉丝。"

她皱起了眉头："我觉得卡古雅很生气。"

现在，他光滑的触须毫无规律地舞动起来，还打了结："这并不完全是生气。它是担心尼卡吉。"

"因为我去了梯捷？"

"不是。"他触须的结块变得更大、更丑了，"因为这对它是一个艰难的时刻——对你也是。尼卡吉把你丢下，让它自己也栽了个跟头。"

"什么？"

特婷用令人费解的、急促的欧安卡利语说了些什么，杰达亚回答了她。他们俩凑在一起谈了几分钟。然后特婷用英语和莉莉丝谈了起来。

"卡古雅必须教……同性的孩子。你明白吗？"

"我也是课程的一部分。"莉莉丝酸涩地回答。

"尼卡吉或者卡古雅。"特婷柔声道。

莉莉丝皱了皱眉头，向杰达亚寻求解释。

"她的意思是，如果你和尼卡吉都不打算教对方的话，你就应该从卡古雅那儿学习。"

莉莉丝战栗了一下，"老天！"她喃喃道，几秒钟后又问，"为什么不能是你呢？"

"一般是由欧劳负责对新物种的教学。"

"为什么？如果必须要有人来教我，我宁愿你来教。"

他头部的触须平滑了。

"你喜欢他还是卡古雅？"特婷问道。她的英语并不熟练，只是从听别人谈话中学来的，却比莉莉丝的欧安卡利语好多了。

"我无意冒犯，"莉莉丝说，"但我更喜欢杰达亚。"

"很好，"特婷说，她自己的头部也光滑起来，虽然莉莉丝不明白她高兴什么，"你喜欢他还是尼卡吉？"

莉莉丝张开嘴，然后迟疑了起来。杰达亚老早就把她完全丢给了尼卡吉——毫无疑问是故意的。而尼卡吉……尼卡吉很可爱，有可能因为它是个孩子。它对将要发生在人类幸存者身上的事，并不比她负有更多的责任。它只是在做或试图去做周围的成年人说应该做的事。一个受害者同伴？

不，它不是受害者，只是个很有趣的孩子，不管它的种族是什么。她喜欢它，无关其他。

"你明白了？"特婷问，现在她全身都很平滑。

"我明白了。"她深吸了一口气，"我知道每个人，包括尼卡吉都希望我选择尼卡吉。好吧，你赢了。我认了。"她转向杰达亚，"你们这些人的操控欲简直强得可怕，是不是？"

杰达亚专心地吃着东西。

102

"我就是这么沉重的一个负担吗？"她问他。

他没有回答。

"至少在某一方面，你能帮我减轻一点儿负担吗？"

他的一些触须对准了她："你想要什么？"

"书写材料。纸，铅笔或钢笔——随便你有什么。"

"没有。"

不留余地的拒绝。他就是这个家庭阴谋的一部分，想让她保持无知，同时又竭尽全力教育她。简直是疯了。

她摊开双手，摇了摇头："为什么？"

"去问尼卡吉。"

"我问了！它不告诉我。"

"也许现在会告诉你了。你吃完了吗？"

"吃够了。不只是吃，我在很多方面都受够了。"

"来吧。我来帮你打开墙。"

她站起身来，跟着他走到墙边。

"尼卡吉能帮你记忆，不需要写字。"他用几根头部触须摸着墙壁时对她说。

"怎么做？"

"问它。"

当洞扩展到足够大的时候，她走了过去，发现自己冒冒失失地闯进了两个欧劳之间，除了无意识扫向她的几根头部触须外，它们都懒得关注她。它们在用欧安卡利语飞快地交谈着——争吵着。而毫无疑问，她是它们争执的原因。

她回头看了看，希望能穿过墙走回去，暂时先离开，等它俩中有一个稍后再告诉她，它们到底讨论出什么结果来了。她才不觉得有什么东西会是她渴望听到的呢。但是这堵墙一下子就闭合了起来，简直是反常的迅速。

至少，尼卡吉似乎在坚持自己的立场。在某一刻，它的头部触须剧烈地摆动着，召唤着她。她走到它身旁并肩站定，愿意提供她能提供的任何精神支持来反对卡古雅。

卡古雅停下它正要说的话，面向她："你根本听不懂我们说什么，是吗？"它用英语问道。

"没错。"她承认。

"你现在能听懂我说什么了吧？"它慢慢地用欧安卡利语问道。

"是的。"

卡古雅把注意力转回到尼卡吉身上，快速地说了起来。莉莉丝竭力想听明白，她觉得这句话说的差不多是这个意思："好吧，至少我们知道她有学习的能力。"

"如果有纸和铅笔，我能学得更快。"她说，"但不管有没有这些东西，我都能用三种人类语言中的任何一种说出我对你的看法！"

卡古雅沉默了几秒钟。然后它转过身，打开一堵墙，离开了房间。

墙关上后，尼卡吉躺在床上，双臂交叉在胸前，搂住了自己。

"你还好吧？"她问道。

"另外两种语言是什么？"它轻声问。

她挤出一丝笑容："西班牙语和德语。我过去会说一点儿德语。我还能讲点脏话。"

"你说得……不流利？"

"我西班牙语说得还不错。"

"但为什么不是德语呢？"

"因为自从我学过，或者说过它，已经过了太多年了。我是说，在战争爆发前就过了很多年。我们人类如果不使用一种语言，就会渐渐忘了它。"

"不，你不会。"

她看着它紧紧地收缩起身体的触须，觉得它看起来并不快乐。她学习速度慢，记东西也不行，看来这真的让它很焦虑。"你打算给我一些书写材料吗？"她问道。

"不，我们会用我们自己的方式解决问题，而不是你们的。"

"怎么有效就怎么来吧。但管他呢。既然你还想花两三倍的时间来教我，那就继续吧。"

"我不会的。"

　　她耸了耸肩，不在乎它是否错过了这个姿势或者是没搞懂。

　　"欧安①在生我的气，莉莉丝，不是生你的气。"

　　"可最终的确还是因为我，因为我学得不够快。"

　　"不是。是因为……因为我没有按照它认为我应该做的那样教你，它替我担忧。"

　　"担忧……为什么？"

　　"过来，坐在这儿。我来告诉你。"

　　过了片刻，她又耸了耸肩，走到它身旁坐下。

　　"我长大了，"它告诉她，"欧安想让我对你抓紧点儿，这样它们就能给你分配工作，我也就能成家了。"

　　"你是说……我学得越快，你就能越早成家？"

　　"是的。除非我把你教好了，证明我能教你，不然它们是不会认为我可以成家的。"

　　这就是了。她不仅仅是它的实验动物，从某种角度说还是它的终极考验，虽然她对此还没完全理解。她叹了口气，摇了摇头："尼卡吉，是你找上了我呢，还是我们俩凑巧被扔到一块了？"

　　它什么也没说。它的一只胳膊向后一伸就延长了一倍，这对它很自然，可莉莉丝看了仍然很惊讶。它摩擦起自己的腋窝。莉莉丝把头歪向一边，查看它摩擦的地方。

_____

　　①　欧安，对欧劳家长的称呼。

"你是在成家后还是之前长出感知臂的？"她问道。

"不管我有没有成家，它们都会很快长出来。"

"它们应该在你成家之后长出来吗？"

"伴侣们喜欢它们在之后长出来。男性和女性比欧劳成熟得更快。他们喜欢那种感觉……你们怎么说？帮助他们的欧劳走出童年时代。"

"帮着抚养它们长大成人，"莉莉丝说，"或者帮着把它们带大。"

"带？"

"这个词有几种意思。"

"哦。这种事情没有逻辑可言。"

"也许有，但是你需要一个词源学家来解释它。你和你的伴侣们之间会有些麻烦吗？"

"我不知道，希望没有。我已经告诉他们了，在我能去的时候就过去。"它停了下来，"现在我必须告诉你一件事。"

"什么？"

"欧安想让我什么都不说直接就做了……为了……给你一个惊喜。我不会那么做的。"

"什么！"

"我得帮你做点小改变——很小的改变。我必须帮助你提高你需要的记忆力。"

"你是什么意思？你想改变什么？"

"非常小的东西。反正最后，你大脑的化学物质会发生微小的变化。"

她下意识地用保护的姿势摸着前额。"大脑的化学物质？"她低声说。

"我本想等等，等我成熟了再做的。那时我就可以让你感到愉快，这应该会是很愉快的。但是欧安……我明白它的感受。它说我现在就必须改变你。"

"我不想被改变！"

"那时你会睡过去的，就像杰达亚的欧安修正你的肿瘤时那样。"

"杰达亚的欧安？杰达亚的欧劳长辈做的？不是卡古雅？"

"是的。是在我的家长成家之前做的。"

"很好。"完全没有理由再感谢卡古雅了。

"莉莉丝？"尼卡吉把一只多指的手——有十六个手指的手——放在她的胳膊上，"事情大概是这样的，我先触摸你一下，然后是……一个小穿刺。这就是你的全部感受。当你醒来的时候，就已经改变了。"

"我不想被改变！"

长久的沉默。最后它问："你害怕吗？"

"我又没病！忘记事情对大多数人类来说都是再正常不过

108

的！我不需要对我的大脑做任何调整！"

"好记性有那么糟吗？就像沙拉德的记性那么好，就像我的记性那么好？"

"可怕的是要去干涉别人的想法。"她深深地吸了一口气，"听着，我身体的哪个部分都不能比大脑更能明确我自己。我可不想——"

"你是谁又不会变。我还没有大到能够让你在经历此事时感觉很愉快，可我这么做就是已经大到可以承担起一个欧劳的工作了。如果我不合格，别人早就注意到了。"

"如果每个人都这么肯定你很合格，你为什么要拿我来验证你自己呢？"

它拒绝回答，沉默了几分钟。当它想要把她拉到自己身边坐下时，她挣脱开并站了起来，在房间里踱来踱去。它头部的触须殷勤地追随着她移动，不是平时那种懒洋洋地扫过来的样子。那些触须一直敏锐地指向她，最后她逃进卫生间，躲过了它的凝视。

她坐在地板上，双臂交叉，双手紧握着前臂。

现在会发生什么？尼卡吉会听从命令，在她某次睡着时给她来个惊喜吗？会把她交给卡古雅吗？或者它俩一起上——苍天啊——就让她一个人待着吧！

· ⟨ 6 ⟩ ·

都不知道时间过了多久，她想起了山姆和艾尔——她的丈夫和儿子。他们都是在欧安卡利人到来之前，在战前离世的，在她意识到她的生活——任何人类的生活——可以多么轻易被摧毁之前。

那时有场嘉年华聚会——一块小空地上的廉价嘉年华，有旋转木马，有人群吵吵嚷嚷的喧嚣，还有脏兮兮的小马。山姆决定带艾尔去看，而莉莉丝要照顾自己怀孕的妹妹。那是一个普通的星期六，宽阔干爽的街道上阳光明媚。一个正在学驾驶的年轻女孩开着车迎面撞上了山姆的车。她突然把车转错了方向，也许是莫名其妙失去了对她所驾汽车的控制。她只有学员许可证，不能独自开车。她犯的错误让她丧了命。艾尔死了，在救护车赶到时他已经死了，尽管医护人员试图让他复苏。

山姆当时是半死。

他的头部受了重创——脑损伤。事故发生后三个月，他的生命才终结，垂死挣扎了三个月。

有时他多少有些意识，但谁都认不出。他的父母从纽约过来陪着他。他们是尼日利亚人，已经在美国生活了很长时间，他们的儿子在那里出生和成长。然而，他们对他和莉莉丝的婚姻并不满意。他们让山姆以美国人的身份长大，但当他长大后，却把他送到拉各斯。他们曾希望他娶一个约鲁巴姑娘。他们从未见过孙子，现在他们再也见不到了。

那时候，山姆已经认不出他们了。

他是他们唯一的儿子，但他的目光穿过他们，就像穿过莉莉丝一样，聚焦于虚无。他的眼神空荡荡的，认不出人来，他的内里已经空了。有时莉莉丝独自坐在他身边，抚摸着他，短暂地引起那双空洞眼睛的注意。但那个人已经走了。也许他和艾尔在一起，或者陷在她和艾尔之间，陷在这个世界和另一个世界之间。

或许他是有意识的，但被隔离在他脑海中的某个角落里，无法与外界的任何人联系——被困在最狭窄、最绝对的孤独囚室里——直到，不幸之中的万幸，他的心脏停止了跳动。

这就是脑损伤——脑损伤的一种形式。还有其他更糟的形式。山姆垂死的那几个月里，她在医院里看到了那些人。

他很幸运能够死得那么快。

她从来不敢大声说出那个想法。当她为他哭泣时，这个念头突然冒出来。现在她又想起了这件事。他很幸运能够死得那么快。

　　她会同样幸运吗?

　　如果欧安卡利人损伤了她的大脑,他们会让她体面地去死吗?或者他们会让她活着,一个囚犯,永远被关在孤独囚室中?

　　她突然发现尼卡吉已经悄悄地走进卫生间,在她对面坐了下来。它以前从未这样入侵她的领地。她对着它怒目而视。

　　"我处理你生理机能方面的能力并没有问题,"它的语声轻柔,"如果我做不到这一点,我的缺陷早就会被发现了。"

　　"出去!"她吼道,"离我远点!"

　　它没动,继续用同样温柔的声音说:"欧安说人类至少在一代人里都不值得与之沟通。"它的触须扭动着,"我不知道该如何和一个不能沟通的人相处。"

　　"脑损伤不能改善我的沟通能力。"她的话中充满了苦涩。

　　"我宁愿损伤我自己的大脑,也不愿损伤你的。当然两者我都不会损伤。"它犹豫着,"你知道你必须接受我,或者欧安。"

　　她什么也没说。

　　"欧安是一个成年人。它能使你感觉快乐。它并不像看起来那样……那样生气。"

　　"我又不是在寻求快乐。我甚至都不知道你在说什么。我只想一个人待会儿。"

　　"是的。但你必须信任我,或者让欧安给你一个惊喜,它已经等得不耐烦了。"

"你自己不会这么做——不会这么给我一个惊喜？"

"不会。"

"为什么不会？"

"这样做是不对的——让人受惊。"它说，"这是……对待他们就好像他们不是人，就好像他们没有智慧。"

莉莉丝苦涩地笑了："你为什么突然为这个操起心来？"

"你想让我给你个惊喜吗？"

"当然不想！"

沉默。

过了一会儿，她站起来，走到床前。她躺了下来，翻来覆去之后终于睡着了。

她梦见了山姆，看到了那空洞的眼神，醒来时一身冷汗。她的头也开始隐隐作痛。尼卡吉像往常一样摊在她身旁。它看起来很颓废，死气沉沉。如果醒过来时发现躺在她身边的不是一个苦恼的孩子，而是卡古雅，就像个古怪的情人，那会是什么感觉？她战栗着，恐惧和厌恶汹涌而来。她一动不动地躺了几分钟，使自己平静下来，强迫自己做了一个决定，然后在恐惧把她压垮之前采取了行动。

"醒醒！"她对尼卡吉厉声喊道，粗哑的嗓音吓了自己一跳，"醒醒，做你声称必须得做的事。赶快把它干完。"

　　尼卡吉立刻坐了起来，把她侧翻过来，扯开她睡觉时穿着的夹克，露出她的后背和脖子。她还没来得及抱怨或改变主意，它就动手了。

　　在她的后颈，她感觉到它说过的触摸，压力略大了一些，然后是穿刺，比预料的要疼一些，但疼痛很快就消失了。几秒钟后，她陷入了无痛的半清醒状态。

　　然后是混乱的记忆，梦境，最后是一片虚无。

当她醒来时，感觉很轻松，只是略有些迷茫，她发现自己已经穿好了衣服，独自一人。她静静地躺着，不知道尼卡吉对她做了什么。她已经被改造过了吗？是怎么改造的？它已经完成了吗？一开始她动弹不得，但当这让她陷入茫然无措中时，她发觉麻痹感渐渐消失了。她又能控制自己的肌肉了。她小心翼翼地坐起来，刚好看见尼卡吉穿过墙壁走进来。

它爬到床上靠到她身边，灰色的皮肤光滑得像抛光的大理石。"你太复杂了。"它说，牵起了她的双手。它没有像往常那样用它的头部触须指着她，而是把它的头凑近她的头，用触须碰了碰她。然后它坐回去，触须照样对着她。她淡定地想，这种行为很不寻常，应该引起警觉。她皱起眉头，想要找出点儿恐慌感。

"你身上充满了那么多的生和死，还有那样巨大的改变潜力。"尼卡吉接着说，"我现在终于明白为什么有些人要花那么长的时间才能克服对你们人类的恐惧。"

她审视着它："估计是因为我还在麻醉中，思维还不在状态，我不懂你在说什么。"

"是的。你永远都不会真正理解的。但是当我成熟的时候，我会试着让你感受一点儿。"它又把头凑了过来，伸出触须抚摸着她的脸，还伸进她的头发里。

"你在干什么？"她问道，仍然无法让自己感到哪怕一丝惴惴不安。

"确保你没事。我不喜欢我对你做的事。"

"你做了什么？我毫无感觉——除了有点儿兴奋。"

"你听得懂我的话。"

她渐渐醒悟过来，尼卡吉来到她面前时，说的是欧安卡利语，她也用同样的语言，没怎么经过大脑就直接回答了。这种语言感觉很自然，就像英语一样易于理解。她能记起所有她学过的东西，而且全都变成她自己的知识了。她甚至很容易就发现了在自己知识上的缺口——她知道的英语里的某些单词和表达方式，却无法翻译成欧安卡利语；她没有真正理解一些欧安卡利语法；有些特定的欧安卡利语的词汇无法用英文翻译，但她已经领会了它们的意思。

现在她又惊慌，又高兴，又害怕。她慢慢地站起来，试了试抬起腿，发现腿脚有点儿不稳，但还能活动。她想要清除心中的迷雾，以便能够审视自己，并相信自己的发现。

"我很高兴家人决定把我们俩放到一起，"尼卡吉说，"我之前不想和你一起工作。我还曾想摆脱它，我很害怕。我所能想到的就是，我会很容易就失败的，而那可能会对你造成很大伤害。"

"你的意思是……你的意思是对你刚才所做的，你自己也没把握？"

"那个？我当然有把握。你的'刚才'花了很长时间。比你平时睡觉的时间长得多。"

"但是你说的失败是什么意思——"

"我担心我永远无法说服你给予我足够的信任，让我向你展示我能做到什么程度——给你看我不会伤害你。我怕我会让你恨我。对一个欧劳来说，把事情搞成那样……是非常糟糕的。比我能表述给你的更糟。"

"但卡古雅不这么想。"

"欧安说，人类——任何能作为交易伙伴的新物种——都不能以我们对待彼此的方式对待他们。这在一定程度上是正确的。我只是觉得太过分了。我们生来就是和你们一起工作的。我们是丁索，应该能够找到解决大部分分歧的方法。"

"强制，"她的话中充满了苦涩，"你们就找到了这种方法。"

"不。欧安会这么做的。可我不会。如果不行，我就去见艾哈佳和迪昌，拒绝和他们成家。我会在阿克加人中寻找伴侣，因为他们不会与人类直接接触。"

　　它的触须又光滑了："但是现在我就可以去艾哈佳和迪昌家，他们可以成家了，你会和我一起过去。等你准备好了我们就派你去工作。你会帮我度过最终蜕变。"它摩擦着腋下，"你能帮我吗？"

　　她把目光移开："你想让我做什么？"

　　"跟我在一起就行了。有时，艾哈佳和迪昌在我身边会使我痛苦。我会……感觉到性刺激，却什么都做不了。非常刺激。而你对我没那种影响。你的气味，你的触觉是不一样的，是中性的。"

　　感谢上苍，她想。

　　"当我蜕变的时候，独自一人对我来说不好。我们需要身边有人照顾，比任何时候都需要。"

　　她想知道它长着第二对胳膊会是什么样子，它的成熟期会是什么样子。更像卡古雅吗？或者更像杰达亚和特婷。性别会在多大程度上决定欧安卡利人的性格？她摇了摇头，愚蠢的问题。甚至在人类中，她也不知道性别会在多大程度上决定人格。

　　"那两条胳膊，"她说，"是性器官，对吧？"

　　"不，"尼卡吉告诉她，"它们是保护性器官：感知手。"

　　"可是……"她皱起眉头，"卡古雅的感知臂末端并没有手。"事实上，它的感知臂末端什么也没有。冰冷坚硬的皮肤长成一个粗糙的盖子——像结了一个大痂。

　　"手藏在里面。如果你要看，欧安会给你看的。"

　　"那就不必了。"

它的身体光滑了："等我也长出来，我给你看我自己的。你愿意和我一起看着它们长出来吗？"

她还能到哪儿去？"是的。关于你的感知臂生长的事情，在它开始之前，你得确保我知道所有我该知道的。"

"好的。我大部分时间都在睡觉，但我还是需要有人陪在身边。如果你在那儿陪着我，我会知道，而且会安心的。你……你可能得喂我吃东西。"

"没关系。"欧安卡利人吃东西的方式没什么不寻常的，至少表面上是这样。它们有几颗门牙是尖的，但是大小和人类的差不多。她曾两次在散步时见过欧安卡利女性把舌头一直伸到喉咙口，但通常情况下，他们会把这些灰色的长舌头放在嘴里，就和人类使用舌头一样。

尼卡吉发出了一种解脱的声音——身体的触须摩擦在一起，听起来就像把硬邦邦的纸揉皱的声音。"好，"它说，"伴侣们知道当他们靠近时我们的感受，它们知道那种挫折感，有时他们还觉得这样很有趣。"

莉莉丝惊讶地发现自己居然笑了："的确，有点儿有趣。"

"只有那些施虐者会这样。你在那儿，他们对我的折磨会少点儿。但在这些事之前……"它停了下来，一根触须随意地对着她，"在这之前，我会试着帮你找一个会说英语的人，一个特别特别喜欢你的人。现在欧安不会妨碍你们的会面了。"

· 8 ·

莉莉丝很早以前就做过一天的定义了，自己的身体感觉到一天有多长，一天就是多长。现在，她新近改善的记忆也那样告诉她。一天就是长时间的活动，再加上接下来的长时间睡眠。现在，她能够记起她被唤醒后的每一天。当尼卡吉说为她寻找一个讲英语的人时，她数着日子盼着。它独自出去会了几次面。她说什么也不能诱使它带上她一起去，它甚至都不告诉她它跟谁谈过话。

最后卡古雅找了一个人。尼卡吉去看了一下，接受了家长的判断。"那个人打算选择留在这里。"尼卡吉告诉她。

她从卡古雅早些时候所说的话中预料到了这一点。不过，这仍然令她难以置信。"是男人还是女人？"她问道。

"男的。一个男人。"

"怎么……他怎么会不想回家呢？"

"他和我们住在一起很长时间了。他只比你大一点儿，却在小时候就被唤醒，而且经常处在清醒的状态。一个托艾特家庭愿意接受他，他也愿意和他们住在一起。

愿意吗？他们给了他什么样的选择？也许是他们给她的那种，他比她小了好几岁。也许当时他只是一个男孩。他现在是什么样？他们用人类的原材料造出了什么？"带我去见他。"她说。

莉莉丝第二次乘坐平板车穿过熙来攘往的廊道。这辆车和她第一次乘的一样慢。尼卡吉没有操纵它，只是偶尔用头部触须碰一下它的左右两边，让它转弯。大约半个小时后，她和尼卡吉才下了车。尼卡吉用几根头部触须碰了碰运输车，把它遣走了。

"我们回去时不需要用它吗？"她问道。

"我们会叫另一辆的。"尼卡吉说，"也许你想在这儿多待一会儿。"

她目光锐利地看着它。这是什么意思？圈养繁殖计划的第二步？她瞥了一眼离去的运输车。也许她太急于同意见这个人了。如果他彻底地脱离人性，并想要留在这里，谁知道他还会做出什么事。

"这是一种动物。"尼卡吉说。

"什么？"

"我们乘的那辆车。它是一只动物。一只提利奥。你知道吗？"

"不，但我并不惊讶。它是怎么移动的？"

"在一层薄膜上，一种很滑的物质。"

"黏液？"

尼卡吉犹豫着："我知道这个词，它……并不恰当，但有那么点儿意思。我见过地球上的动物采用黏液移动。与提利奥相比，它们的效率很低，但我可以看到它们的相似之处。我们从更大型、更高效的生物身上塑造了提利奥。"

"它没留下一道黏液的痕迹。"

"不会的。提利奥的尾部有一个器官，可以收集它喷出的大部分物质。剩下的都被船吸收了。"

"尼卡吉，你们造过机器吗？使用金属和塑料来代替生物？"

"我们会在必要的时候这么做。我们……不喜欢这样做。这样就不会有交易。"

她叹了口气："那个人在哪儿？顺便问一下，他叫什么名字？"

"保罗·提图斯。"

好吧，这也没告诉她什么。尼卡吉把她带到附近的一堵墙边，用三根长长的头部触须拍了几下。墙从灰白色变成了暗红色，但没打开。

"有什么问题吗？"莉莉丝问道。

"没有。很快就会有人来应门。如果你不熟悉房子的情况，最好不要贸然闯进去。最好让住在里面的人知道你在外头等着想进去。"

"所以你所做的就像在敲门。"她说。她正要示范敲门的动作时，墙开始打开了，里面站着一个人，他只穿了一条破破烂烂的短裤。

她打量着他。他是人类，又高又壮，和她一样黑，胡子刮得干干净净。在她看来，他给她的第一印象似乎不太对——很奇怪，很陌生，但又很熟悉，引人注目。他很美，即使他有点儿驼背，还有点儿显老，但还是很美。

她瞥了尼卡吉一眼，发现它像雕像似的纹丝不动。它显然不打算很快移动或说话。

"保罗·提图斯？"她问。

那人张开嘴，又闭上，咽了口唾沫，点点头。"是的。"他终于说。

他的声音——很低沉，绝对是人类的，绝对是男人的——唤起了她心中的渴望。"我是莉莉丝·伊亚波，"她说，"你已经知道我们要来吗？或者这对你来说是个惊喜？"

"快进来，"他说，摸了摸墙上的开口，"我当然知道。你都不知道你有多受欢迎。"他扫了一眼尼卡吉，"卡尔尼卡吉·欧·杰达亚特婷卡古雅·艾吉·丁索，请进，谢谢你带她来。"

尼卡吉用它的头部触须摆出了一个复杂的问候姿势，然后走进房间——和其他房间一样空荡荡。尼卡吉走到角落里的一个平台边，折叠起身体坐了下来。莉莉丝也选了一个平台，能够让自己几乎背对着尼卡吉坐下来。她想忘掉它就坐在那里观察，因为它显然除了在一边观察之外什么也不打算做。她想把所有的注意力都放到那个男人身上。他是一个奇迹——一个人类，一个会说英语的成年人，长得有点儿像她一位死去的哥哥。

他的口音和她的一样，是美国口音，她脑子里的问题多到都要溢出来了。战前他住在哪里？他是怎么活下来的？在这个普通的名字背后是怎样的一个人？他见过别的人类吗？

他——

"你真的决定了留在这儿吗？"她突然问道。这不是她之前打算问的第一个问题。

那人盘着腿坐在一个大到可以当餐桌或床的平台中央。

"他们把我唤醒时，我十四岁，"他说，"我认识的人全都死了。欧安卡利人说如果我想去，他们最终还是会把我送回地球。可在这里待了段时间后，我就知道这就是我真正想待的地方。地球上还剩什么，我一点儿都不在乎。"

"每个人都失去了亲人和朋友，"她说，"据我所知，我是家里唯一还活着的人。"

"我看见我的父亲，我的兄弟——他们的尸体。我不知道我母亲怎么样了。当欧安卡利人找到我时，我都快死了。他们是这么告诉我的，我不记得了，但我相信他们。"

"我也不记得他们找到我时的情景。"她转过身来，"尼卡吉，你们的人对我们做了什么，让我们忘了吗？"

尼卡吉似乎慢慢地活跃了起来："他们只能这么做，"它说，"我们允许有一些人记住自己的获救过程，可那些人会变得无法控制。那些人中有一些不管我们怎么照料还是死了。"

一点儿都不奇怪。当意识到她的家、她的家人、她的朋友、她的世界都被摧毁了，她试着想象自己在震惊中会有什么举措。面对一群欧安卡利人的搜救队时，她一定会以为自己疯了。或者也许她确实有一段时间失去过理智。她没有试图用自杀来摆脱它们，这真是个奇迹。

"你吃过了吗？"那人问。

"是的。"她突然害羞起来。

接着是一段长时间的沉默。"你以前是干什么的？"他问，"我的意思是，你工作过吗？"

"我重回校园了，"她说，"我主修人类学。"她苦笑着，"我想我可以把这里看作实地考察，但该死的，我该怎么走出实地？"

"人类学？"他皱着眉头说，"哦，对，我记得战前读过一些玛格丽特·米德①的作品。你想研究什么？部落的原住民？"

"不同的人。那些行事方式和我们不一样的人。"

"你家在哪儿？"他问道。

---

① 玛格丽特·米德（Margaret Mead, 1901—1978），美国人类学家，美国现代人类学成形过程中最重要的学者之一。

"洛杉矶"。

"哦，是的。好莱坞，比弗利山庄，电影明星。我一直想去那里。"

一次旅行就能粉碎他的幻想。"你家在……"

"丹佛。"

"战争开始时你在哪里？"

"大峡谷——玩激流勇进。那是我们头一次真正的不管干什么事，不管去哪儿都很棒。我们后来冻僵了。我父亲过去还常说核冬天不过就是政治宣传。①"

"我当时在秘鲁的安第斯山脉，"她说，"徒步前往马丘比丘。我也没去过什么地方，真的。至少从我丈夫——"

"你结过婚？"

"是的。可他和我儿子……去世了，我是说在战前。我去秘鲁做了一次游学旅行。这是返回大学的一部分。一个朋友说服我去旅行。她也去了……死了。"

"是的。"他不自在地耸了耸肩，"我有点儿期待自己能上大学。但我刚上完十年级，一切就发生了。"

"欧安卡利人一定把很多人带出了南半球，"她说，又想了想，

---

① 这个理论预测了一场大规模核战争可能产生的气候灾难：当使用大量的核武器，特别是对城市这样的易燃目标使用核武器，会让大量的烟和煤烟进入地球的大气层，将可能导致极度寒冷的天气。

"我的意思是，我们也被冻住了，但我听说南方的冰冻并不彻底。肯定有很多人活了下来。"

他陷入了自己的思绪中。"这很有趣，"他说，"一开始你比我大好几岁，但我醒了这么久……我猜我现在比你大。"

"我不知道他们能在北半球救出多少人——除了那些躲在没被炸开的避难所里的士兵和政客。"她转身想问尼卡吉，发现它不见了。

"它几分钟前就走了，"那人说，"只要他们愿意，他们可以静悄悄地飞快离开。"

"但是——"

"嘿，别担心。它会回来的。如果它没回来，你又想要什么的话，我可以打开墙或者给你弄点吃的。"

"你行吗？"

"当然。当我决定留下来时，他们稍微改变了我身体的化学成分。现在墙壁会为我敞开，就像为他们敞开那样。"

"噢。"她不确定自己是否喜欢和这个男人这样待在一起——尤其是如果他说的是实话。如果他能打开墙壁而她不能，那她就是他的囚犯。

"他们可能在监视我们，"她说。她模仿着尼卡吉的声音，用欧安卡利语说："现在让我们看看，如果他们认为自己是单独待着的，他们会做什么。"

那人笑了："他们可能会。这并不重要。"

"这对我很重要。我宁愿观察者就在身旁，这样我也能同时留意他们。"

他又哈哈笑了起来："也许他认为，如果他待在这里，我们可能会有点儿放不开。"

她故意忽略了这句话中的暗示，"尼卡吉不是男性，"她说，"它是欧劳。"

"是的，我知道。但你不觉得你的这位欧劳对你来说是男性吗？"

她想了想："没有。我想我已经接受了他们自己所说的性别。"

"当他们唤醒我的时候，我觉得欧劳表现得像男人和女人，而他们的男性和女性表现得像太监。我从来没有改掉把欧劳当成男人或女人的习惯。"

莉莉丝觉得，对于一个决定在欧安卡利人中度过一生的人来说，这是一种愚蠢的方式，是一种故意的、固执的无知。

"你要等到你的那位成熟了，"他说，"你就会明白我的意思。当它们长出两个额外的东西时就变了。"他扬起眉毛，"你知道那是什么东西吗？"

"是的。"她说。他可能知道得更多，但她意识到自己不想鼓励他谈论性，甚至连欧安卡利人的性都不想谈。

"那么你就知道那两个东西可不是手臂，不管他们让我们怎么称呼它们。这些东西一长出来，欧劳就会让大家都明白谁是老大。欧安卡利男女需要一些性别解放运动。"

她舔了舔嘴唇："它希望我帮助它完成蜕变。"

"帮助它。你怎么说的？"

"我说我会的。听起来要做的不多。"

他笑了："这倒不是什么难事。不过能让他们欠你的情。让一名强者欠你的情，这主意不错。这也能证明你是可信的。他们会感激你，你也会更自由。说不定他们会帮你调整一下，这样你就可以自己打开墙了。"

"你就是这样的吗？"

他不安地晃了一下身体："差不多。"他从平台上站起来，伸出十个手指摸了摸身后的墙，等着墙打开。这面墙后面是一个她经常在家里看到的食品储藏柜。家？好吧，它还能是什么？她住在那里。

他拿出三明治，一种看起来像小馅饼的东西——那就是馅饼——还有一种看起来像炸薯条的东西。

莉莉丝惊奇地看着食物。她对欧安卡利人给她的食物很满意——自从她和尼卡吉一家住在一起以来，食物的种类很丰盛，味道很丰富。她偶尔会怀念肉的味道，但欧安卡利人曾明确表示，他们既不会为她宰杀动物，也不会允许她和他们一起生活时宰杀动物，她也没有太介意。她从来就不是一个对吃的方面特别挂心

的人，也从来没有想过让欧安卡利人把他们准备的食物做得更像
她以前所习惯的地球上的样式。

"有时候，"他说，"我特别想吃汉堡包，做梦都梦见它们。
你知道那种配着奶酪、熏肉、腌黄瓜和——"

"你在三明治里夹了什么？"她问道。

"假肉——我想主要是大豆——和夸挞。"

夸挞赛椰沙，一种很像奶酪的欧安卡利蔬菜。"我自己也吃
过很多夸挞。"她说。

"那就来吃点儿吧。你不会真想坐在那儿看我吃吧？"

她微笑着接过了他给的三明治。她一点儿也不饿，但和他一
起吃东西既友善又安全。她又吃了一些他给的炸薯条。

"这是木薯，"他告诉她，"但尝起来像土豆。在来这儿之前，
我从没听说过木薯。欧安卡利人还种了一些热带植物。"

"我知道。他们的意思是，我们这些要回到地球的人，可以
种植和利用它。你可以用它来磨面粉，就和小麦粉一样用。"

他一直盯着她，直到她皱起眉头。"有什么问题？"她问。

他的目光从她身上移开，瞥向下方，却什么也没看。"你真
的想过那里会是什么样子吗？"他轻声问道，"我是说……石器
时代！用树枝在地上挖草根，说不定要吃虫子、老鼠。我听说老
鼠活了下来。牛马都没了，狗也没了，但老鼠生存了下来。"

"我知道。"

"你说你生了个孩子。"

"我儿子，死了。"

"是的。好吧，我敢打赌，在他出生时，你在医院里，医生和护士围在你身边帮你，给你打止痛针。你在一片丛林里能做什么？那里除了虫子、老鼠和那些同情你却连一点儿屁事都帮不上的人，还会有什么？"

"我是自然分娩的，"她说，"一点儿都不好玩，但一切都很顺利。"

"你这话是什么意思？没用止痛药吗？"

"没有。也没在医院里，是在一个叫作生育中心的地方，为那些不喜欢被当作病人对待的孕妇准备的。"

他摇摇头，意味深长地笑起来："我想知道在他们找到你之前，试过了多少女人。我敢打赌肯定很多。你可能正是他们想要的，你这样的我甚至都没想过。"

他的话深深地扎在了她的心里，但是她不想显露出来。经过那么多的询问和考验，经过两年半时间的全天候观察，欧安卡利人一定知道她在某些方面有着远超他人的能力。他们安排她经历了一些事，清楚她会有什么反应。他们知道如何操纵她，操纵她做任何他们想做的事。当然，他们知道她有一些他们认为重要的实践经验。如果她在分娩时特别艰难——如果她不顾自己的意愿被送到医院，如果她需要剖宫产——他们很可能就会跳过她找别人了。

"你为什么要回去？"保罗问，"你为什么要像女野人一样活着？"

"我不会的。"

他睁大了眼睛："那你为什么不——"

"我们还没忘记我们所知道的，"她说，自顾自笑了起来，"如果我想的话，我就不会忘记。我们不需要回到石器时代。当然，我们会有很多艰苦的工作要做，但有了欧安卡利人教给我们的，还有我们已经知道的东西，我们至少还有机会。"

"他们不是免费教的！他们救我们可不是出于好心！都是为了和他们做交易。你知道去那儿你得付出多少！"

"你住在这儿要付出多少？"

沉默。

他又吃了几口食物。"代价是一样的，"他轻声说，"等他们和我们的交易完成了，就没有真正的人类了。这里不会有，地球上也不会有。炸弹开启的，会由他们来终结。"

"我不相信事情会是这样的。"

"就是这样的。不过是你醒得还不够久而已。"

"地球是那么大的一个地方。即使它的一部分不适合居住，它仍然该死的特别大。"

他以一种坦率的、毫不掩饰的怜悯看着她，让她生气地往后缩了一下。"你以为他们不知道那地方有多大吗？"他问道。

"如果我那样想的话，我就没必要对你和正在听的人说这些了。他们知道我想什么。"

"他们知道怎么让你改变主意。"

"不，从来没有。"

"就像我说的那样，你醒过来没多久。"

他们到底对他做了什么，她想知道。难道仅仅是因为那群人让他醒太久了吗——清醒着，大部分时间都没有人类的陪伴？他苏醒过来，意识到他原先所知道的一切都已消逝，他在地球上所能拥有的，没有一样能与他之前的生活相比。对于一个十四岁的孩子来说，怎么能接受呢？

"如果你想的话，"他说，"他们会让你留在这里……和我在一起。"

"什么，永久性的？"

"是的。"

"恕我拒绝。"

他放下没分给她吃的小馅饼，走到她跟前。"你知道他们希望你说不，"他说，"他们把你带到这里来，这样你就能说出来，等这事结束了，他们就能再一次确信他们对你的看法是正确的。"他站在那里，又高又大，离她太近，让她极其紧张。她很沮丧地发现自己怕他。"给他们一个惊喜，"他继续柔声说，"不要做他们期望的事——就这一次。别让他们拿你当木偶来耍。"

他把手放在她的肩上。当她反射性地往后缩时，他紧紧地抓住了她，抓得她都有点儿疼了。

她静静地坐着，瞪着他，瞪他的方式和当年她母亲瞪她时一样。在她认为她儿子在做他明知不对的事情时，她也曾用同样的眼神瞪着他。提图斯在多大程度上还只有十四岁，还只是那个被欧安卡利人唤醒的男孩，被折服，被诱惑着加入了他们的行列？

他放开了她。"你在这里会很安全，"他柔声说，"在地球上……你能活多久？你想活多久？即使你没忘记你知道的，别人也会忘记。有些人想成为野人，把你拖走，把你关进后宫，把你揍出屎来。"他摇摇头，"告诉我，我错了。坐在这儿，告诉我，我错了。"

她把目光从他身上移开，意识到他也许是对的。地球上会有什么在等着她？苦难？征服？死亡？当然，有些人会抛弃文明的约束。也许一开始不是，但最终——一旦他们意识到他们可以逃脱惩罚。

他又抓住她的肩膀，这次笨拙地试图吻她。这就像她能回忆起的曾被一个热切的男孩亲吻的场景，可这并没有让她感到不快。她发现自己尽管害怕，但还是对他做出了反应。但在抓住几分钟的欢愉之外，还有一些别的东西存在。

"你瞧，"当他退回去时，她说，"我对为欧安卡利人进行一场表演并不感兴趣。”

"他们看了又有什么区别？又不是人类在观察我们。"

"他们看的是我。"

"莉莉丝，"他摇着头说，"他们会一直看着你的。"

"另一件我不感兴趣的事情是，生出一个人类孩子由他们摆布。"

"你可能已经生过了。"

突然的惊恐使她沉默了，她的手移到了腹部，她的夹克遮住了伤疤。

"他们没有足够多我们的人来进行他们所谓的正常交易，"他说，"他们所拥有的大部分人都将是丁索的——那些想回到地球的人。分给托艾特这一支的人数不够，他们必须制造出更多人类来。"

"在我们沉睡时吗？他们用某种方法——"

"用某种方法！"他咬牙切齿地说，"不管怎样！他们从甚至素不相识的男女身上取来材料，把它们搅到一起，再找女人生下孩子，而这些女人从来都不认识孩子的父亲，甚至可能从来都不知道有过孩子。或者他们把胎儿放进另一种动物体内。他们可以改造动物来孵育人类胎儿，就像他们说的。也许他们甚至不用操心男人和女人。说不定他们只是从一个人身上刮下一点儿皮肤，然后用它来制造婴儿——克隆，你知道的。或许他们用的是一种图谱——别问我图谱是什么。但如果他们拿到你的，就可以用它来制造另一个你，即使你已经死了一百年，你的尸骨已经没有丁点东西剩下。这仅仅是个开始。他们能以一种我甚至不知道该怎么描述的方式来制造人。看来，他们唯一不会做的事就是让我们自己待着，让我们以自己的方式行事。"

他的手抚摸着她，几近温柔。"至少他们到现在还没有。"他突然剧烈摇晃着她，"你知道我有几个孩子吗？他们说，'你的基因材料已经用于制造七十多个儿童。'可在我到这儿的全部时间里，我连一个女人都没见过。"

他盯着她看了几秒钟，她害怕他，怜悯他，渴望离开他。这么多年里，她见到了第一个人，可她想做的，就是离他而去。

然而，企图跟他进行身体对抗是毫无用处的。她很高，一直自以为很强壮，但他要高大得多——六英尺四英寸①，六英尺五英寸？还很健壮。

"他们用两百五十年的时间来愚弄我们，"她说，"可能我们没办法阻止他们，但我们没必要去帮他们。"

"见鬼去吧。"他试图解开她的夹克。

"不！"她大喊道，故意吓唬他，"他们拿我们当动物看待。把一匹种马和一匹母马放在一起直到它们交配，然后把它们送回

---

① 1英寸 = 0.0254 米。

它们的主人那里。他们介意什么？它们只是动物！"

他扯下她的夹克，又摸索起她的裤子。

她突然用身体全力撞向他，把他给撞开了。

他跌跌撞撞地后退了几步，站稳了脚跟，又向她扑过来。

她朝他尖叫着，把腿甩过她坐的平台，匆忙跳到平台的对面。平台此刻拦在他们中间。他大步绕了过去。

她又急忙坐回到平台上，把双腿摆了回去，他们中间还是隔着平台。

"别让自己成了他们的走狗！"她恳求道，"别这样！"

他继续追着她，已经走得太远，根本不在乎她说什么，他实际上看起来还挺乐在其中。他跳到床上从床边拦住她，把她逼到墙角。

"他们以前让你做过多少次？"她绝望地问，"你在地球上有一个妹妹吗？你现在还认识她吗？说不定他们让你和你妹妹一起做。"

他抓住她的胳膊，猛地把她向自己拽过来。

"说不定他们让你和你妈妈一起做！"她喊道。

他僵住了，她祈祷自己触到了要害。

"你妈妈，"她重复道，"你从十四岁起就没见过她。你怎么知道他们没把她带到你身边，而你——"

他冲她挥了一拳。

　　她在震惊和痛苦中摇摇晃晃地倒向他，他半推半摔地把她甩开，仿佛发现自己抓着什么恶心的东西。

　　她重重地摔倒在地，但他走过来站到她身边时，她还没有完全失去知觉。

　　"我以前从来没做过，"他小声说，"一次也没和女人在一起。但谁知道他们拿我的东西和谁混到了一起。"他停了下来，俯视着摔倒在地的她，"他们说我可以和你一起做。他们说如果你愿意，你就可以留在这里。可你却要把事情搞砸！"他狠狠地踹她。

　　她失去意识前听到的最后一个声音是他那刺耳的辱骂声。

她被周围的声音惊醒了——有欧安卡利人在她身边，没碰她。是尼卡吉和另一位。

"现在走吧。"尼卡吉说，"她在恢复知觉。"

"也许我该留下来，"另一位温柔地说，是卡古雅。她曾经以为，所有的欧安卡利人的声音都很相似，都是平静的雌雄莫辨的声音，但现在她不会搞错卡古雅那虚伪的温柔语调了。"你可能需要我帮忙照料她一下。"它说。

尼卡吉什么也没说。

过了一会儿，卡古雅沙沙地拨弄着它的触须说："我走了。你成长得比我想象的要快。也许她终究还是对你有好处的。"

她看见它穿过一堵墙走了。直到它消失，她才感觉到自己身体的疼痛——她的下巴，她的侧腰，她的头，尤其是她的左臂。不是剧痛，也不是很猛烈。只有钝痛、一阵一阵的抽痛，在她想动一下时特别明显。

"别动，"尼卡吉告诉她，"你的身体还在恢复。疼痛很快就会消失的。"

她丝毫不顾疼痛，别开脸去。

长时间的沉默。最后它说："我们不知道。"它停了下来，纠正了自己，"我不知道男人会怎么做。他以前从未像这样彻底地失控过。他已经好多年都没失控了。"

"你们把他和他的同类隔绝了，"她用肿胀的双唇艰难地说，"你们让他远离女人多久了？十五年？更久？从某种意义上说，这些年来你们一直让他维持在十四岁。"

"在遇见你之前，他一直对他的欧安卡利家庭很满意。"

"他知道什么？你们从来不让他看见别的人类！"

"这并不是必需的。他的家人在照顾他。"

她凝视着它，比以往任何时候都更强烈地感受到他们之间的差异——尼卡吉那种不可逾越的相异性。她可以用它的语言和它交谈好几个小时，却无法沟通。对它来说可能也一样，虽然不管她是否能理解，它都可以强迫她服从，或者把她交给那些会对她动粗的人。

"他的家人认为你会和他成为伴侣，"它说，"他们知道你不会永远和他在一起，但他们相信你至少会和他共享一次性爱。"

共享性爱，她悲哀地想。它是从哪里学来这个表达的？她从来没有说过。不过她很喜欢。她应该和保罗·提图斯共享性爱吗？

"也许还会怀孕。"她大声说。

"你不会怀孕的。"尼卡吉说。

她的全部注意都被吸引过来。"为什么不会？"她问道。

"现在还不是你要孩子的时候。"

"你们对我做了什么？让我绝育了？"

"你们称为节育。我们对你做过一些微小的调整，这是在你沉睡的时候做的。最初我们对所有人类都采取过这个措施。最终会解除的。"

"什么时候？"她苦涩地问道，"你们打算什么时候让我生孩子？"

"还没有。要等你准备好了，只有在这个时候。"

"谁决定呢？你吗？"

"是你，莉莉丝。你。"

它的真诚使她感到迷茫。她认为自己已经学会了通过姿势、感知触须的位置和语调来解读它的情绪。它似乎不仅如往常一样在讲真话，而且是在讲一句它认为很重要的真话。然而，保罗·提图斯似乎也讲了真话。"保罗真的有七十多个孩子吗？"她问道。

"是的。他还告诉了你为什么。托艾特迫切需要更多你们的人来实现真正的交易。大多数从地球上被带走的人必须被送回地球，但是托艾特必须要有至少相同数量的人留在这里。最好是出生在这里的人留在这里。"尼卡吉犹豫着，"他们不应该告诉保罗他们在做什么。但这是一件很难及时认知的事——有时我们察觉得太晚了。"

"他有权知道！"

"他所知道的把他吓坏了，让他很痛苦。你抓住了他内心深处的恐惧——也许他的一位女性亲人幸存下来，并被用他的精子授精。他被告知这种事并没有发生。有时他信了，有时不信。"

"可他仍然有权知道。我会希望自己能知道。"

沉默。

"对我做过吗，尼卡吉？"

"没有。"

"那么……会这样做吗？"

它犹豫了一下，然后轻声说："托艾特有你的基因图谱，我们带到船上的每一个人的都有。他们需要基因的多样性。我们也保存着他们带走的人的图谱。在你死后千年，你的身体可能会在船上重生。那不会是你，她将成长为另一个自己。"

"一个克隆人。"她闷闷地说。她的左臂还在抽痛，她下意识地揉了揉，实际上并没有注意到痛苦。

"不，"尼卡吉说，"我们保存下来的不是你的活体组织。只是一段记忆。一个基因图集，你们的人可能会称之为——尽管他们不可能制造出一个像我们记忆中和正在使用的那样的图谱，这更像是他们所说的脑力蓝图——一个计划，可以用来组装出特定人类，比如你，它是一个重构的工具。"

它让她慢慢消化这句话，好几分钟没有再对她说什么。很少有人类能这么做——留给别人几分钟的时间去思考。

"如果我恳求你，你会毁掉我的图谱吗？"她问道。

"这是一段记忆，莉莉丝，是由好几个人携带着的完整记忆。我怎么能毁掉这样的东西呢？"

那么，这就是字面意思上的记忆，而不是机械或书面的记录，当然会是这样。

过了一会儿，尼卡吉说："你的图谱可能永远都不会被使用。即便是使用了，重建工作将会在船上，在她的家里进行，就和你当年在地球上一样。她将在这里长大，在她成长过程中，在她身边的都是她的同类。你知道他们不会伤害她的。"

她叹了口气："这些事我搞不懂。我想他们会做他们认为对她最有益的事。老天会保佑她的。"

它坐在她旁边，用几根头部触须触摸她疼痛的左臂。"你真的需要知道吗？"它问道，"我刚才应该把这些告诉你吗？"

它以前从未问过这样的问题。有一阵子，她的胳膊比以前更疼了，然后她感觉到了一阵暖意，也不再疼了。尽管尼卡吉并没有麻醉她，她还是保持着不去乱动。

"你在干什么？"她问道。

"你这条胳膊疼。你没必要受这罪。"

"我全身都疼。"

"我知道。我会处理好的。我只是想在你再次入睡前和你谈谈。"

她静静地躺了一会儿，很高兴手臂不再抽痛了。她几乎还没关注到这一处疼痛，尼卡吉就把它治好了。现在她才感觉到，这是她全身多处伤痛中最糟糕的一处：手、手腕、小臂。

"你的手腕骨折了，"尼卡吉告诉她，"当你再次醒来的时候，它会完全康复的。"它又问了一遍那个问题，"你真的需要知道吗，莉莉丝？"

"是的，"她说，"这和我有关，我需要知道。"

它沉默了一会儿，她没有妨碍它的思考。"我会记住的。"终于，它轻声说。

终于，她觉得自己好像传达了什么重要的信息。

"你怎么知道我的胳膊不舒服？"

"我看见你在揉它。我知道你那里骨折了，我没对它做什么处理。你能动动手指吗？"

她听从了，惊奇地看到手指轻松地、毫无痛苦地动了起来。

"很好。现在我得让你再睡一觉。"

"尼卡吉，保罗怎么了？"

它分散了一些头部触须的焦点，从她的手臂转移到她的脸

144

上：“他睡着了。”

她皱起了眉头：“为什么？我没伤到他。我没这能力。”

“他被激怒了，失控了。他袭击他的家人。他们说如果他能做到的话，他肯定会杀了他们。他们控制住他时，他就放声大哭，语无伦次。他完全拒绝说欧安卡利语。他用英语咒骂他的家人、你，还有所有其他人。他们不得不让他休眠——也许要沉睡一年或更久。长时间的睡眠可以治愈精神的创伤。”

“一年……”

“他会没事的。他的年龄不会增加。当他再次苏醒的时候，他的家人会等着他。他很依恋他们，他们也很依恋他。托艾特的家庭纽带……非常美好，非常牢固。”

她把右臂搁在前额上，“他的家人，”她痛苦地说，“你一直这么说。他的家人都死了！就像我的，就像福本，就像每个人一样。有一部分是我们自己的问题，我们没有任何真正的家庭纽带。”

“他有。”

“他什么都没有！没有人教他怎么去做个男人，可糟糕的，他又肯定成不了欧安卡利人，所以不要跟我谈他的家庭！”

“但他们是他的家人，”尼卡吉轻声坚持着，“他们接纳了他，他也接纳了他们。他没有别的家庭，可他还有他们。”

她发出作呕的声音，转过脸去。尼卡吉和别人谈了关于她的什么？它会谈论她的家庭吗？根据她的新名字，她毕竟是被"收养"的。她摇摇头，感到迷茫和不安。

"他打了你，莉莉丝。"尼卡吉说，"他打断了你的骨头。如果不接受治疗，你很可能会死于他的所作所为。"

"他干了你和他所谓的家人让他干的事！"

它的触须沙沙作响："我也不想这样，可这是千真万确的。我现在很难影响别人。他们认为我太年轻所以根本不懂。可我的确警告过他们，你不会和他成为伴侣。因为我还没成熟，他们就不相信我，他的家人和我的家长都反对我。这种情况不会再发生了。"

它触摸她的后颈，用几根感知触须刺破了她的皮肤。当她感觉自己开始失去意识时，才明白它在做什么。

"把我也放回去，"她在还能说话的时候央求着，"让我也去睡吧。把我放到他睡的地方去。我不像你们想的，我不比他强多少。把我放回去，你们找别人去！"

·⟨10⟩·

　　但是当她醒来时，那种轻松的感觉告诉她，她的睡眠很正常，也比较短暂，让她很快就回到现实当中。至少她不再感到疼痛了。

　　她坐起身来，发现尼卡吉一动不动地躺在她旁边。像往常一样，当她起身去洗手间时，它的一些头部触须懒洋洋地跟着她移动。

　　她想放空大脑，就洗了个澡，努力想洗掉身上的一股奇怪的酸味——她想，这是尼卡吉治疗后的残留效应。但这气味怎么都洗不掉。最后她放弃了。她穿好衣服，回到尼卡吉身边。它正坐在床上，等着她。"过几天你就闻不到这种味道了，"它说，"它没你想的那么强烈。"

　　她耸耸肩，并不在乎。

　　"你现在可以打开墙了。"

　　她吃了一惊，盯着它看了一会儿，然后走到墙边，用一只手

147

的指尖碰了碰它，墙变红了，就像保罗·提图斯的墙在尼卡吉的触摸下变红一样。

"把你的手指全都用上。"它告诉她。

她听了，用双手的手指摸了摸墙壁。墙像锯齿一样凹了下去，然后缓缓打开。

"如果你饿了，"尼卡吉说，"你现在就可以自己找吃的了。这些地方全都为你敞开。"

"在这些地方以外呢？"她问道。

"墙会放你进出家门。我对它们做了一点儿调整。只是别的墙你还打不开。"

所以她可以出去，到廊道上，也可以在树林里散步，但她进不了尼卡吉不想让她进的任何地方。不过，这比她睡着前自由多了。

"你为什么这样做？"她盯着它问。

"我会尽我所能地给予你，不再是另一次漫长的沉眠或孤独。就是这样。你知道我们家的布局，你也熟悉了卡尔。附近的人都认识你。"

她苦涩地想，这样她就又被信任可以一个人出去了。而且，他们可以信任她在家里不会做类似于堵住排水管，或引起火灾的事，甚至可以信任她不会骚扰邻居。现在她可以给自己找点事，直到有人决定打发她去做她不想做、也做不了的工作——这份工作可能会害死她。毕竟，她能再从几个保罗·提图斯手底下逃过，幸免于难？

尼卡吉再次躺下，似乎在颤抖。它的确是在颤抖。它身体的触须夸大了它的动作，使它的整个身体似乎都剧烈地颤了起来。她既不知道也不在乎它出了什么问题。她把它丢在那儿，出去找吃的。

在看似空无一人的既是小客厅又是餐厅，还是厨房的一个储藏室里，她找到了新鲜的水果：橘子、香蕉、芒果、木瓜和各种甜瓜。在另一个储藏室里，她又找到了坚果、面包和蜂蜜。

她精心挑选，为自己准备了一顿饭。她本来打算把它拿到外面去吃的——这是她的第一顿不必求也无须等的饭。她的第一顿自由的饭，她要在伪树下吃，而不必如起初那样，像宠物放风一样被放出来。

她打开一堵墙想走出去，然后停住脚步。过了片刻，墙开始合上。她叹了口气，转过身去。

她生气地打开食品储藏室，拿出更多的食物，回到尼卡吉身边。它还在躺着，还在颤抖着。她在它身边放了一些水果。

"你的感知臂已经开始生长了，是不是？"她问道。

"是的。"

"你想吃点什么吗？"

"是的。"它拿起一个橘子，一口咬下去，连皮带肉一起吃

149

掉了。它以前没有这样做过。

"我们一般会先剥皮。"她说。

"我知道。浪费。"

"行吧，你需要什么吗？要我去找你的长辈吗？"

"不用。这很正常。我很高兴之前改造了你，我不相信现在自己能做这件事。我知道马上就要开始了。"

"你为什么不告诉我，会这么快？"

"你太生气了。"

她叹了口气，试图理解自己的感情。她仍然愤愤不平——生气、痛苦、害怕……

可她还是回来了。她不能把尼卡吉扔在床上发抖，独自跑出去享受更大的自由。

尼卡吉吃完了橘子，又吃起香蕉。它还是没剥皮。

"可以给我看看吗？"她问道。

它抬起一只胳膊，露出胳膊下面大约六英寸处长出的丑陋的、凹凸不平的、斑斑驳驳的肉块。

"疼吗？"

"不疼。英语中没有一个词可以形容它给我的感觉。最接近的是……性兴奋。"

她惊恐地缩到后头，躲开它。

"谢谢你回来。"

　　她点了点头："只有我在这里，你不应该感到兴奋。"

　　"我在经历性成熟。当我的身体发生变化时，即使我还没有性器官，我也会时不时地有这种感觉。这有点儿像感觉到断肢，就好像它还在那里。我听说人类会这样。"

　　"我的确听说过我们会这样，但是——"

　　"如果我独自一人，我还是会感到兴奋。你不会让我的感觉比我独处时更强烈。可你的陪伴的确帮了我。"它把自己头部和身体的触须拧成了结，"再给我点别的吃。"

　　她给了它一个木瓜和她带进来的所有坚果，它很快就吃光了。

　　"好些了，"它说，"吃东西有时会使感觉迟钝。"

　　她坐在床上问："现在怎么办？"

　　"等我的长辈知道我怎么了，他们就会把艾哈佳和迪昌叫来。"

　　"你要我去找他们吗——我是说你的长辈？"

　　"不用。"它的身体在床上蹭着，"墙会提醒他们的。也许他们已经知道了。墙壁组织对蜕变初期的反应非常迅速。"

　　"你的意思是说墙壁会感觉到不一样，或闻出来不一样，或是其他的什么？"

　　"是的。"

　　"是的，什么？哪一个？"

　　"你所说的都是，还更多。"它突然改变了话题，"莉莉丝，蜕变期的睡眠会很深。如果有时我似乎看不见或听不见，不要害怕。"

"好吧。"

"你会和我待在一起吗？"

"我说过我会的。"

"我害怕……很好。和我躺在一起吧，直到艾哈佳和迪昌过来。"她都睡烦了，但还是在它身边躺了下来。

"他们过来把我接到罗奥的时候，你得上去帮他们。这样就让他们明白关于你的第一件事，他们需要知道。"

· ⟨11⟩ ·

道别。

没有真正的仪式。艾哈佳和迪昌一来，尼卡吉就立刻陷入沉睡中，甚至它的头部触须也无力地耷拉着，一动不动。

艾哈佳一个人就能扛得动它。她和大多数欧安卡利女性一样身材高大——比特婷还稍微高大一点儿。她和迪昌是兄妹，欧安卡利人的伴侣通常都是这样的——男性和女性是近亲，而欧劳是外来者。这个世界对欧劳的一个翻译是"宝藏陌生人"。如尼卡吉所言，这种亲属和陌生人的结合在他们从事特定工作的时候效果最好——比如与外来物种开展"交易"。男性和女性集中了理想的特征，而欧劳则能防止错误特征的集中。特婷和杰达亚是表亲，他们俩都不是特别喜欢自己的兄弟姐妹，这有点儿非同寻常。

艾哈佳抱起尼卡吉，好像抱小孩子一样轻松，迪昌和莉莉丝上去帮忙抬起尼卡吉的肩膀。艾哈佳和迪昌对莉莉丝的参与都没有表示惊讶。

"它和我们说过你的事。"艾哈佳说，他们抬着尼卡吉走向下面的廊道。卡古雅走在他们前面，打开墙壁。杰达亚和特婷紧随其后。

"它也告诉过我一些关于你们的事。"莉莉丝回答说，有点儿茫然无措。对她来说事情发展得太快了。那天她起床的时候并没有想到她会离开卡尔，离开对她来说已经变得放心和熟悉的杰达亚和特婷。她一点儿也不介意离开卡古雅，但当它把艾哈佳和迪昌带到尼卡吉面前时，它告诉她，它很快就会再见到她。按照习俗和生物上的规定，作为同性的家长，卡古雅可以在尼卡吉的蜕变期探访它。卡古雅和莉莉丝一样，闻起来是中性的，不会增加尼卡吉的不适，也不会激起它不恰当的欲望。

莉莉丝帮忙把尼卡吉放到平板提利奥上，运输车正停在公共廊道里等着他们。然后她独自站在一边，看着五个清醒的欧安卡利人聚到一起，头部和身体的触须触碰并缠绕到一起。卡古雅站在特婷和杰达亚之间。艾哈佳和迪昌站在一起，与特婷和杰达亚触碰，好像他们也在回避卡古雅一样。欧安卡利人可以用这种方式交流，信息几乎以思考的速度从一个人传递到另一个人——或者尼卡吉是这么说的。多感官控制刺激，莉莉丝怀疑这是她见过的最接近心灵感应的东西。尼卡吉曾经说过，当它成熟的时候，它可能会帮助她以这种方式去感知。但离它成熟还有几个月。现在她又孤单一人了——一个异类，一个什么都不了解的外来者，在艾哈佳和迪昌的家里，又会变成这样。

当这群人散开时，特婷来到莉莉丝身边，揽住了莉莉丝的双臂。"有你和我们在一起真好，"她用欧安卡利语说，"我向你学到了东西。这是一笔好交易。"

"我也学到了很多，"莉莉丝诚实地说，"我希望我能留在这里。"而不是和陌生人一起离开。而不是被派去教导那些受惊的、多疑的人类。

"不，"特婷说，"尼卡吉必须离开，你不会喜欢和它分开的。"

她对此无言以对，这是真的。每个人，甚至保罗·提图斯也在不经意间把她推向了尼卡吉。他们成功了。

特婷离开她，杰达亚又过来用英语跟她聊了几句："你害怕吗？"他问道。

"是的。"她说。

"艾哈佳和迪昌会欢迎你的。你很罕见——一个可以和我们生活在一起的人类，向我们学习，又教导我们。每个人都对你很好奇。"

"我想我会把大部分时间花在尼卡吉身上。"

"在一段时间内，你会的。当尼卡吉成熟的时候，你就会接受训练。但你会有时间熟悉艾哈佳和迪昌，还有其他人。"

她耸耸肩。现在他说什么也不能使她平静下来。

"迪昌说他会为你调整他们家的墙壁，这样你就可以打开它们。他和艾哈佳没办法改造你，但他们可以调整你的新环境。"

所以，至少她不用再回到家庭宠物的舞台上，在每次她想要进出房间或吃零食的时候都要跑去求人。"至少我对此心存感激。"她说。

"这是交易，"杰达亚说，"待在尼卡吉身边，做它信任的事。"

几天后，卡古雅过来看她。她被安置在一间和以前一样空荡荡的房间里，这个房间有一张床和两个桌子的平台，还带一个卫生间。尼卡吉睡得太久了，而且睡得很沉，简直成了房间的一部分，而不是一个活物。

卡古雅大致算是受到了欢迎。它带了礼物过来：一大摞又硬又薄的白纸——比一令还多——还有一把钢笔，上面写着"纸友""派克""比克"。这减轻了她对它的厌烦，甚至让她有点儿受宠若惊。卡古雅说，这些钢笔是图谱的复制品，而图谱是用几个世纪前的原件制作的。这是她第一次看到某种她听说的所谓图谱的复制品。这也是她第一次知道，欧安卡利人可以通过图谱重塑无生命的物体。她看不出图谱的复制品和记忆中的原件有什么区别。

卡古雅给了她一些纸张发脆、泛黄的书本——这是她没有想到的财宝：一本间谍小说，一本内战小说，一本人种学教材，一本宗教研究书。它还给了她一些学术著作：一本关于癌症，一本关于人类遗传学，一本关于学手语的猩猩，还有一本关于二十世纪六十年代的太空竞赛。莉莉丝默默地收下了这些书。

　　既然它发觉她是认真地在照顾尼卡吉，他俩就更容易相处了，此刻如果她问它一个问题，它就更乐意回答她，极少再用它那种嘲讽夸张的反问抛回来。它后来又来过几次，在她照料尼卡吉的时候，和她坐在一起。它成了她事实上的老师，用它自己和尼卡吉的身体来帮助她更好地理解欧安卡利生理学，尼卡吉基本上都是睡着的状态。大多数情况下，它睡得特别沉，以至于它的头部触须都不会追随外界事物运动。

　　"它会记住周围发生的一切，"卡古雅说，"它仍然能以各种方式感知到，就像它醒着一样。但它现在无法回应。它现在没有意识，只是在……记录。"卡古雅抬起尼卡吉的一只软绵绵的手臂，观察着感知臂的生长。什么也没有，除了一个又大又黑的肿块——它生长的样子很可怕。

　　"那就是胳膊吗？"她问，"还是说胳膊会从里面长出来？"

　　"那就是胳膊，"卡古雅说，"在它生长的时候，不要碰它，除非尼卡吉让你去碰。"

　　它看起来一点儿也不像莉莉丝想碰的东西。她看着卡古雅，决定冒险试探它最近的礼貌度。"那感知手呢？"她问道，"尼卡吉提到过有这种东西。"

卡古雅沉默了几秒钟。最后，它用一种她无法理解的古怪语调说："是的，有这种东西。"

"如果我问了不该问的问题，直接告诉我好了。"她说。那种奇怪的语调使她想要躲开它，但她忍住了没动。

"你没有，"卡古雅说，她的声音现在又恢复正常，"事实上，重要的是你要知道……感知手。"它伸出一只感知臂，又长又灰，皮肤粗糙，仍然让她想起了一只迟缓而紧闭的象鼻子。"所有的气力和抵抗伤害的外层覆盖物都是为了保护手和它的关联器官，"它说，"胳膊是闭合的，你看见了吗？"它向她展示了手臂圆圆的尖端，顶部覆盖着一种半透明的材料，她知道这种材料既光滑又坚硬。

"当它像这样的时候，它只是另一只手臂。"卡古雅卷起手臂末端，像虫子一样伸出来，摸了摸莉莉丝的头，然后抓起她面前的一缕头发，手臂扭动了一下把它拉直，"它非常灵活，用途广泛，但只是另一只手臂。"那只手臂松开了头发，从莉莉丝身上缩了回去。它那末端的半透明物质开始发生变化，圆波一样一圈圈向着尖端的边缘收缩，尖端的中心出现了一种纤细而苍白的东西。当她观察的时候，那细细的东西似乎变粗并分开了。出现了八个手指——或者更确切地说，是八个细长的触须，围绕着一个圆圆的手掌，看上去湿漉漉的，布满了深深的纹路。它就像一只海星——一只脆弱的海星，长着细长的蛇形臂。

"你觉得看起来怎么样？"卡古雅问道。

"在地球上有这样的动物，"她回答说，"住在海里。我们称之为海星。"

卡古雅的触须平滑了："我看到过它们，是有一些相似之处。"它转动着手，这样她就能从不同的角度观察它了。她发现，手掌上布满了微小的突起，非常像海星的管足。它们几乎是透明的。她在手掌上看到的纹路实际上是一些小孔，是通向黑暗内部的开口。

这只手有一种淡淡的气味。莉莉丝不喜欢它，观察了片刻就避开了。

卡古雅迅速缩回那只手，它就消失了。它放下感知臂。"人类和欧安卡利人倾向于只和一位欧劳建立起纽带，"它告诉她，"这是一种化学纽带。由于尼卡吉还没有成熟，这种化学纽带对你来说并不强烈。这就是为什么我的气味让你不舒服。"

"尼卡吉没有提过那样的事。"她疑惑地说。

"它治愈了你的创伤，提高了你的记忆力。它不可能在不留下标记的情况下做那些事情，它应该告诉你的。"

"是的。它应该说的。这是什么标记？这对我有什么影响？"

"没有伤害。你会想要避免与其他欧劳的深度接触——那种涉及肉体渗透的接触，你明白吗？也许在尼卡吉成熟后的一段时

160

间，你会想要避免和大多数人接触。遵循你的感觉吧，人们会理解的。"

"可是……它能持续多久呢？"

"人类个体会有所不同。有些人的规避期比我们长得多。我所知道的最长的持续时间是四十天。"

"在这段时间里，艾哈佳和迪昌——"

"你不用回避他们，莉莉丝。他们是家庭的一部分。你和他们在一起会很舒服。"

"如果我不避开别人呢，我要是忽视自己的感受，会发生什么？"

"如果你真做到了，至少会让自己生病。你可能会自杀。"

"……真糟糕。"

"你的身体会告诉你该怎么做。别担心。"它把注意力转向了尼卡吉，"当感知手开始生长时，将会是尼卡吉最脆弱的时期，那就需要一种特殊的食物。我来告诉你。"

"好吧。"

"实际上你得把食物喂进它的嘴里。"

"我已经喂过它几样它想吃的东西了。"

"很好。"卡古雅的触须沙沙作响，"我不想接受你，莉莉丝。不是因为尼卡吉，也不是因为你将要从事的工作。我曾认为，由于人类遗传学在文化中的表达方式，应该选择一个人类的男性来教养出你们的第一个团队。现在我想我错了。"

"教养？"

"这是我们的思考方式。去教导，去安慰，去抚养，帮他们穿衣服，引导他们，向他们解释将来会怎样，对他们来说，那是一个全新的可怕世界。去做他们的家长。"

"你要让我做他们的母亲？"

"你可以用任何让你觉得舒服的方式来定义这段关系。我们一直把它称作教养子女。"它转向一堵墙，好像要打开它，然后停下来，再次转身面对莉莉丝。"你将要做的是件好事。就像你现在帮助尼卡吉一样，你也可以帮助自己的人民。"

"他们不会相信我，也不会接受我的帮助。他们可能会杀了我。"

"他们不会。"

"你们太自以为是了，你们根本没那么了解我们。"

"你也一点儿都不了解我们，永远都不会，真的，尽管你会得到更多关于我们的信息。"

"那就让我回去睡好了，该死的，选一个你觉得更聪明的人！我从来都不想接受这份工作！"

它沉默了几秒钟。最后，它说："你真的认为我在贬低你的智商吗？"

她瞪着它，拒绝回答。

"我认为不是。莉莉丝,你的孩子会懂我们的,而你永远不会。"

The Xenogenesis

series

III

育儿室

· ⬡1⬡ ·

    这个房间比足球场稍大一点儿。它的天花板是一个光线柔和的黄色穹顶。莉莉丝在一个墙角控制着升起两堵墙，这样她就有了自己的小房间。她留了一个门道，把其他地方都封了起来，这个门道留在两堵墙的交会处。她有时会把墙连到一起，封闭起自己，隔开了外面的空旷和宽广，也隔开了她必须得做出的决定。大房间的墙壁和地板都是她的，她可以随意改造。她能想到要他们做什么，他们就会做什么，可就是不会放她出去。

    她在建造自己的小隔间时围进了一个卫生间的门道，这样沿着一面长墙就还剩十一个卫生间没有使用。除了这些卫生间狭窄、敞开的门道之外，大房间里毫无特色可言，墙壁是淡绿色的，地板是淡褐色的。在莉莉丝问及颜色时，尼卡吉找一个人教了它如何引导船产生色彩。在莉莉丝的小房间里和大房间的两端，封在墙壁中的柜子里储藏着食物和衣服，没做任何标记。

他们告诉她，每当食物被消耗掉，就会产生出新的补充上——船会抽取自身的物质用以进行图谱重建。每个储藏柜都设定好了，无论什么食物，都可以自行生产出来。

卫生间对面的长墙里封存着八十个沉睡的人——都很健康，都在五十岁以下，讲英语，可怕的是他们完全不知道会有什么在等着他们。

莉莉丝需要选出并唤醒不少于四十个人。在至少有四十个人准备好迎接欧安卡利人之前，外墙会一直关闭，不会放她或被她唤醒的人出去。

大房间里的光线渐渐暗了下来，到晚上了。时间明显地区分为白天和黑夜，这让莉莉丝感到意外的舒适和放松。她都没意识到她有多么怀念缓慢变化的光线，而黑暗又有多么受欢迎。

"是时候让你再次习惯行星之夜了。"尼卡吉对她说。

一时心血来潮，她问船上有没有什么地方可以让她看星星。

在把她放进这个空荡荡的大房间的前一天，尼卡吉带着她走过几条廊道，下了几次坡，然后又乘上了一种像是电梯的东西。尼卡吉说，它类似于某种气泡，可以穿过生物体无害地移动。她此行的终点原来是一种观测气泡，透过它，她不仅看到了浩瀚星空，还见到了地球那个圆盘，像一轮满月在黑色的天幕中闪耀。

"我们仍处于你们世界的卫星轨道之外。"它说，而她在满怀渴望地搜寻着熟悉的大陆轮廓，并相信自己辨识出了其中的一些——非洲的一部分和阿拉伯半岛。地球看起来就像是悬挂于半空之中，既在她的头顶又在她的脚下。她从未见过如此多的繁星，但吸引她目光的却只有地球。尼卡吉陪她观看着，直到她的泪水模糊了双眼。然后它用感知臂搂着她，把她带进了那个大房间。

她独自在那个大房间里待了三天，思考着，阅读着，并写下自己的想法。他们把书、纸和笔全都留给了她，还有八十份档案——由谈话记录、历史概要、欧安卡利人的观察结论，以及肖像组成的个人小传。档案中的人类受试者都没有亲人在世，他们相互之间，以及他们和莉莉丝都素不相识。

她读了一多半档案，不仅在寻找适合唤醒的人，而且在寻找一些潜在的盟友——那些她能够首先唤醒并很可能值得信任的人。她需要有人能分担她所知的和她必须做的。她需要有思想的人来倾听她的陈述，而不是做出某种暴力或愚蠢的举动。她需要有人能给她出谋划策，提醒她的思维可能会存在的疏漏之处。她需要有人能在发现她被愚弄的时候点醒她——那些她可以尊重其观点的人。

可在另一个层面上，她不想唤醒任何人。这些人让她忧惧重重，尽管档案里提供了很多信息，但还有很多未知数。她的工作是把他们联结成一个有凝聚力的组织，并让他们准备好成为欧安卡利人的新交易伙伴。那怎么可能。

她怎么能唤醒人们并告诉他们，他们将成为某种外星人的基因工程计划的一部分，而这种外星人还如此怪异，以至于人类在起初一段时间内连舒适地看着他们都办不到？她将如何唤醒这些人，这些战争的幸存者，并告诉他们说，除非他们能逃离欧安卡利人，否则他们的孩子将不是人类？

最好在开始阶段少说或不说。最好不要唤醒他们，直到她知道如何帮助他们，如何不背叛他们，如何让他们接受囚禁，接受欧安卡利人，接受所有的东西，直到他们被送到地球。然后一有机会就拼命跑。

她的思绪又回到了熟悉的轨道上：无法逃离这艘船，完全不可能。欧安卡利人使用他们自己身体的化学物质控制着这艘船。这种控制没办法去记忆或颠覆。甚至穿梭于地球和太空船之间的航天器都像是欧安卡利人身体的延伸。

在船上，除了制造麻烦、被放回假死状态，或者被杀，谁都无计可施。因此，唯一的希望就是地球。一旦他们回到地球上——她被告知，是在亚马孙河流域的某处——至少他们还有机会。

这意味着他们必须控制自己，学习所有她能教给他们的，学到所有欧安卡利人能教给他们的，然后利用他们所学到的知识逃跑，再设法让自己生存下来。

如果她能让他们理解呢？如果事实证明这正是欧安卡利人想让她做的呢？当然，他们知道她会这么做，他们了解她。这是否意味着他们在策划着一场自我背叛：根本没有地球之行，也没有机会逃跑。那他们为什么要把她放在热带森林里，并教她在那儿生活一年呢？也许，欧安卡利人只是对他们的能力相当确信，即使在地球上，他们也有能力将人类圈养起来。

她能做什么呢？除了能告诉人们"学了再跑"，还存在着其他逃跑的可能性吗？

完全没有。她能选择的另一种可能性是拒绝唤醒任何人——坚持下去，直到欧安卡利人放弃她，去找一个更合作的受试者。也许是另一个保罗·提图斯——一个真的放弃人类，把命运寄托于欧安卡利人的人。这样的人可能会自证提图斯的预言。他可以破坏他所唤醒的人们头脑中所剩无几的文明。他可以让他们最终沦为匪帮，或堕落为兽群。

她会让他们成为什么呢？

她躺在床上，看着一幅男人的肖像。他的身高是五英尺七寸。一百四十磅，三十二岁，失去了左手的第三、第四和第五根手指。他在童年的一次割草机事故中失去了手指，那只残缺的手让他感到难为情。他叫维克多·多米尼克，实际上是维多·多蒙科斯。他的父母在他出生前从匈牙利来到美国。他曾是一名律师。欧安卡利人认为他是个不错的人选。他们发现他聪明、健谈，对那些看不见的审讯者拥有合理的疑心，而且非常善于对他们撒谎。他一直在探寻他们的身份，但和莉莉丝一样，在母语为英语的人中，他是少数几个从来没有怀疑过他们可能是外星人的人之一。

他曾结过三次婚，但由于生理问题，他没有孩子，欧安卡利人相信他们已经治好了他这个毛病。没有孩子曾使他非常烦恼，他责怪他的几任妻子，但是自己一直拒绝去看医生。

除此之外，欧安卡利人认为他通情达理，令人敬畏。他从未在无法解释的单独监禁中崩溃，从未哭泣，也从未试图自杀。然而，他曾发誓，一旦有机会，就会杀死他的劫持者。这话他只平静地说过一次，与其说他是在做出严肃的杀人威胁，不如说他是在随口一说。

然而，他的欧安卡利审讯者却被这话弄得心神不宁，立刻把维克多·多米尼克送回去休眠了。

莉莉丝喜欢这个人。他有头脑，除了对妻子表现出的愚蠢之外，还很有自制力——这正是她所需要的，但她也怕他。

如果他认定她是他的劫持者之一呢？她的个头比他大，现在也肯定比他强壮，但这无关紧要。她总有失去警惕的时候，他有太多的机会攻击她。

最好等她有同盟的时候再唤醒他。她把他的档案放进两堆文件中较小的那一堆——这些人她肯定想要，但她不敢首先唤醒。她叹了口气，拿起一份新档案。

莉娅·比德，安静，虔诚，动作慢吞吞，脑子却一点儿不迟钝，欧安卡利人对她的智力并没有特别的印象，给他们留下深刻印象的是她的耐心和自足。他们没能使她屈服。她在麻木中沉默着，甚至比他们还能熬，熬过了欧安卡利人！当欧安卡利人采用断食的方法来强迫她合作时，她被饿得奄奄一息。最后，他们给她用了点激素，得到了他们想要的信息，经过一段时间，在她恢复了体重和力气后，就让她重新入眠了。为什么？莉莉丝很疑惑，为什么当欧安卡利人已经意识到她很固执时，没有马上给她用激素呢？他们为什么也没给莉莉丝用激素呢？也许是因为他们想看看人类要被推出多远才会崩溃，甚至也许他们想看看每个人是如何崩溃的。或者从人类的角度来看，欧安卡利人的固执是如此极端，以至于很少有人能挑战他们耐心的极限。莉莉丝不能，而莉娅做到了。

照片上的莉娅看起来是一个苍白、瘦削、满面倦容的女人，尽管欧劳标注出她的生理倾向是肥胖。

莉莉丝犹豫了一下，然后把莉娅的文件夹放在维克多的文件夹上。莉娅看起来也像是一个很好的潜在盟友，但不是一个可以首先唤醒的好盟友。她看起来像是一个非常忠诚的朋友——在她认为莉莉丝是她的劫持者之一之前。

任何一个被莉莉丝唤醒的人都可能会有这样的想法，几乎可以肯定的是，当莉莉丝打开一堵墙或者让新墙长起来的时候，他们就会这样想，这证明他们不具备她拥有的能力。欧安卡利人给她提供了信息，增强了她的体力，改善了她的记忆力，并赋予了她控制墙壁和假死植物的能力。这些都是她的手段。可每一样都让她显得不像是个人类。

"我们还能给你什么呢？"艾哈佳在上一次见到莉莉丝时问道。艾哈佳为她担心，觉得她个子太小了，不能给人留下深刻印象。她发现人类容易被大块头折服。莉莉丝比大多数女人更高更重，但这似乎还不够。她并不比大多数男人更高更重，但是对此也没什么好办法。

"你给我再多也不够。"莉莉丝回答说。

迪昌听到了，走过来拉住莉莉丝的手。"你想活下去，"他对她说，"你不会浪费自己的生命。"

他们就是在浪费她的生命。

她拿起下一个文件夹，打开了它。

约瑟夫·立启·成，一位鳏夫，妻子在战前去世。欧安卡利人发现他心中对此默默感激。经过一段时间固执的沉默后，他就变得并不介意和他们交流。他似乎接受了这样一个现实，用他的话说，他的生活是"暂停"的，直到他发现这世界到底发生了什么，以及现在是谁在掌控一切。他不断探寻着这些问题的答案。他坦承，他记得在战后不久，自己就下了决心，该与这个世界诀别了。他相信自己是在企图自杀之前被捕的。他说，现在他有理由活下去，看看到底是谁把他关在笼子里，他为什么要，以及他想怎样报复这些人。

他四十岁，个子矮小，曾经是个工程师，加拿大公民，出生

173

在香港。欧安卡利人曾考虑让他成为他们打算组建的某个人类团队的家长，但由于他的威胁而取消了计划。欧安卡利人的审讯者认为，这个威胁看似温和，但可能极度危险。不过，欧安卡利人把他推荐给了她——第一任家长。他们说，他聪明稳重，是一个值得信赖的人。

莉莉丝觉得他相貌平平。他是一个矮小的普通男人，然而欧安卡利人对他非常感兴趣。他做出的威胁出奇的保守，只有在约瑟夫不喜欢他所发现的真相时才是致命的。莉莉丝想，他不会喜欢的。但他应该会足够聪明地意识到，采取行动的时机应该是在他们都到达地球上，而不是在他们被关在船上的时候。

莉莉丝的第一个冲动是唤醒约瑟夫——立刻唤醒他，结束自己的孤独。这种冲动是如此强烈，以至于她一动不动地坐了好一会儿，抱住自己，死死地坚持住不去妄动。她向自己许诺，在她读完全部档案，并做出周密思考之前，不去唤醒任何人。凭着一时冲动错误行事，她可能会送命的。

她又看了若干份档案，没有找到她认为能与约瑟夫相提并论的人，尽管她发现的一些人肯定会被唤醒。

一个叫赛琳·艾佛斯的女人，在被短暂的审讯过程中，她哭个没完没了，为她丈夫和双胞胎女儿的死亡，为自己无法解释的囚禁生涯和不确定的未来。她曾一遍一遍地希望自己死掉，但从未想过要自杀。欧安卡利人发现她性格柔弱，渴望取悦人——或者更确切地说，害怕得罪人。"软弱。"欧安卡利人如是说。她又软弱又悲伤，并不愚蠢，只是很容易被吓得做出傻事来。

无害，莉莉丝想。一个不会构成威胁的人，不管她多么强烈地怀疑莉莉丝是她的看守。

一个叫盖伯瑞尔·里纳尔迪的演员，有一段时间，他把欧安卡利人完全搞糊涂了，因为他是在对着他们扮演角色，而不是让他们看出他的本来面目。他是另一个他们最终停止供食的人，按照他们的理论，饥饿迟早会揭开人的真面目，即使他们也不完全确定到底是不是这样。盖伯瑞尔一定很不错，他长得很帅，从未试图伤害自己或威胁要伤害欧安卡利人。出于某种原因，他们从来没有给他用过激素。欧安卡利人说，他二十七岁，略瘦，身体比看上去强壮，固执，不像他自以为的那么聪明。

这最后一条，莉莉丝想，大多数人倒是都可以这么说。盖伯瑞尔像其他战胜或差点战胜欧安卡利人的人一样，具有潜在的价值。她确实有点儿疑惑她是否能信得过盖伯瑞尔，但她还是把他的档案留在她打算唤醒的人之中。

碧翠丝·德怀尔，她赤身裸体时，完全无法沟通，但穿上衣服后，立刻变成了一个聪慧而且彬彬有礼的人，她实际上似乎和审讯者交上了朋友。那位审讯者是一位经验丰富的欧劳，它曾试图让同伴接受碧翠丝成为第一任家长。其他审讯者观察了她，却没有同意，也没有阐明不同意的理由。也许是由于那个女人过分谦逊的外表。尽管如此，至少她已经完全征服了一位欧劳。

希拉莉·巴拉德，诗人，艺术家，剧作家，演员，歌手，经常领取失业救济金。她的确很聪明，她能背诵出诗歌、戏剧、歌曲——包括她自己的和一些颇有建树的作家的作品。她拥有的一些东西可以帮助未来人类的孩子记住他们是谁。欧安卡利人认为她不稳定，但没那么危险。他们不得不给她用激素，因为她在试图挣脱她所谓的囚笼时受伤了。她弄断了自己的双臂。

这难道不是很危险的不稳定因素吗？

不，可能不是。莉莉丝自己也因为被关在笼子里而惊慌失措。很多人都是如此。希拉莉的恐慌只是比大多数人都严重。她可能不应该被委以重任。群体的生存不应该依赖于她，但也不应该只依赖于任何一个人。事实上，这并非人类的过错。

康拉德·勒尔，别人叫他柯特，曾是纽约的一名警察，他之所以能活下来，完全是因为他的妻子最终把他拉到了她的哥伦比亚老家。在那之前，他们有好几年都没有去过任何地方。他的妻子在最后一次导弹交火后不久发生的骚乱中丧生。甚至在天气开始变冷之前，就有数千人死亡。成千上万的人仅仅是陷于恐慌之中，就相互踩踏，相互撕扯。柯特和七个孩子一起被捡了上来，没有一个孩子是他自己的，他一直守护着他们。他自己的四个孩子和他的亲戚一起留在美国，全都死了。欧安卡利人说，柯特需要有人可以照顾。那些人能使他稳定，给了他目标。如果没有他们，他可能会成为罪犯——或者死掉。他独自一人在隔离室时，曾竭力用指甲挖自己的喉咙。

德里克·沃尔斯基一直在澳大利亚工作。他是一个二十三岁的单身青年，对自己的人生没什么规划，除了上学和打打短工，或做做兼职外，他没做过什么别的工作。他烤过面包，开过运货卡车，做过建筑工作，挨家挨户地推销家用小商品和质量差的袋装日用品，帮着清洁办公楼，自己干一些自然摄影的活儿。除了摄影，他什么都干不长。他喜欢户外，喜欢动物。他的父亲认为这种事毫无意义，他一直忧虑他的父亲可能是对的。可战争开始时，他还在拍摄澳大利亚的野生动物。

泰特·玛拉那时刚刚辞去了一份工作。她有一些基因上的问题被欧安卡利人控制住了，但没有治愈。但她真正的问题似乎是，她把事情做得如此之好，以至于她很快就厌倦了。或者她做得太糟糕了，以至于在别人注意到她不胜任之前就被她扔到一边。人们只得视她为一个令人敬畏的对象——聪明，富有，善于支配他人。

泰特是个富家女——家里拥有一个非常成功的房地产企业。欧安卡利人相信，她的部分问题是她不需要做任何事。她精力充沛，但需要一些外部压力和挑战来迫使她集中精力。

那么对人类这个物种的保护工作如何呢？

战前她曾两次企图自杀。战后，她却为了生存而奋斗。战争爆发时，她独自一人在里约热内卢度假。她觉得这不是做个北美人的好时机，但她活了下来，并想方设法帮助别人。她和柯特·勒尔有些共同之处。在欧安卡利人的讯问下，她热衷于言语交锋和博弈游戏，最终激怒了欧劳审讯者。但最终，那位欧劳还是很钦佩她。它认为她更像一名欧劳而不是一位女性。她善于操纵别人——以他人似乎并不介意的方式。这在过去也曾使她厌倦过。但是这并没有让她伤害除她自己以外的任何人。曾经有一段时间，她离群索居，以保护别人免遭自己陷入挫折时可能导致的负面影响。她这样躲开了几个男人，偶尔还撮合他们和她的女性朋友。她促成的情侣往往会结婚。

莉莉丝慢慢地放下泰特的档案，把它单独放在床上。另一个单独放的是约瑟夫的。泰特的档案打开了，再次显露出那位女子具有欺骗性的、孩子气的苍白小脸。那张脸微笑着，不是在摆姿势照相，而是似乎在打量着摄影师。事实上，泰特并不知道有这幅肖像。这些肖像不是照片，而是绘画，表达的既是内在的人格，又是现实的外在面貌。每一幅都包含了欧安卡利人对受试者的图谱记忆。欧安卡利审讯者用感知触须或感知臂画出这些图画，使用的是他们特意生成的体液。莉莉丝知道这一点，但肖像看起来像，甚至感觉起来也像是照片。它们是在某种塑料上制作的，不是在纸上。这些肖像看起来栩栩如生，简直都能说话了。在每一幅画中，除了在灰色背景下受试者的头部和肩膀，什么也没有，但远超那些单调的通缉告示上的快照所能表达出的内容。这些照片包含了很多信息，甚至非欧安卡利观察者也能看得出受试者是什么样的人——或者欧安卡利人认为他们是什么样的人。

他们认为泰特聪明伶俐，灵活，善变通，也许除了过于自我之外，并无危险之处。

莉莉丝放下了档案，离开了她的私人隔间，在它附近建起另一个隔间来。

那些不会放她出去的墙壁，现在对她的触摸做出了反应，沿着她用汗水或唾液在地板上画出的一道线的内侧向上生长。这样，新墙从旧墙里延伸出来，新墙可以按她的指示打开或封闭，增长或收缩。尼卡吉很确信她知道如何指挥它们，在它结束了对她的指导后，它的伴侣迪昌和艾哈佳对她说如果她的人起来攻击她，她就用墙把自己封起来。他们都曾花不少时间审问过被隔离的人类，他们似乎比尼卡吉更担心她。他们保证会把她救出来，他们不会让她因为别人的算计而死去。

如果她能及时发现麻烦并把自己封起来，那还真挺好的。

而更好的是选对人，慢慢地把他们带在身边，慢慢相处，只有在她对已经唤醒的人很信任时才去唤醒新的人。

她把两堵墙画得相距不到十八英寸，留下了一个狭窄的门道——可以在没有门的情况下尽可能保护隐私。她还在里面做了一堵内墙，形成了一个很小的门厅，把房间隐藏起来，以防偶然的窥探。她唤醒的人之间没什么东西可借可偷的，任何认为现在是偷窥的好时机的人都必须受到团队的惩罚。莉莉丝现在可能已经足够强大，可以自己对付肇事者，但她不想这么做，除非迫不得已。因为这样做并不能帮助人们凝聚为一个团体，如果他们不能团结起来，他们所做的其他任何事都毫无意义。

在新房间里，莉莉丝升起了一个平台作为床，一个平台作为桌子，三个平台作为椅子。桌子和椅子至少和以前在欧安卡利隔离室里的相比是一个小进步，安排得更人性化了一点儿。

创建这个房间花了一些时间。然后，莉莉丝收起了所有的档案，留了十一份，把其他都密封在她自己的桌子里。这十一个人中的一些人将成为她的核心小组，首先被唤醒，首先向她展示自己有多大的机会生存下来，让她知道做什么是必需的。

泰特·玛拉是第一个。她是一个女人，不会导致性方面的紧张。

莉莉丝拿出肖像，走到卫生间对面那堵空荡荡的长墙前，站了一会儿，凝视着肖像里的那张脸。

一旦把人唤醒，她将别无选择，只能和他们生活在一起。她再也无法让他们入睡。说不定在某些方面，泰特会很难相处。

莉莉丝用手在肖像的表面上擦了擦，然后把画平贴在墙上。她从墙的一头开始，慢慢地向远处的另一头走去，同时保持画的正面贴在墙上。她走的时候闭上了眼睛，记得自己跟尼卡吉练习这个动作时，尽可能地忽略其他感官的话，会更容易些。她所有的注意力都应该集中在那只按住肖像的手上。欧安卡利的男性和女性使用头部触须来做这个，而欧劳使用它们的感知臂。欧安卡利人不用拿着图谱浸染的肖像，而是凭借自身的记忆。只要他们读了别人的图谱或者检查过别人做的图谱，他们就会记得，而且可以复制。莉莉丝永远都无法阅读或复制图谱，这需要欧安卡利人的感知器官。卡古雅曾说过，她的孩子会拥有它们。

她不时停下来，用一只汗津津的手在肖像上擦了擦，更新一下自己的化学签名。

走过大厅的一多半时，她开始感觉到了回应，画的表面微微有些凸起，顶着她的手。

她立刻停了下来，起初并不确定自己是否真感觉到什么。那么，凸起是不会有错的。她轻轻地按了一下肖像，保持着和它的接触，直到它后面的墙开始打开。然后她后退了几步，让墙吐出它那长长的绿色植物。她走到大房间的一头，打开一堵墙，拿出一件夹克和一条裤子。这些人可能会像她一样热衷于穿上衣服。

那株植物躺在那里，慢慢地蠕动着，仍然被它穿过墙壁带出的恶臭所包围着。她没办法透过肥厚的包叶看出哪一端藏着泰特的头，不过没有关系。她用手沿着这株植物的长边划了过去，就像拉开了它的拉链，它就开始慢慢张开了。

这次植物不可能再想把她吞下去了。对它来说，现在她的味道已经不再可口，和尼卡吉的差不多。

　　渐渐地，泰特的脸和身体显露出来。小巧的乳房就像一个刚刚进入青春期的花季少女。苍白晶莹的皮肤，水润的湿发，娃娃脸。可泰特二十七岁了。

　　直到把她从休眠植物中完全拉出来，她才会醒过来。她的身体又湿又滑，但并不重。莉莉丝叹了口气，把她搬了出来。

· 2 ·

　　"离我远点！"泰特一睁眼就说，"你是谁？你在干什么？"

　　"我在给你穿衣服，"莉莉丝说，"你现在可以自己穿，如果你已经缓过劲来的话。"

　　泰特颤抖了起来，出现了从假死中醒来的反应。令人惊讶的是，在被这种反应压垮之前，她竟能说上几句连贯的话。

　　泰特颤抖着，像胎儿一样紧紧地蜷起身体，躺在那里呻吟。她喘息了几次，大口大口地吞着空气，就像大口大口地喝水一样。

　　几分钟后，当反应开始减弱时，她低声说道："唉，我他妈的懂了，这根本就不是梦。"

　　"穿好衣服，"莉莉丝对她说，"你知道这不是梦。"

　　泰特抬头看了看莉莉丝，然后又低头看了看自己半裸的身体。莉莉丝设法把裤子套在她身上，但只来得及把她的一只胳膊塞进夹克里。当她受反应折磨时，又把那只胳膊挣脱了。她捡起夹克穿上，立刻就学会了如何把它合拢。然后她转过身来，静静地看着莉莉丝合上那株植物，打开离它最近的墙，把它塞回去。几秒钟后，在地板上的它唯一留下的痕迹也迅速干了。"尽管如此，"莉莉丝面对泰特说，"我和你一样是个囚犯。"

"更像个托管人。"泰特平静地说。

"是的。我必须叫醒至少三十九个人，我们才被允许走出这个房间。我选择从你开始。"

"为什么？"她拥有不可思议的自制力——或者说似乎如此。在此之前，她只被唤醒过两次——这在没有被选为某一团队的家长的人中属于平均水平——但她的行为几乎就像没有任何不寻常的事情发生一样。这让莉莉丝松了一口气，这证明她选择泰特是正确的。

"我为什么要从你开始？"莉莉丝说，"你似乎最不可能想要杀我，最不可能崩溃，最有可能在别人苏醒时帮助他们。"

泰特似乎在思考这个问题。她摆弄着自己的夹克，重新研究着把前襟合拢再扯开的方式。她皱起眉头摸着布料。

"我们到底在哪儿？"她问。

"超出月球轨道之外，还有一段距离。"

沉默。

"你推进墙里的那个绿色大鼻涕虫是什么？"

"一棵……一棵植物。我们的劫持者——我们的救助者——

用它们来让人们保持在假死状态。你之前就在你看到的那棵植物里面。我把你放了出来。"

"假死？"

"超过两百五十年了。地球现在差不多准备好让我们回去了。"

"我们要回去？"

"是的。"

泰特在空荡荡的大房间里四处张望："回什么地方？"

"热带森林。在亚马孙河流域的某个地方。没有城市了。"

"是的，我不认为还会有。"她深吸了一口气，"我们什么时候吃饭？"

"在我叫醒你之前，就在你的房间里放了一些吃的。来吧。"

泰特跟上了她："我饿得连之前醒来时他们给我的垃圾石膏都吃下去了。"

"不会有石膏了。水果、坚果，还有炖汤、面包、某种像奶酪的东西、椰汁……"

"肉呢？有没有牛排？"

"你不可能什么都有。"

泰特的状态好得令人难以置信。莉莉丝一度担心她会突然崩溃——开始哭泣、发病、尖叫，或者以头撞墙——失去看似挺轻松的控制力。但是不管发生什么事，莉莉丝都会尽力帮助她。仅仅这几分钟表面上的正常状态就值得为之付出巨大的代价。她实际上是在和一个同类说话,被一个同类所理解——在经过那么漫长的岁月之后。

泰特埋头猛吃,一直吃到心满意足为止,其间没浪费时间说话。莉莉丝想,有一个非常重要的问题她没问。当然,有很多事情她都没问,但其中一件让莉莉丝倍感惊讶。

"顺便问一下,你叫什么名字?"泰特问,终于吃完了歇口气。她试探性地啜了一口椰汁,然后把它全喝光了。

"莉莉丝·伊亚波。"

"莉莉丝,利尔?"

"莉莉丝,我从来没有过昵称,也不想要一个。除了你的名字,你还想让别人称呼你什么?"

"没有。泰特就可以,泰特·玛拉。他们告诉过你我的名字,是吧?"

"是的。"

"我猜是这样。那些该死的问题。他们让我醒着,把我隔离起来,大概有……应该有两到三个月吧。他们告诉你了吗,还是你当时就在一边看着?"

"我不是睡着了,就是自己也被单独关着。不过,我的确知道你被监禁的事。一共三个月。我自己大概是两年多一点儿。"

"他们花了那么长的时间才任命你为托管人,是吗?"

莉莉丝皱起眉头，拿了几个坚果吃了下去。"你这话是什么意思？"她问道。

有那么一瞬间，泰特看上去显得迟疑不安。这种表情出现又消失得如此之快，莉莉丝一不留神就可能会错过它。

"那么，他们为什么要让你这么长时间醒着，一个人待着呢？"泰特问。

"一开始我不和他们说话。后来，当我开始讲话时，显然他们中的一些人对我产生了兴趣。当时他们并没有想让我成为他们的托管人，他们想先试试，再判断我能否胜任。如果我自己能表态的话，我此刻还在睡觉呢。"

"你为什么不和他们说话？你是军人吗？"

"老天，不是。我只是不喜欢被不认识的人关起来，被盘问，被不知道是谁的人下命令。泰特，你该知道是谁了——尽管你一直小心翼翼地不去问。"

她深深地吸了一口气，用手撑着前额，低头看着桌子："我问了，他们不肯告诉我。过了一阵子，我害怕了，就没再问。"

"是的。我那时也是这么做的。"

"他们是……苏联人吗？"

"他们不是人类。"

泰特一动不动，一言不发，这样过了很长时间，莉莉丝便继续说了下去。

"他们自称为欧安卡利人，虽然它们是两足动物，但看起来像海洋生物。他们……你能接受这些吗？"

"我在听。"

莉莉丝犹豫了："你相信吗？"

泰特抬头看着她，露出了一丝若有若无的微笑："我怎么能信？"

莉莉丝点点头："是的。但你迟早都得信，当然，我应该尽我所能让你做好准备。欧安卡利人很丑陋，很怪异。但我们可以习惯他们，他们不会伤害我们。记住这一点，也许到时候能有点儿帮助。"

$$\cdot \; \boxed{3} \; \cdot$$

接下来的三天里，泰特睡得很多，也吃得很多，还问了莉莉丝一些问题，莉莉丝完全诚实地回答了她。泰特还谈到了她战前的生活。莉莉丝明白这似乎让她放松了，缓和了她平时一直披挂着的情绪控制的外壳，这就值得了。这让莉莉丝觉得有义务谈谈她自己——她战前的往事——这是她平时不愿意做的事情。她学会了通过接受自己发现的事物来保持理智，把那些可能会把她压垮的有关旧事物的记忆抛到一边，让自己来适应新环境。她曾试着和尼卡吉谈论人类的普遍情况，只是偶尔会提到一些个人私事，提到她的父亲、她的兄弟姐妹、她的丈夫和儿子。她现在选择谈论她重返大学的事。

"人类学。"泰特轻蔑地说，"你为什么想窥探别人的文化？难道你就找不到自己想要的？"

莉莉丝笑了，注意到泰特皱着眉头，似乎这会是一个错误答案的开始。"我一开始就想这么做，"莉莉丝说，"窥探、求索。在我看来，我的文化——我们的文化——正在向着悬崖疾驰。当然，事实证明确实如此。我想一定会存在更理智的生活方式。"

"找到了？"

"不可能有多大机会。反正也无关紧要了。这是当时的美苏文化，其实双方的想法一致。"

"我很怀疑。"

"什么？"

"相比于人类的差异性，人类的相似性更大——该死的，肯定比我们愿意承认的还要相似。我都怀疑，最终同样的事情是不是还会这样重演：无论两种文化的哪一方获得了毁灭彼此的能力，最终还是会搭上整个世界跟着一起完蛋。"

莉莉丝苦笑了一下："你可能会喜欢这里。欧安卡利人也想得很多，和你一样。"

泰特转过身去，突然感到不安。她走过去看了看莉莉丝在第二个卫生间两侧新设置的第三和第四个房间，其中一个背对着她自己的房间，有一部分是她的一堵墙的延伸。她看着墙越长越高——先是难以置信，接着是愤怒，拒绝相信自己没有被耍。然后她开始和莉莉丝保持距离，怀疑地看着莉莉丝，变得神经质，沉默了下去。

这种情况没有持续多久。如果再没有别的事发生，泰特也能适应过来。"我不明白。"她轻声说，尽管那时莉莉丝已经解释了她为什么能控制墙壁，她怎么能找到并唤醒特定的人。

现在，泰特游荡回来，又说："我不明白。这些都说不通！"

"相信这些能让我感觉更舒服一些。"莉莉丝说，"一位欧安卡利人把自己关到我的隔离室里，并拒绝离开，直到我适应了他。你不可能一边死盯着他们看，一边还在怀疑他们到底是不是外星人。"

"也许你不能。"

"我不会和你争论这件事的。我醒着的时间比你长多了。我住在欧安卡利人当中，接受了他们的真面目。"

"他们说他们是什么？"

莉莉丝耸了耸肩："我想要唤醒更多的人，今天有两个新的。你想帮我吗？"

"你要唤醒谁？"

"莉娅·比德和赛琳·艾佛斯。"

"再来两个女人？你为什么不叫醒一个男人？"

"后面我会的。"

"你还在想着你的保罗·提图斯，是不是？"

"他不是我的。"她希望自己没有告诉泰特关于此人的事。

"接下来唤醒一个男人，莉莉丝。唤醒那个保护孩子的家伙。"

莉莉丝转过身来看着她："你的想法是，如果你从马上摔下来，你应该立刻再骑回去？"

"是的。"

"泰特，他一旦醒了，就会一直醒着。他身高六英尺三，体重两百二十磅，当了七年警察，习惯指挥周围的人。他救不了我们，也保护不了我们，但他肯定有办法把我们的事搞砸。他要破坏我们所要做的，就是拒绝相信我们在船上。在那之后，他所做的一切都会是错误的，甚至可能是极度危险的。"

"那又怎样？你要等到把他唤醒时，把这里弄成一个后宫？"

"不会。只要我们把莉娅和赛琳弄醒，情况稳定下来后，我就去唤醒柯特·勒尔和约瑟夫·成。"

"为什么要等？"

"我要先把赛琳放出来。我把莉娅放出来的时候你照顾她。我想赛琳可能是柯特要照顾的人。"

她回到自己的房间，带回两个女人的照片，正要开始寻找赛琳时，泰特抓住了她的胳膊。

"有人在监视我们，是不是？"她问。

"是的。我不知道他们是不是时时刻刻都在监视我们，但是现在，没错，我们俩都清醒着的时候，我确定他们在监视着我们。"

"如果有麻烦，他们会插手吗？"

"如果他们觉得事态已经够糟了就会。我认为那些人会让提图斯强奸我，但我不认为他们会让他杀了我。不过，他们可能行动太迟缓，无法阻止这种情况发生。"

"棒极了，"泰特痛苦地喃喃道，"我们只能靠自己了。"

"没错。"

泰特摇了摇头："我不知道我是应该摆脱文明的束缚，准备为我的生存而战呢，还是为了我们的未来而保留并捍卫文明。"

"我们做必须要做的事，"莉莉丝说，"迟早可能会为我们的生存而战。"

"我希望你错了，"泰特说，"如果我们现在所能做的就是继续自相残杀，我们又学到了什么呢？"她停顿了一下，"你没有孩子吧，莉莉丝？"

莉莉丝开始慢慢地沿着墙壁走，闭上眼睛，赛琳的肖像平放在墙和她的手之间。泰特走在她旁边，分散了她的注意力。

"等我叫你。"莉莉丝告诉她，"这种搜索需要占据我全部的注意力。"

"对你来说，谈论你以前的生活真的很难，是吗？"泰特说，她表现出的同情让莉莉丝无法相信。

"毫无意义而已，"莉莉丝说，"并不难。我在那些记忆中度过了两年的孤独时光。当欧安卡利人出现在我房间时，我已经准备好活在当下，并待在那里。我以前的生活就是到处摸索，寻找我不知道的东西。至于孩子，我有过一个儿子。他在战前死于一场车祸。"莉莉丝深吸了一口气，"现在让我一个人待着。我找到赛琳后会叫你。"

泰特走开了，靠在对面卫生间旁的一堵墙上。莉莉丝闭上眼睛，又开始一点点地往前挪动。她让自己忘记了时间和距离感，觉得自己几乎是沿着墙在流动。这种幻觉似曾相识——就像某种激素带来的身体上的愉悦，还有情感上的满足——一种她此刻需要的激素。

"如果你必须做点什么，倒不如让自己感觉舒服点。"尼卡吉告诉她。一旦它的感知臂完全发育成熟，它就对她肉体的快乐和痛苦产生了极大的兴趣。令人高兴的是，它更关注快乐而不是痛苦。它研究她，就像她研究一本书一样——而且还进行了一定程度的改写。

当她的手指找到墙上凸起的地方时，她感到凸起又大又明显。但是当她睁开眼睛看的时候，她看不出有什么异样。

"那里什么都没有！"泰特站在她右后侧说。

莉莉丝一惊，跳了起来，肖像掉到了地上，她弯下腰去捡，并拒绝转过身去看泰特。"离我远点！"她平静地说。

泰特不情愿地退了几步。莉莉丝能找到那个地方，不需要再特别集中注意力，也不需要泰特离开，但泰特必须学会接受莉莉丝的权威，无论是在控制墙壁方面，还是在对待欧安卡利人和他们的船方面。她究竟想干什么，溜回来，偷偷跟在莉莉丝后面？她想找什么？某种窍门？

莉莉丝用一只手在肖像表面上擦了擦，把它按在墙上。她立刻就找到了那个凸起点，尽管它还太小，看不到。在这幅画移开时，它停止了生长，但还没有消失。现在莉莉丝轻轻地用肖像摩擦着它，刺激着它继续生长。当凸起长到肉眼可见时，她走开了等着，招手让泰特过来。

她们站在一起，看着墙吐出长长的半透明的绿色植物。泰特发出一声作呕的声音，随着气味飘向她，她还后退了几步。

"你想在我打开之前看看它吗？"莉莉丝问道。

泰特走近了，盯着那株植物。"它为什么在动？"

"这样的话，它的每一部分就都能暴露在光线下一段时间。如果你能在上面做个标记，你会看到它在非常缓慢地翻转。这种运动也应该对里面的人有好处，既锻炼了他们的肌肉，又改变了他们的位置。"

"它看起来不像鼻涕虫，"泰特说，"当有人在里面的时候就不像。"她走过去，用几个手指抚摸着它，然后看着自己的手指。

"小心，"莉莉丝告诉她，"赛琳不是很大。植物可能不介意让别人进来。"

"你能把我弄出来吗？"

"是的。"她笑了，"第一个给我看这些东西的欧安卡利人并没有警告我。我把手放在那棵植物上，当我发现那棵植物正缠着我，围绕着我的手生长时，我差点就慌了神。"

泰特试了试，那株植物开始殷勤地吞下她的手。她拔了一下自己的手，然后看着莉莉丝，显然很害怕："让它放开我！"

莉莉丝在她被陷住的手周围摸了摸，植物放开了泰特。"开始吧。"莉莉丝说着，走到植物的一端。她把手沿着植物的长边拉了拉，它像往常一样慢慢地打开，她把赛琳抱了出来，放在泰特可以照顾她的地板上。

"如果你可以的话，在她醒来之前给她穿上衣服。"她告诉泰特。

在赛琳完全清醒之前，莉莉丝开始唤醒莉娅，并把她从植物中搬了出来。她迅速给莉娅穿好衣服。直到两个女人都完全清醒过来，四处张望时，莉莉丝才把两棵植物从墙上推进去。当她干完这件事后，她转过身，打算坐在莉娅和赛琳身边，并回答她们的问题。

不料，莉娅突然一跃而起跳到她背上，并扼住她的脖子，这个女人的体重压了下来，让她打了个趔趄。莉莉丝倒了下去，对她来说，时间似乎慢了下来。

如果她倒下来压在莉娅身上，很可能会伤到莉娅的背或头。这种伤也许只是皮外伤，但也许会很严重。把一个可能有用的人搞没了，只因为对方一次愚蠢的行为，这可不好。

莉莉丝设法侧着身摔下去，莉娅只是胳膊和肩膀撞到了地板。

莉莉丝伸手把莉娅的手从她喉咙边弄开，这并不难。莉莉丝甚至能够继续小心翼翼地避免造成伤害。她还谨慎地不让莉娅发现自己要想打败她有多么容易。她一边喘着粗气，一边把莉娅的手从喉咙边拨开，尽管她还没有到急需空气的地步。她还略微松了松手，让莉娅在挣扎的时候，她的手能在自己的手里活动。

"你能不能消停点！"她喊道，"我和你一样是这里的囚犯。我不能让你出去。我自己也出不去。你明白吗？"

莉娅停止挣扎。现在她抬头怒视着莉莉丝，"放开我。"她的嗓音天生低沉而沙哑，可现在几乎变成了咆哮。

"我是想放的，"莉莉丝说，"但别再跳到我身上了。我可不是你的敌人。"

莉娅哼了一声。

"省省力气吧。"莉莉丝说，"我们有很多重建工作要做。"

"重建？"莉娅咆哮道。

"那场战争，"莉莉丝说，"还记得吗？"

"我倒希望我能忘得了。"咆哮缓和下来。

"你要是在这里杀了我，那就证明你还没有经历足够的战争。那就证明你不适合参与重建。"

莉娅什么也没说。过了一会儿，莉莉丝放开了她。

两个女人都小心翼翼地站了起来。

"谁来决定我是不是合适？"莉娅问道，"你吗？"

"我们的看守。"

出人意料的是，赛琳小声问："他们是谁？"她的脸上布满了泪痕。她和泰特之前静静地走上前来参加讨论，或是旁观打架。

莉莉丝瞥了泰特一眼，泰特摇了摇头。"你还担心唤醒一个男人会引起暴力。"她说。

"我现在还是担心。"莉莉丝告诉她，然后看了看赛琳，又看了看莉娅，"我们去吃点东西吧。我会回答任何我能回答的问题。"

她把她们带到赛琳的房间，当她们看到碗里的不是她们预料中的鬼知道是什么的东西，而是她们都能辨认出来的食物时，都睁大了眼睛。

她们一吃饱，在她们相对放松和舒适的时候，交流起来就更容易了。她们拒绝相信自己是在一艘月球轨道之外的太空船上。莉娅听到他们被外星人抓住时，就放声大笑起来。

"要么你是个骗子，要么你疯了。"她说。

"是真的。"莉莉丝轻声说。

"这是扯淡。"

"欧安卡利人改造了我，"莉莉丝告诉她，"这样我就能控制墙壁和假死植物。我不能像他们做得那么好，但我可以唤醒别人，给他们吃，给他们穿，给他们一定的私密空间。你不应该一味地怀疑我，甚至忽视你看到的我所做的事。尤其要记住我告诉你们的两件事。我们在太空船上。即使你不相信，也要装作相信。在船上没地方可跑，即使你能离开这个房间，你也无处可去，无处可藏，没有自由。反之，如果我们在这里忍上一段时间，我们就能再回到我们的世界，我们将作为第一批人类遗民被送回到地球上。"

"让我们照你说的去做，然后等着，嗯？"莉娅说。

"除非你非常喜欢这里，愿意留下来。"

"你说的话我一句也不信。"

"那就相信你想要的！我告诉你，如果你还想把双脚踏在地面上，那就应该知道怎么做！"

赛琳开始轻声抽泣，莉莉丝皱起眉头看着她："你怎么了？"

赛琳摇摇头："我不知道该相信什么，我甚至不知道我为什么还活着。"泰特叹了口气，厌恶地摇了摇头。

"你还活着，"莉莉丝冷冷地说，"我们这里没有医疗用品。如果你想自杀，你可能会成功。如果你想留下来，帮助我们开始重返地球的工作……好吧，这事似乎更值得为之努力，值得获得成功。"

"你有过孩子吗？"赛琳问，显然她以为答案是否定的。

"是的，"莉莉丝让自己伸出手去，握住那个女人的手，尽管她不再喜欢她了，"所有我要唤醒的人都在这里，没有家人。我们都是孤单的。我们拥有彼此，不会再有其他人。我们会成为一个团体——朋友、邻居、丈夫、妻子——也可能成不了。"

"这里什么时候会有男人？"赛琳问道。

"一两天之内。接下来我要唤醒两个人。"

"为什么不是现在？"

"不行。我得为他们准备好房间，为他们准备好食物和衣服——就像我为你和莉娅准备的那样。"

"你是说房子是你建起来的？"

"更确切地说，是我让它们长起来的。你会看到的。"

"你也种了粮食？"莉娅问，扬起了眉毛。

"食物和衣服储存在大房间两端的墙里。我们一用掉储存的，就会有新的补充上。我可以打开储物柜，但打不开它们后面的墙。只有欧安卡利人能做到。"

片刻的沉默。莉莉丝开始收拾起自己的果皮和种子。"把所有的垃圾都扔进马桶。"她说，"你们不必担心会把它们堵上，它们的功能可不只是表面上看起来的样子。它们能消化任何无生命的东西。"

"消化！"赛琳惊恐地问，"它们……它们是活的？"

"是的。这艘太空船是活的，船上几乎所有的东西都是活的。欧安卡利人应用生物就像我们使用机器一样。"她朝最近的卫生间走去，然后停了下来，"我还想告诉你们另一件事，"她注视着莉娅和赛琳，"我们都被监视着——就像我们在隔离室里被监视着一样。我觉得这一次欧安卡利人不会打扰我们——除非我们中有四十个或更多的人清醒过来，还能相处融洽。可我们开始互相残杀的话，他们会进来的。那些想做杀人犯的——或者真的杀了人的——会被留在这艘船上度过余生。"

"这样就能保护你免遭我们的伤害，"莉娅说，"挺合适。"

"我们自己互相保护，"莉莉丝说，"我们是濒危物种——快灭绝了。如果我们要生存下去，我们就需要保护。"

莉莉丝没有先把柯特·勒尔从包裹他的假死植物里放出来，她把包裹约瑟夫的植物取出来，和包裹柯特的植物并排放在一起。然后，她迅速地把两株植物都打开，把约瑟夫搬了出来，再把柯特给拖出来。她让莉娅和泰特给柯特穿衣服，自己给约瑟夫穿，因为赛琳不肯碰赤身裸体的约瑟夫。当他们挣扎着终于到了意识清醒的状态时，两人均已衣着整齐。

在苏醒后最初的痛苦过去后，他们坐起身来茫然四顾。"我们在哪儿？"柯特问，"这里谁负责？"

莉莉丝瞬间有点畏缩。"是我，"她说，"我唤醒了你。我们在这里都是囚徒，但唤醒人们是我的工作。"

"你在为谁工作？"约瑟夫问。他有一种轻微的口音，柯特听到他的声音，就转过身来瞪着他。

莉莉丝迅速给他们互相介绍："纽约的柯特·勒尔，这位是温哥华的约瑟夫·成。"然后她又介绍了每位女性。

赛琳已经在柯特身边坐了下来，介绍到她时，她补充了一句：
"当初一切都还正常时，大家都叫我赛莱。"

泰特翻了个白眼，莉娅皱起了眉头，莉莉丝忍住没笑。她对
赛琳的看法是正确的，如果柯特允许，赛琳就会把自己置于他的
保护之下，这会让柯特有事可做。莉莉丝看到约瑟夫的脸上浮现
出一丝浅笑。

"如果你们俩饿了，我们有吃的。"莉莉丝说，进入了正在
成为标准的演说中，"在我们吃饭的时候，我来回答你们的问题。"

"现在先回答一个问题。"柯特说。他问的是："你为谁工
作？为哪一边？"

他没有看到她把他的假死植物推进墙里。自从他完全清醒以
后，她就没有背对过他。

"在地球上，"她小心翼翼地说，"现在已经没人了，不会
有人在地图上画根线，然后声称线的哪边是正确的。现在政府不
存在了，总之没有人类政府。"

他皱起眉头，然后像刚才瞪着约瑟夫一样瞪着她："你是说
我们被……某种非人的东西抓住了？"

"或者是获救。"莉莉丝说。

约瑟夫走近她："你见过他们？"

莉莉丝点点头。

"你相信他们是外星人？"

"是的。"

"你相信我们在某种……什么？宇宙飞船上？"

"一艘非常非常大的飞船，差不多就是一个小世界。"

"你有什么证据能出示给我们看？"

"只要你们想看，可我估计全都会被你们当作骗局。"

"不管怎样，请让我们看看。"

　　她点点头，并不以为意。针对每对或每组新人的处理方式都得略有不同。她尽可能地解释了她体内化学物质的变化，然后，在两个男人的注视下，她又生长出了另一个房间。她两次停下来让他们检查墙壁。当他们像她一样试图控制，又试图破坏墙壁时，她也不置一词。可墙壁的活体组织抵制他们，无视他们，他们白费了力气。最后，他们静静地看着莉莉丝完成了房间的生长。

　　"这就像我以前苏醒时，组成牢房的材料一样。"柯特说，"这是什么鬼东西？某种塑料？"

　　"某种生命物质，"莉莉丝说，"相比于动物，更像植物一些。"她任由他们惊讶着沉默了一会儿，然后领他们进了她和莉娅摆了食物的房间。泰特已经在那里了，正在吃着热腾腾的米饭和豆子。

　　赛琳递给柯特一个可食用的大碗，里面盛满了食物，莉莉丝也递给约瑟夫一只碗。但约瑟夫仍专注于活的飞船的问题。他自己不吃东西，也不让莉莉丝安静地吃饭，直到他了解了她所知道的全部关于船的运作方式。她才知道这么一点点，对此他似乎很郁闷。

当他终于停止询问，并尝起已经冷了的食物，莉娅问他："你相信她所说的吗？"

"我相信莉莉丝所相信的，"他说，"我还没决定自己要相信什么。"他停顿了一下，"不过，对我们来说，表现得好像我们在一艘船上，这似乎很重要——除非我们能确认我们不是在一艘船上。即使我们能逃离这个房间，太空飞船也会是一个极好的监狱。"

莉莉丝感激地点了点头。"就是这样，"她说，"这就是重要之处。如果我们能在这里忍下来，不管每个人自己到底是怎么想的，都表现得好像这就是一艘船，我们就能在这里生存下来，直到我们被送回地球。"

她接着告诉他们关于欧安卡利人的事情，关于人类团体在地球上重新繁衍的计划。然后她告诉他们关于基因交易的事情，因为她决定了一定要让他们得知此事。如果她拖得太久不告诉他们，他们可能会认为她的沉默不言是在背叛他们。但是现在告诉他们给了他们足够的时间来抗拒这个主意，然后慢慢思考并意识到它可能意味着什么。

泰特和莉娅都嘲笑她，绝对不相信任何对 DNA 的操作能让人类和外星人混种。

"据我所知，"莉莉丝告诉他们，"我还没见过任何人类与欧安卡利人的混种。但是鉴于我所看到的事实，鉴于欧安卡利人对我做过的改造，我相信他们可以篡改我们的基因，我也相信他们打算这样做。他们会和我们融合还是会让我们毁灭……这就不得而知了。"

"嗯，我还什么都没看见，"柯特说。他沉默了好长一段时间，静静地听着。当赛琳坐到他身边，看上去一副受惊的样子时，他抬起胳膊，环住了赛琳的身体，"在我真正看到一些东西之前——我不是指更多会动的墙——这些都是胡扯。"

"我不确定我能不能相信，不管我看到什么。"泰特说。

"这倒不难相信，劫持者打算对我们做某种基因上的篡改。"约瑟夫说，"不管他们是人类还是外星人，他们都能做到这一点。战前，遗传学方面已经开展了很多工作。这可能会在以后演变成某种优生学项目。二战后，如果希特勒有这种技术，而且他活了下来，他可能会做类似的事情。"他深吸了一口气，"我认为现在最好的办法，就是尽我们所能去学习，获取事实资讯，睁大我们的眼睛。然后，我们就能充分利用一切可能的机会逃跑。"

莉莉丝愉快地想：学了再跑。她差点就要拥抱约瑟夫了，可她只是接着吃了一口冷掉的食物。

· 5 ·

两天后，莉莉丝看到柯特不太可能惹麻烦——至少暂时不会——就唤醒了盖伯瑞尔·里纳尔迪和碧翠丝·德怀尔。她请约瑟夫帮她照顾盖伯瑞尔，把碧翠丝交给莉娅和柯特。在给他们穿衣服和帮他们适应等方面，赛琳仍然毫无用处。而泰特显然已经厌倦了唤醒人们的过程。

"我认为我们应该每次都把人数翻一番。" 她对莉莉丝说，"这样我们就能减少重复，更快地完成工作，更快地回到地球上去。"

莉莉丝想，至少现在泰特开始接受她还不在地球上的事实，这还是有点意义的。

"我可能已经把人们唤醒得太快了。"莉莉丝告诉她，"在抵达地球之前，我们必须能够一起共事。对我们来说，仅仅避免互相残杀是不够的。在森林里，我们可能会比以往任何时候都更加相互依赖。如果我们给每一群新人足够的时间去适应，让他们融入一个成长的组织，这可能更好。"

"什么组织？"泰特笑起来，"你是说像一家人……和你在一起，就当你是个妈妈？"莉莉丝只是看着她。

过了一会儿，泰特耸耸肩："只要叫醒一群人，让他们坐下，告诉他们发生了什么——他们当然不会相信你——回答问题，喂饱他们，第二天，开始下一批。又快又容易。如果他们都没苏醒，那就没法学着一起共事啊。"

"我总是听说小班比大班好，"莉莉丝说，"这件事太重要了，不能操之过急。"

这次争论如往常一样结束，并没有解决问题。莉莉丝继续慢慢地唤醒人们，泰特则继续反对。

三天之后，碧翠丝和盖伯瑞尔似乎安定下来了。盖伯瑞尔和泰特配成了一对，而碧翠丝回避了和男人的性接触，但她加入了无休止的对他们处境的讨论中，先是拒绝相信，后来终于接受了，并接受了团队中"学了再跑"的理念。

现在，莉莉丝决定，是时候唤醒另外两个人了。她每两三天唤醒两个人，不再担心唤醒男人，因为没有引起真正的麻烦。她确实有意识地唤醒了更多的女性，希望尽量减少暴力。

但随着人数的增加，发生争执的可能性也在增加。有几次小恶斗，莉莉丝试图置身事外，让他们自己解决问题，她唯一希望的是打架不要造成严重伤害。柯特尽管冷嘲热讽，但还是帮了忙。有一次，当他们把两个挣扎着、流着血的男人拉开时，他告诉她，她有潜力成为一个相当棒的警察。

有一场斗殴莉莉丝无法置身事外——像往常一样，一场起因很愚蠢的打斗开始了。一个身材高大、脾气暴躁、脑子不太灵光的女人，叫琼·佩莱林，她要求停止全素饮食。她想吃肉，她现在就想吃，如果莉莉丝知道做什么会对她有好处，她最好能生产些肉出来。

其他人都接受了没肉可吃的事实，不管有多不情愿。"欧安卡利人不吃肉，"莉莉丝告诉他们，"因为我们没肉也能行，他们就不会给我们提供肉类食物。他们说，一旦我们回到地球，我们就可以自由地继续饲养和捕杀动物——尽管我们所熟知的动物大多已经灭绝了。"

没人喜欢这个主意。到目前为止，她唤醒的人中没一个是自愿的素食者。但直到琼·佩莱林，才想要对此采取某种行动。

琼向莉莉丝猛扑过来，拳打脚踢，显然是想马上制服她。

莉莉丝很惊讶，但绝不至于被吓到，她反击了。快速的两连击。

琼瘫倒在地，不省人事，血从嘴里流出来。

莉莉丝吓坏了，而且还在生气，她上前检查了一下，发现那个女人还在喘气，伤势并不严重。她留在琼身边，直到琼恢复了意识，可以再怒视莉莉丝了。然后，莉莉丝一言不发就离开了她。

莉莉丝回到自己的房间，坐着思考了一会儿尼卡吉赋予她的力量。她出拳的时候，并不想把琼打昏。她此刻并不是在关心琼，而是烦恼自己搞不清自己的力气到底有多大。她可能会意外杀人，也可能会把人打残。琼不知道自己只是头痛加上嘴唇开裂有多幸运。

莉莉丝滑到地板上，脱下外套，开始做运动来消耗多余的能量和情感。每个人都知道她在锻炼。其他几个人也开始这么做了。对莉莉丝来说，这是一种舒适的、无意识的活动，当她对自己的处境无能为力时，让她有事可做。

有些人会攻击她，她可能还没有遇上最糟糕的那些人，她可能得杀人，他们也可能会杀了她。现在接受她的人可能会在她受重伤或杀人时背弃她。

话说回来，她又能做什么呢？她不得不自卫。如果她能像打败琼那样轻易地打败一个男人，人们会怎么说她？尼卡吉说过她能做到。要过多久才会有人强迫她去确认这一点呢？

"我可以进来吗？"

莉莉丝停止了锻炼，穿上夹克，说："进来吧。"

当约瑟夫绕过她那弧形的新门厅隔墙，走进房间时，她仍然坐在地板上，做着深呼吸，倔强地享受着肌肉的轻微疼痛。她靠在床上，抬起头来看着他。因为他来了，她欣然一笑。

"你一点儿也没受伤吧？"他问道。

她摇摇头："只有一点儿瘀伤。"

他在她身边坐下："她在跟别人说你是个男人，她说只有男人才能这样打架。"令莉莉丝诧异的是，自己居然放声大笑起来。

"有的人没笑，"他说，"那个新人——彼得·范·韦尔登——说他根本不觉得你是个人。"

她愣愣地看了他一阵，然后站起来想出去，但他抓住了她的手，并紧紧握住。

"这倒也不错。他们不会站在那里自言自语，相信幻觉。实际上，我不觉得范·韦尔登真的相信这一点。他们只希望把挫折感发泄到某个人身上。"

"我不想成为那个人。"她喃喃自语道。

"你有什么选择？"

"我知道。"她叹了口气，他又把她拉回身边坐下。当他在身边时，她就会发现自己无法自欺。这有时给她带来足够的痛苦，让她疑惑为什么自己鼓励他待在身边。

泰特曾带着显而易见的恶意问她："他又老又矮又丑。难道你对此就毫无歧视？"

"他四十岁，"莉莉丝当时回答，"在我看来他似乎并不丑，如果他能适应我的个头，我也能适应他的。"

"你可以找个更好的。"

"我很满意。"她从来没告诉泰特，她差点就让约瑟夫成为她唤醒的第一个人。对于泰特半真半假地想引诱约瑟夫离开的企图，她只是摇了摇头。泰特好像并不需要他，她只是想证明她可以拥有他——并在这个过程中考验一下他。约瑟夫似乎觉得整件事很有趣，其他人对类似的情况就没那么放松了。这还引起了一些最野蛮的争斗。越来越多的人感到无聊，被关在笼子里，忍不住想找些破坏性的事来做。

"你知道，"她告诉他，"你自己也可能成为靶子。有些人可能会决定把他们对我的愤怒转移到你身上。"

"我会功夫。"他检查着她瘀伤的指关节说。

"你真会？"

他笑了："不，只是练一点儿太极，做做运动。不会出那么多汗。"

她断定他说的是她闻起来的味道——她确实出了不少汗。她起身想去洗个澡，但他不放她走。

"你能和他们谈谈吗？"他问道。

她看着他，他长出了一撮薄薄的黑色胡子。由于没有剃刀，所有的男人都留起了胡子。没有人提供给他们任何坚硬或锐利的东西。

"你是说跟欧安卡利人谈谈？"她问道。

"是的。"

"他们一直在听我们说话。"

"但如果你要求什么，他们会提供吗？"

"估计不会。我认为只是给我们所有人穿上衣服，这就已经是一个重大让步了。"

"是的。我猜你会这么说。那你就做泰特让你做的事，同时唤醒许多人。这里没什么事可做，让人们忙于互相帮助，互相教导。我们现在有十四个人，明天再唤醒十个人。"

莉莉丝摇摇头："十个？但是——"

"这样可以减少你的负面注意力。人一旦忙碌起来就有很少的时间幻想和争斗。"

她从他身侧挪开，面朝着他坐下来："什么事，乔[①]？出了什么事？"

"人性如此，仅此而已。你现在可能没有危险，但很快就会有了。你一定要明白这一点。"

她点了点头。

"当我们有四十个人时，欧安卡利人会把我们带出去，或——"

"当我们有四十个人时，欧安卡利人会认定我们准备好了，他们就会进来。最后，他们会教我们如何在地球上生活。他们把飞船的一部分改造成了地球的一小片区域，他们在那里种了一小

---

① 乔，约瑟夫·戒的昵称。

片热带森林——就像我们将要被送到地球上的森林一样，我们将在那里接受训练。"

"你见过这个地方吗？"

"我在那里待了一年。"

"为什么？"

"先学习，然后证明我学会了。了解和运用知识不是一回事。"

"不行。"他想了一会儿，"欧安卡利人的出现会使他们团结起来，但也可能会使他们更加强烈地反对你。尤其是当欧安卡利人真的会吓到他们的时候。"

"欧安卡利人的确会吓到他们。"

"那么糟糕？"

"那些外星人，太丑陋，太强大了。"

"那么……别跟我们到森林里来。试着摆脱这个任务。"

她的笑容里满是悲伤："我会说他们的语言，乔，但我从来没能说服他们改变任何一项决定。"

"试一下，莉莉丝！"

他的紧张使她惊愕。难道他真的看到了她忽略的东西——一些他不会告诉她的东西？还是他只是刚刚理解了她的处境？她早就知道自己大概注定会没有好结果，她也有时间去适应这个念头，去理解她必须斗争的不是非人类的外星人，而是她自己的同类。

"你会和他们谈谈吗？"约瑟夫问道。

她想了一会儿才意识到他指的是欧安卡利人。她点了点头。"我会尽我所能，"她说，"你和泰特关于更快地唤醒人们的说法可能也是对的，我想，我已经准备试一下了。"

"很好。你身边有一个明确的核心小组。你唤醒的新人可以在森林中解决他们的问题。在那里，他们应该有更多的事情要做。"

"嗯，他们会有很多事要做。不过，其中有些是很无聊的……等到我教你们编织篮子或吊床，或自己制作园艺工具，用来种庄稼时。"

"我们会去做必须要做的事，"他说，"如果我们做不了，那我们就不能生存。"他顿了一下，把目光从她身上移开，"我一辈子都是城里人，我可能活不下去。"

"如果我可以，你也可以。"她坚定地说。

他悄声笑了，破坏了气氛："这有点儿傻，但也傻得可爱。我对你有同样的感觉。你看，那么多人被关在一起，无事可做，会有什么后果？好事恐怕也会变成坏事。明天你打算唤醒多少人？"

她蜷缩起身体，双臂紧抱着双膝，头靠在膝盖上，身体因缺乏幽默感的笑而颤抖着。有一天晚上，他突然惊醒了她，似乎毫无征兆，问是否可以和她上床。而她之前曾那样竭尽全力阻止自己抓住他，把他拖进来。

　　但他们直到现在才谈到自己的感情。每个人都知道，每个人都清楚一切。例如，她知道，人们说他和她上床是为了获得特权，或者是为了逃离监狱。确实，在战前的地球上，她是不会注意到他的，他也不会注意到她。但是在这里，从他醒来的那一刻起，他们之间就有了一种牵绊，那样强烈，无可逃避，默默支配他们的行动，而此刻，他终于说出来了。

　　"我按你说的唤醒十个人，"她最后对他说，"这似乎是个不错的数字。我会让每一个我敢信任的人都去照顾一个新醒来的人。至于其他人……我不想让他们无事可做，四处游荡，制造麻烦，或者聚在一起制造麻烦。我要让你，泰特，莉娅，还有我分别管束起他们。"

　　"莉娅？"他说。

　　"莉娅很不错，粗暴、易怒、固执，而且勤奋、忠诚、不易被吓倒。我喜欢她。"

　　"我想她喜欢你，"他说，"这使我感到很惊讶，我原以为她会怨恨你。"

　　在他身后，墙缓缓打开。

　　莉莉丝呆住了，然后叹了口气，故意盯着地板。当她再次抬起头来时，似乎在看着约瑟夫，她看到尼卡吉正从开口处走进来。

· 6 ·

　　她挪回约瑟夫身侧，约瑟夫靠在床上，什么也没注意到。她把他的手握在自己的双手之间，握了片刻，不知道自己是不是快失去他了。今晚之后他还会和她在一起吗？明天，除了完全必要，他还会和她说话吗？他会加入她的敌人之中，向他们证实他们现在只是在怀疑的事吗？尼卡吉究竟想搞什么？为什么它不能像它说的那样待在外面呢？她终于抓住它撒谎了。如果那个谎言破坏了约瑟夫对她的感情，她绝不会原谅它。

　　尼卡吉一声不响地大步进入房间，并封上了门道。"那是什么东西？"约瑟夫问。

　　"天知道是什么原因，欧安卡利人决定让你先看一眼，"她痛苦地柔声说，"你没有任何身体上的危险，你不会受伤的。"让尼卡吉去撒它的谎吧，她会逼着它把她重新送回假死状态。

　　约瑟夫急切地回头去看，当他看到尼卡吉时，整个人都呆住

217

了。过了一阵，莉莉丝都怀疑他完全被吓傻了，他猛地站起来，跌跌撞撞地退到墙边，缩进墙和床之间的角落。

"这是什么意思？"莉莉丝用欧安卡利语问，她站起来面对尼卡吉，"你为什么到这里来？"

尼卡吉用英语回答："这样他现在就可以私下承受他的恐惧，以后就可以帮你了。"

约瑟夫在听到那个安静的、雌雄莫辨的、听起来像人的声音用英语说话之后，从角落里走了出来，来到莉莉丝身边，站在那里盯着尼卡吉。他明显在发抖，还说了句中文——莉莉丝第一次听到他说中文——然后不知怎么的，他的颤抖停止了。他看向她。

"你认识它？"

"卡尔尼卡吉·欧·杰达亚特婷卡古雅·艾吉·丁索。"她说，盯着尼卡吉的感知臂，回忆起没有感知臂时，它看起来是多么的有人情味。看到约瑟夫皱起眉头，她说："尼卡吉。"

"我无法相信，"他轻声说，"我根本不能，即使你说过。"

她不知道该说什么，他对局面的控制比她好。当然，他已经被警告过了，他也没有被隔绝于其他人类之外。不过，他还是做得很好，他的适应性正如她所认为的那样强。

尼卡吉慢慢地走到床边，用一只手撑起身子，把腿叠在身下，在床上坐了下来，它的头部触须密切地关注着约瑟夫。"不必着急，"它说，"我们聊一会儿。如果你饿了，我给你拿点吃的。"

"我不饿，"约瑟夫说，"不过，其他人可能会的。"

"那他们得等上一会儿。他们应该花点时间等莉莉丝，明白要是没她，他们会很无助。"

"他们和我一样无助，"莉莉丝轻声说，"你强迫他们依赖我，他们可能无法原谅我。"

"成为他们的领袖，就不需要他们原谅了。"

约瑟夫看着她，仿佛尼卡吉终于说了些什么话来转移他对它那奇怪身体的注意力。

"乔，"她说，"它不是指领袖，它的意思是犹大山羊。"

"你可以让他们生活得更轻松，"尼卡吉说，"你可以帮助他们接受将要发生在他们身上的事。但无论你是否领导他们，你都无法阻止。即便你死了，一切还是会发生。如果你能领导他们，更多的人会活下来。可你要是做不到，你自己可能都活不下去。"

她盯着它，记得它虚弱无助时她躺在它旁边，记得那时她把食物分成小块，然后慢慢地、一小点一小点地仔细喂给它。

过了一段时间，它的头部和身体触须结成了肿块，它用感知臂搂住自己，用欧安卡利语对她说："我要你活下去！你的伴侣是对的！有些人已经密谋对你不利了。"

"我告诉过你他们会密谋反对我，"她用英语说，"我告诉过你他们可能会杀了我。"

"你没有告诉我你会帮助他们！"

她靠在桌子上，垂下了头，"我想活下去，"她低声说，"你是了解我的。"

"你可以克隆我们，"约瑟夫问，"是吗？"

"是的。"

"你能从我们身上取出生殖细胞，在人造子宫里培育人类胚胎？"

"是的。"

"你甚至可以通过某种基因图集或者图谱来重新塑造我们？"

"我们也能做到。我们已经做过这些事情。我们必须通过这些来更好地了解一个新物种。我们必须拿它们与正常的人类受孕和出生进行比较。我们必须把我们所制造的孩子和我们从地球上带来的孩子进行比较。我们非常小心地避免伤害新的物种伙伴。"

"你们是这么称呼我们的吗？"约瑟夫喃喃地说，声音酸涩又充满厌恶。

尼卡吉很温柔地说："我们敬畏生命。我们必须确认，我们能找到让你们以合作伙伴的身份活下去的方式，而不仅仅是死于其中。"

"你们不需要我们！"约瑟夫说，"你们创造了自己的人类。可怜的杂种。让他们做你们的伙伴去。"

"我们……确实需要你们。"尼卡吉的声音很轻，约瑟夫得探身向前去听，"一位合作伙伴在生理上必须得有趣，对我们有吸引力，而你们非常迷人。你们是兼具美丽与恐惧的罕见结合体。你们真的是把我们俘虏了，我们逃不掉。但你们的迷人之处不仅仅是身体上的组成和运转。你们有自己的个性，你们有自己的文化。我们也对这些感兴趣。这就是为什么我们要尽可能多地救助你们。"

约瑟夫浑身颤抖着说："我们已经看到你们是如何救助我们的——你们的囚室和你们的假死植物，现在又是这些。"

"这些都是我们采取的最简单的手段，为了让你们保持相对不受影响。这就是你们在地球上的样子——只是减少了疾病或伤害。只要稍加训练，你们就能回到地球上，依靠你们自己舒适地生活下去。"

"我们这些在这个房间和训练室里的幸存者？"

"你们所有的幸存者。"

"你们可以换一种方法！"

"我们尝试过其他方法，这种最好，还确立了避免伤害的激励机制：凡是杀人的，或重伤人的，不得返回地球。"

"他们会被关在这儿吗？"

"他们的余生都会。"

"即使……"约瑟夫瞥了莉莉丝一眼，然后又面朝尼卡吉，"即使杀人是出于自卫？"

　　"她是被豁免的。"尼卡吉说。

　　"什么？"

　　"她知道。我们赋予她特殊的能力，这种能力你们中至少有一个人必须具备。这让她与众不同，因此他们会把她当成靶子。如果我们不让她自卫，那我们就会弄巧成拙。"

　　"尼卡吉，"莉莉丝说，看到它关注到她时，就用欧安卡利语说，"豁免他。"

　　"不行。"

　　断然拒绝。就是这样，她知道。但她忍不住又试了试。"因为我，他也成了靶子，"她说，"因为我他可能会被杀死的。"

　　尼卡吉用欧安卡利语说："为了你，我会让他活下去。但让杀人者永远去不了地球，这不是我个人做的决定，也不是我个人豁免了你。这是一个共同决议。我自己不能豁免他。"

　　"那……就用你对待我的方式来强化他的体质吧。"

　　"那样他就更有可能杀人。"

　　"可死亡的可能性也更小。我的意思是让他对伤害有更强的抵抗力，如果他受伤了，帮助他更快地痊愈。给他一个机会！"

　　"你在说什么？"约瑟夫生气地对她说，"讲英语！"

　　她张开嘴，但尼卡吉先开口了："她在为你求情。她希望你得到保护。"

　　他看着莉莉丝想确认一下，她点了点头。"我为你担心。我也想让你被豁免。它说它不能那么做。于是我让它……"她停了下来，看了看尼卡吉，又看了看约瑟夫，"我请求它强化你的身体，至少给你一个机会。"

他皱起眉头看着她："莉莉丝，我个头不大，但我比你想的要强壮。我能照顾好自己。"

"我没说英语，因为我不想听你这么说。你当然不能照顾好自己。没有人能凭一己之力对抗外面的潜在危险。我只是想让你拥有比现在更多的机会。"

"给他看看你的手。"尼卡吉说。

她犹豫了一下，担心他会把她视为异类，或者是太接近异类——因为他们把她改造得太多。但现在尼卡吉已经把关注点引到她的手上，她无法掩饰。她抬起手，给约瑟夫看她不再青肿的指关节。

他仔细地检查了她的手，然后又看了看另一只手，以确定他没有弄错。"这是他们干的？"他问道，"能让你这么快就痊愈？"

"是的。"

"还有什么？"

"它让我变得比以前更强壮，也让我能够控制内墙和假死植物。就是这些。"

他面向尼卡吉："你是怎么做到的？"

尼卡吉的触须沙沙作响："我稍微改变了她身体的化学成分，

让她能控制墙壁。我让她更有效地利用她已有的东西，让她能拥有力量。她应该能更强壮，她的祖先就很强壮——尤其是她的非人类祖先。我帮她发挥了她的潜能。"

"怎么做的？"

"你怎么移动和协调你的手指？我是一位欧劳，生来就能与人类合作。我能帮助他们做到他们身体能胜任的任何事。我做了点生化改造，使她的定期锻炼比其他人的更有效。还有一个轻微的基因变化。我没有增加或减少任何东西，就让她发挥出了潜能。她和她亲缘最近的动物祖先一样强壮和敏捷。"尼卡吉顿了一下，也许注意到了约瑟夫看着莉莉丝的眼神，"我所做的改造不是遗传性的。"它说。

"你说你改变了她的基因！"约瑟夫指责道。

"体细胞。不是生殖细胞。"

"但是如果你克隆了她……"

"我不会克隆她的。"

长时间的沉默。约瑟夫看了看尼卡吉，然后久久地凝视着莉莉丝。当她觉得自己已经受够了他的凝视时，她开口了。

"如果你想出去和其他人待在一起，我就把墙打开。"她说。

"你就是这样想的？"他问。

"这就是我害怕的。"她低声说。

"你能阻止自己身上发生的事吗？"

"我没想阻止它。"她咽了口唾沫，"不管我说什么，他们都要给我这份工作。我告诉他们，他们这样还不如杀了我。即使这样也没能阻止他们。所以当尼卡吉和它的伴侣们向我允诺他们所能允诺的一切时，我甚至连想都没想。我对此还挺欢迎的。"

过了一会儿，他点了点头。

"我会把我给她的一些东西给你，"尼卡吉说，"我不会增强你的力量，但我会让你更快地痊愈，从可能会致死的伤害中恢复过来。你想让我这么做吗？"

"你是在给我一个选择？"

"是的。"

"这种变化是永久性的？"

"除非你要求变回去。"

"有什么副作用？"

"心理上的。"

约瑟夫皱起了眉头："你什么意思，心理……哦。所以你才不给我力量。"

"是的。"

"但你信任……莉莉丝。"

"她一直醒着，和我的家人生活在一起好几年了，我们了解她。当然，我们也一直在观察她。"

片刻之后，约瑟夫拉起莉莉丝的手，"你明白了吗？"他温柔地问道，"你明白他们为什么会选择你？——就像你这样的一个人，极度不想承担责任、不想成为领导者，还是一个女人？"

他声音中的傲慢先是使她吃了一惊，接着又让她生气。"我明白了吗，乔？嗯，是的。我有足够的时间能明白过来。"

他似乎意识到自己的语调听起来是什么样子："是的，你是有——这倒不是说明白了能有什么用。"

尼卡吉把注意力从一个人转移到另一个人，现在集中在约瑟夫身上。"要我给你做点改造吗？"它问道。

约瑟夫放开了莉莉丝的手："这是什么？手术？跟血液或骨髓有关？"

"你会被催眠。当你醒来时，你的身体就会改变。不会有任何疼痛或疾病，也不会有通常意义上的手术。"

"那你是怎么做的？"

"这些是我的工具。"它伸展了两条感知臂，"我会通过它们研究你，然后做出必要的调整。我的身体和你的身体会产生我需要的任何物质。"

约瑟夫明显战栗起来："我……我想我不能让你碰我。"

莉莉丝看着他，直到他转过身来面对着她。"我和其中一个被关了好几天，一直到我能触摸他，"她说，"有时候……我宁愿挨打也不愿再经历类似的事情。"

约瑟夫以保护的姿态靠近她。对他来说，给予安慰比索求安慰要容易。现在他努力同时做到了这两点。

"你打算在这里待多久？"他问尼卡吉。

"不会太久。我还会回来。当你再次见到我的时候，你可能就不会这么害怕了。"它顿了一下，"最后你必须碰我一下。在我改造你之前，你至少要表现出足够的控制力。"

"我不知道。也许我不想让你改造我。我真的不明白你到底要用那些触手做什么。"

"在英语中，我们称之为感知臂。它们不仅仅是手臂——功能多得多——但是这个术语很方便。"它把注意力集中在莉莉丝身上，用欧安卡利语说，"你认为如果他看到示范会有帮助吗？"

"恐怕这会招来他的排斥。"她说。

"他是个与众不同的男人。我想他会让你大吃一惊。"

"不。"

"你应该相信我。我知道很多关于他的事。"

"不！把他留给我吧。"

它站了起来，戏剧性地展开了身体。当她看到它打算离开时，放下心来。然后，它迅速地一掠而过，移到她身边，用一只感知臂环绕着她的脖子，形成一个奇怪而舒适的套索。她并不害怕。她经常经历这些，已经习惯了。但首先浮现在她脑中的念头是对约瑟夫的担忧和对尼卡吉的愤怒。

约瑟夫没有动。她站在他们之间。

"没关系，"她告诉他，"它想让你看到，这就是它所需的全部的接触方式。"

约瑟夫盯着感知臂的卷儿，目光又顺着这只手臂移向尼卡吉，又移回到那只停在莉莉丝身上的手臂。过了一会儿，他向它举起手来，但又停住了。他的手抽搐着缩了回去，然后又慢慢地伸出去。他只迟疑了片刻，就摸到了那只感知臂冰冷坚硬的肌肉。他的手指搁在它角状的尖端上，那个尖端立刻扭动了一下，缠住了他的手腕。

现在莉莉丝已经不是隔在他们中间了。约瑟夫僵直地站着，一言不发，大汗淋漓，但没发抖，他的手垂直竖着，手指僵硬得像爪子一样，一根感知触须卷起来套在他的手腕上，他一点儿也不痛，却无法挣脱。

随着一声似乎是刚溜出口的尖叫，约瑟夫瘫了下去。

莉莉丝飞快地向他走过去，但尼卡吉抓住了他。他失去了意识。她什么也没说，帮着尼卡吉把他放在床上。然后她抓住它的肩膀，让它转过来面对她。

"你为什么不能让他一个人待着！"她问道，"本该是我来管理他们。你为什么不把他留给我呢？"

"你知道吗，"它说，"没让我们下过激素的人里，从来没有一个能做到像他这样的。有的人在遇见我们不久就无意中触碰了我们，但没有人故意这样做。我告诉过你，他与众不同。"

"可你为什么不能让他一个人待着！"

它解开约瑟夫的夹克，把它脱下来："因为已经有两个男人表达出对他不利的言辞，想要别人也转过来一起针对他。一个人断言他是那种叫作'同性恋'的东西，另一个讨厌他眼睛的形状。事实上，他们都是对他和你结盟很恼火。他们更喜欢你没有盟友。你的伴侣现在需要我给他提供某种额外保护。"

她听了之后，惊骇莫名。约瑟夫谈到了她所面临的危险。可他看到了马上要架到他自己脖子上的刀吗？

尼卡吉把他的夹克扔到一边，躺在约瑟夫身边。它将一只感知触须缠在约瑟夫的脖子上，另一只缠在他的腰上，将约瑟夫拉向自己身边。

"是你给他注射了激素，还是他昏过去了？"她问，然后很奇怪自己为什么关心这个。

"我一抓住他的胳膊就给他注入了激素。不过他已经濒临崩溃的边缘，可能自己就会昏倒的。这样，他就可以因为我给他用激素而生我的气，而不是因为我让他在你面前出丑而生气。"

她点了点头："谢谢你。"

"什么是同性恋？"它问。

她告诉了它。

"但他们知道他并不是那样的，他们知道他是你的伴侣。"

"是的。好吧，我听说有人对我也持有类似的怀疑。"

"他们中没有人真的相信这个。"

"可是……"。

"莉莉丝，要为他们服务，就要领导他们。帮我们尽可能多地把他们送回家。"

她盯着它看了很长时间，感到既害怕又空虚。它的声音听起来很真诚，但这并不重要。她怎么能成为那些视她为看守人的领袖呢？在某种程度上，领导者必须是可信的。然而，她所做的每一件事都证明了她所言非实，这也使她的忠诚，甚至她的人性都受到了怀疑。

她盘腿坐在地板上，一开始什么也没看。最后，被尼卡吉固定在床上的约瑟夫吸引住她的目光。他们俩一动也不动，尽管有一次她听见约瑟夫叹了口气。那么，他不再是完全无意识的了？他是否已经领悟到成年欧劳最终会给他的教训？才一天就经历了这么多。

"莉莉丝？"

她吓了一跳。约瑟夫和尼卡吉同时叫着她的名字，虽然很明显，但只有尼卡吉才是清醒的，知道自己在说什么。约瑟夫被注入激素，受到多个神经链的影响，他会同步尼卡吉说的或做的每件事，除非尼卡吉分散出足够的注意力来阻止他。而尼卡吉完全没在这件事上操心。

"我已经调整了他，甚至让他更强壮了一点儿，尽管他还需要锻炼才能将这一点儿发挥到最佳状态。他会更难受伤，愈合速度更快，并能够从以前可能会致死的伤害中恢复并存活下来。"

约瑟夫不知道，他说的每一个字都和尼卡吉完全一致。

"停下！"莉莉丝厉声说。

尼卡吉毫不迟疑地改变了它的链接方式，"和我们一起躺在这里，"现在是它单独在说话，"你为什么要一个人站在床边？"

她觉得没有什么比一个欧劳用那种特别的语调说话，提出那种特别的建议更有吸引力了。她意识到自己站了起来，朝床边迈了一步，可自己没打算做这些。她停下来，盯着他们俩。约瑟夫的呼吸变成了轻微的鼾声，他似乎舒服地靠着尼卡吉睡着了，就如同之前很多次，在她醒来时，发现他舒服地靠着自己睡着了。不管在表面上或是内心深处，她都不想假装自己会抵制尼卡吉的邀请——或者她想抵制。尼卡吉可以让她和约瑟夫有一种超出正常人类体验的性行为。而且它所给予的，它自己也会经历。她想，这应该就是俘获了保罗·提图斯的东西，并不是出于他对所失去的旧世界的感伤，也不是出于他对原始地球的恐惧。

她握紧拳头，踌躇不前。"这帮不了我，"她说，"你不在身边的时候，我的日子会更艰难。"

尼卡吉从约瑟夫的腰间抽出一只感知臂，向她伸了过来。

她站在那里又待了一会儿，向自己证明她仍然能控制自己的行为。然后她脱下夹克，抓起那只非常非常丑的"象鼻子"器官，当她爬上床时，它卷着她。她把尼卡吉的身体夹在自己和约瑟夫的身体之间，第一次把它放在两个人类之间欧劳的位置。这使她在一瞬间有点儿害怕。也许有一天她会以这种方式怀上一个非人类的孩子。但现在还不会，因为尼卡吉还想让她做点别的工作，但总会有那么一天的。只要它插入她的中枢神经系统，它就可以控制她，做任何它想做的事情。

她感觉到它在身侧颤抖着，知道它进来了。

她没有失去知觉。尼卡吉并不想在感觉上欺骗自己。就连约瑟夫也清醒了，虽然完全被控制着，可他并不害怕，因为尼卡吉让他平静下来。莉莉丝没有被控制。她可以抬起一只手，越过尼卡吉，握住约瑟夫冰冷的、似乎没有生命的手。

"不。"尼卡吉在她的耳边低语，或许它直接刺激了她的听觉神经。它可以做到这一点——单独刺激她的感官，或者以任意组合的方式刺激，让她产生完美的幻觉，"只通过我。"它的声音坚持道。

莉莉丝的手颤抖起来。她放开约瑟夫的手，立刻把约瑟夫当作温暖而安全的毯子，一个令人瞩目的、稳定的存在。

她不知道自己是在接受尼卡吉对约瑟夫的近似描述，还是它在真实传达着约瑟夫的感受，是真实与近似的某种结合呢，还是仅仅是一种令人愉悦的虚构。

约瑟夫对她是什么感觉？

在她看来，她似乎一直和他在一起。她都没有生活被改变了的感觉，没有把"独处的时间"与现在的"在一起的时间"进行对比。他一直在那里，是她的一部分，不可或缺。

尼卡吉沉浸在他们强烈的吸引和他们的结合中。它带给莉莉丝的再也没有别的感觉了。它自己似乎消失了。她只感觉到约瑟夫，觉得他也只感觉到她。

他们对彼此的喜悦被点燃，熊熊燃烧起来。他们一起动作，维持着排山倒海的强度，两个人不知疲倦，完美地相配合，激情闪耀，迷失于彼此之中。他们似乎冲上了高空，良久之后，又似乎缓慢地、逐渐地飘落下来，尽情享受了数次完全融于一体的时刻。

中午，晚上，黄昏，黑暗。

她的嗓子很疼。她的第一种单独的感觉是疼痛——好像她一直在喊、在尖叫。她痛苦地咽了口唾沫，把一只手伸到喉咙边，但尼卡吉的感知臂就在她面前，它拂开她的手，并把它裸露的感知手放在她的喉咙上。她感到它的手固定在自己的喉咙上面，感觉它的手指在伸展，紧握。她没有感觉到它的探丝实际上穿透了她的肉体，但她喉咙的疼痛立刻消失了。

"在这当中，你只尖叫了一次。"它告诉她。

"你怎么还让我这么做？"她问道。

"你真出乎我的意料，我以前从没让你尖叫过。"

她让它把手从自己的喉咙上缩回去，然后懒洋洋地轻抚它。"有多少这样的体验真的是约瑟夫和我的？"她问道，"你编造了多少？"

"我从来没有为你编造过一次体验，"它说。"我也没有为他编造过。你们俩的记忆中原本就充满了各种体验。"

"可那是一个全新的体验。"

"一个组合。你有你自己的和关于他的体验。他有他自己的和关于你的。你们俩都推动我持续向前，比原本的体验更加长久。整个就是……势不可当。"

她转头看了看："约瑟夫？"

"睡着了，睡得很沉。我没有诱导他。他累了，不过他没事。"

"他……感受到了我所感受的一切？"

"在感官层面上，是这样的。然后他做出了自己智力层面上的解释，你也做出了自己的解释。"

"我不会说那是智力的。"

"你明白我的意思。"

"是的。"她把手移到它的胸前，怀着一种堕落的喜悦，感受着它触须的蠕动，然后在她的手下舒展着平坦了。

"你为什么这样做？"它问。

"你不舒服吗？"她的手停住了，问它。

"没有。"

"那就让我摸吧。我以前都不能。"

"我得走了。你去洗漱一下，然后出去喂饱你的人。把你的伴侣关起来，你得确保他醒来时，你第一个跟他说话。"

她看着它从自己身上爬过，关节奇奇怪怪地弯曲着，然后下到地板上。她在它向墙走过去时抓住了它的手。它的头部触须松松地指着她，等她问一个还没有说出来的问题。

"你喜欢他吗？"她问。

触须暂时聚焦在约瑟夫身上。它说："艾哈佳和迪昌都很困惑。他们以为你会挑一个黑色的大块头，因为他们和你很像。而我说你会选他——因为他和你很像。"

"什么？"

"在他的测试中，他的回答比我所知道的任何人都更接近你的答案。他长得不像你，但他实质上像你。"

"他可能……"她强迫自己说出这个想法，"当他意识到我帮你对他做了什么时，他可能不想和我之间再有任何牵扯了。"

"他会生气，会害怕，会渴望下一次的到来，并且下决心绝对不会再有下一次。我告诉过你，我了解他这个人。"

"你怎么这么了解他？你以前跟他有什么关系？"

它的头和身体变得光滑了，即便有了感知臂，它看起来还是像一个苗条、没有头发、没有性别的人。

　　"他是我承担成人责任的首批受试者之一。"它说，"那时我已经很了解你，我打算为你找一个人。不是另一个保罗·提图斯，而是一个你想要的人，一个想要你的人。我检查了数千名男性的记忆记录。这个人本来可能会被教导为一个团队的家长，但是当我给其他欧劳看你们如何匹配时，它们同意你们俩应该在一起。"

　　"你……你为我选择了他？"

　　"我把你们提供给彼此。你们俩自己做出了选择。"它打开一堵墙，离她而去。

· 8 ·

当莉莉丝叫他们出来吃饭时，人群安静地聚在一起，流露出敌意。大多数人都出来了，阴沉沉地、不耐烦地、饥肠辘辘地等着她。莉莉丝不理会他们的烦恼。

当她打开墙上的各种橱柜时，彼得·范·韦尔登抱怨道："总算到点了。"人们开始走上前来取食物。她想起来，这就是那个声称"她不是人"的男人。

"你要是完事了，那就到点了。"琼又加了一句。

莉莉丝转过头看着琼，在琼转过身去之前，她仔细端详了一下这个女人瘀青肿胀的脸。

麻烦制造者。到目前为止，只有两个人公开跳出来。这会持续多久？

"明天我会再唤醒十个人，"在大家离开之前，她说，"你们都将单独或成对地帮助他们。"她沿着食物墙踱来踱去，手指机械地在橱柜开口的周围摸索着，在人们选择自己想要的食物时，让它们保持开放。即使是新人也习惯了，但盖伯瑞尔却温和地抱怨起来。

"莉莉丝，你这样做太可笑了。让柜子一直开着。"

"你说得没错。"她说，"它们会打开两到三分钟，除非我再碰它们，否则它们就会关上。"她停了下来，从一个柜子里拿出最后一碗热腾腾的辣豆，让它关上。直到墙封上之后，柜子才会开始补充食物。她把豆子搁在地板的一边，留着等会儿自己吃。人们围坐在地板上，用可食用的盘子吃饭。在一起吃饭能让人感觉很舒服——这是他们为数不多的舒适体验之一。人们聚在一起，轻声交谈。莉莉丝拿出自己的那份水果，这时彼得对着他附近的小群体开腔了。他的小群体里有琼、柯特和赛琳。

彼得说："你们要是问我，这墙做成这样，是让我们想想，我们该拿我们的看守怎么办。"

莉莉丝等着，想知道是否会有人为她辩护。尽管沉默蔓延到其他群体，但没有人这样做。

她深吸了一口气，走到彼得的小群体跟前："凡事总可以改变。"她平静地说，"也许你可以让这里的每个人都反对我。那会让我失败。"她稍稍提高了嗓门，尽管她平静的话语里已经充满力量，"这意味着你们所有人都将重新进入假死状态，这样你们就可以被分开，再和另外一些人一起再经历这一切。"她停顿了一下，"如果这就是你们想要的——被分开，再独自重新开始，你就继续干吧，无论你需要多少次才能让自己走完这段路，继续努力。你可能会成功。"她离开他，拿了食物，走到泰特、盖伯瑞尔和莉娅身边。

"还不错，"泰特说，这时人们又开始了他们各自的谈话，"对所有人的明确警告。虽然做得迟了一点儿。"

"没用的，"莉娅说，"这些人原本素不相识。如果他们必须重新开始，又有什么关系呢？"

"他们在乎。"盖伯瑞尔告诉她。即使留着蓝黑色的胡子，他也是莉莉丝见过的最英俊的男人之一。他仍然很专一地只和泰特睡在一起。莉莉丝喜欢他，但她知道他并不是很信任她。她能从他有时看向她的表情中觉察出这一点。然而，他小心翼翼地保有着莉莉丝对他的善意——保留着自己的选择余地。

"他们在这里建立了私人关系，"他对莉娅说，"想想他们以前经历过什么：战争、混乱、家人和朋友的死亡，然后是孤独，一间囚室，吃着屎一样的东西。他们很在意，你也是。"

莉娅生气地转过身来面向他，嘴巴已经张开了，但那张英俊的脸似乎使她缴械投降了。她叹了口气，难过地点了点头。有那么一阵子，她似乎快哭了。

"如果把每个人都从你身边带走，你能坚持多少次，仍有重新开始的意愿？"泰特低声喃喃道。

再发生多少次都可以，莉莉丝疲惫地想。消除人类的恐惧、疑虑和固执必须要花上多少次，那就再来多少次。欧安卡利人和等待着的地球一样富有耐心。

她感觉到盖伯瑞尔在盯着她看。

"你还在担心他们，是吗？"他问道。

她点了点头。

"我想他们相信你了。所有的人，不只是彼得和琼。"

"我知道。他们会相信我一段时间。然后他们中的一些人会认为我在对他们撒谎，或者有人对我撒谎。"

"你确定没有？"泰特问道。

"我确信我有，"莉莉丝苦涩地说，"至少有所隐瞒。"

"但是——"

"这就是我所知道的，"莉莉丝说，"我们的救助者和劫持者都是外星人。我们在他们的船上。我已经看到并感觉到足够多的东西——包括失重——让我确信这是一艘船。我们在太空中。他们操纵 DNA 和我们使用铅笔和画笔一样自然，我们就在他们手里。这就是我所知道的，这就是我告诉你们的。如果你们中的任何一个人决定表现得好像这不是真的，那么要是我们只是被分开，被送去休眠，那我们都算运气好的。"

她看着那三张脸，勉强挤出一丝疲倦的微笑。"演讲结束，"她说，"我最好给约瑟夫带点吃的。"

"你应该把他弄出来。"泰特说。

"别担心。"莉莉丝告诉她。

"你可以时不时地给我带上一顿饭。"当莉莉丝离开时，盖伯瑞尔对着她说。

"看看你干了什么！"泰特在她身后喊道。

莉莉丝又从橱柜里取出一些食物，不觉笑了起来。她所唤醒的一些人不相信她，不喜欢她，不信任她，这是在所难免的。但至少还有其他人可以和她聊聊天，放松一下。如果她能阻止那些疑神疑鬼的人自我毁灭，就还有希望。

9

　　有一段时间里，约瑟夫不愿说话，也不愿从她手里拿吃的。她一看出这点，就坐在他旁边等待着。她回到房间时没有叫醒他，而是把房间封起来，睡在他身旁，直到他动了一下把她惊醒。现在他俩坐在一起，她很担心，但感觉不到他的敌意，他似乎并不讨厌她在身边。

　　她想，他在厘清自己的情感，他在试图想清楚已经发生的事。

　　她在床上他们中间的位置放了一些水果。她说了一些话，知道他不会回答，就说："这是一种感觉神经的幻觉。尼卡吉直接刺激神经，我们记起或创造体验来适应这些感觉。在生理层面上，尼卡吉能感受到我们所感受的，但不能读出我们的想法。如果它伤害了我们，它自己也逃不掉，除非它愿意承受同样的痛苦。"她迟疑了一下，"它说它把你强化了一点儿。一开始你还是得小心，还得锻炼。你不会轻易受伤的。如果你真的出事了，会像我一样能快速痊愈。"

　　他没有说话，也不看她，但她知道他听到了。他只是忙于思考，没空理她。

　　她坐在他身旁，等待着，感到出奇的舒服，时不时啃点儿水果。过了一会儿，她向后仰躺下来，脚踩在地板上，身体舒展横在床上。这个动作吸引了他的注意。

　　他转过身，盯着她看起来，好像都忘了她还在那儿似的。"你该起来了，"他说，"天亮了。早安！"

　　"跟我聊聊吧。"她说。

　　他揉了揉脑袋："这不是真的？就没有一丁点是真的吗？"

　　"我们没有碰到对方。"

　　他一把抓住她的手："那个东西……做了一切。"

　　"神经刺激。"

　　"怎么做的？"

　　"它们以某种方式与我们的神经系统相连。它们比我们更敏感，任何我们只能稍微感觉到一点儿的东西，它们感觉会强烈得多——而且它们几乎在我们意识到之前就感觉到了，这可以帮助它们在我们注意到之前，就停止做任何令人痛苦的事情。"

　　"它们以前这样对你吗？"

　　她点了点头。

　　"跟……别的男人？"

"单独的，或者和尼卡吉的伴侣们一起。"

突然，他站起来，开始来回踱步。

"它们不是人类。"她说。

"那它们怎么能……它们的神经系统不可能和我们一样。它们怎么能让我们感觉到……我感觉的东西？"

"通过按下正确的电化学按钮。我不敢说我能理解。就像它们有一种特殊的语言天赋。它们比我们更了解我们的身体。"

"你为什么让它们……碰你？"

"它们帮我做了改造。力量强化，快速愈合——"

他停在她面前，面对着她，"这就是全部？"他问。

她盯着他，从他的眼神里看出了责备，但是拒绝为自己辩护。"我喜欢，"她轻声说，"你不喜欢吗？"

"如果我要对它说点什么的话，就是那东西再也不要碰我。"

关于这一点，她不打算做出质疑。

"我这辈子从来没有过这种感觉。"他喊道。

她跳了起来，但什么也没说。

"如果这种东西可以装瓶出售，它的销量一定会超过市场上任何一种违禁药品。"

"今天早上我要叫醒十个人，"她说，"你会帮忙吗？"

"你还打算那么做吗？"

"是的。"

他深深地吸了一口气。"那我们走吧。"但他没有动。他仍然站在那里看着她，"它……像毒品吗？"他问道。

"你是说我上瘾了？"

"是的。"

"我不这么认为。我和你在一起就很开心，我不想让尼卡吉出现在这里。"

"我也不想让他再到这里来。"

"尼卡吉不是男性——我怀疑它是否真的在乎我们俩想什么。"

"别让它碰你！如果你有选择，就离它远点儿！"

他如此抗拒尼卡吉介入的性行为，让她感到害怕，因为这让她想起了保罗·提图斯。她不想在约瑟夫身上看见保罗·提图斯的影子。

"它不是男性，约瑟夫。"

"那又有什么不同？"

"自欺又能有什么不同呢？我们需要知道它们是什么，即使在人类当中没有可以与它们相对应的存在——相信我，没人和欧劳一样。"她站起来，知道自己没有给出他想要的承诺，知道他会记住她的沉默。她打开门道，走出了房间。

• ⟨10⟩ •

十位新人。

每个人都忙着帮他们摆脱困扰，让他们了解自己的处境。当彼得说我们的劫持者可能是外星人，他帮助的那个女人当面嘲笑他，说他疯了。

莉娅负责的是一个金发小个子男人，这个人一把抓住她不放手，如果他个头再大点，或者她再小点，他可能会强暴她。她显然不会让他得逞，但盖伯瑞尔不得不帮她把他拉下来。对这个男人所犯的事，她出人意料地宽容，与其说生气，不如说觉得有趣。

在最初的几分钟里，没人会对新人们所做的一切较真，也不会觉得这就是针对他们的。攻击莉娅的人只是被简单地控制住了，直到他不再试图接近她，直到他安静下来，开始四处张望，看向周围的各色人脸，并开始哭泣。

那人名叫雷·奥德韦，在他清醒之后几天，就在征得莉娅完全同意的情况下和她睡到了一起。

两天后，彼得和他的六名追随者抓住了莉莉丝，把她控制住，而第七名追随者德里克·沃尔斯基则把差不多一打剩下的饼干从一个食品柜里扫出来，趁它还没关上就爬了进去。

当莉莉丝明白过来德里克打算干什么时，就停止了挣扎。没有必要伤害任何人。欧安卡利人会照应好德里克的。

"他以为他在干什么？"她问柯特。他也参与了此事，还抓住她的一只胳膊，赛琳当然没有参与。

莉莉丝望着他，把其他几个人甩开了。现在德里克不见了，他们也就不再费力去按住她了。她现在心里清楚，她要是真想伤害或杀了他们，他们是不可能抓住她的。她并不比六个人加起来强壮，但她比任何两个人都强壮，比任何一个人都快。这一认知并不令人欣慰。

"他打算做什么？"她又问了一遍。

柯特松开手，放开她的胳膊。"搞清楚到底是怎么回事，"他说，"有人在回填这些柜子，我们打算找出他们是谁。我们想先看看他们——在他们打算让我们看到之前，在他们准备好让我们相信他们是火星人之前。"

她叹了口气。她告诉过他橱柜是自动回填的——又一件他决定不相信的事。"他们不是火星人。"她说。

他的嘴角弯了一下，似笑非笑地说："我知道。我从来不相信你的童话。"

"它们来自另一个太阳系，"她说，"我不知道是哪一个，反正也无所谓。他们很久以前就离开那个星系了，他们自己都不知道它是否还存在。"

他对着她骂骂咧咧，转身走了。

"会发生什么事？"另一个声音问。

莉莉丝四下看了看，看见了赛琳，叹了口气。无论柯特在哪儿，赛琳都在附近瑟瑟发抖。莉莉丝把他们配成了一对，就像尼卡吉把她和约瑟夫配成对一样。"我不知道，"她说，"欧安卡利人不会让他受伤，但我不知道他们会不会把他放回这里。"

约瑟夫大步向她走来，明显很担心。显然有人到他的房间里告诉他发生了什么事。

"没关系，"她说，"德里克出去看欧安卡利人了。"看着他惊诧的表情，她耸了耸肩，"我希望他们把他送回来，或者亲自把他带回来。这些人想亲自看到外星人。"

"那样会引起恐慌的！"他低声说。

"我不在乎。他们会恢复过来的。但是如果他们继续做这种蠢事，他们最终只会伤害自己。"

德里克没有被送回来。

最后，当莉莉丝走到墙边，打开柜子，证明德里克并没有在里面窒息时，就连彼得和琼也没有反对。她不得不打开德里克钻进去的那个柜子附近区域里的每一个柜子，因为其他大多数人都无法在那堵没有标识的宽阔墙壁上定位到某个单独的柜子。起初，莉莉丝对自己能够轻松准确地定位每一个柜子感到惊讶。在她首次找到它们时，她就能记得它们与地板、天花板、左右墙壁之间的距离。有些人，因为他们自己做不到，就认为这种能力很可疑。

有些人觉得她的一切都很可疑。

"德里克怎么啦？"琼问道。

"他做了件蠢事，"莉莉丝告诉她，"他这么做时，你还帮着阻止我，搞得我没能拦住他。"

琼往后退了一步，声音也大了："他怎么了？"

"我不知道。"

"骗子！"音量又提高了，"你的朋友对他做了什么？把他杀了？"

"不管他发生了什么事，你都难辞其咎，"莉莉丝说，"先反省一下自己的过失吧。"她环顾四周，看到了其他一起干坏事、一起非难过她的面孔。琼从来不会私下抱怨，她需要听众。

莉莉丝转身走进自己的房间。她正打算把自己关起来，这时泰特和约瑟夫走了进来。过了片刻，盖伯瑞尔也跟着进来了。他坐在莉莉丝的桌角上，面对着她。

"你输了。"盖伯瑞尔直截了当地说。

"是你输了，"她反驳道，"如果我输了，大家都会输。"

"这就是我们来这里的原因。"

"如果你有什么好主意，就说给我听听。"

"给他们来一场更精彩的演出。让你的朋友帮你给他们留下深刻印象。"

"我的朋友？"

"听着，我不在乎。你说他们是外星人，那好吧，那他们就是外星人。如果那些混蛋把你杀了，他们也讨不到什么好处。"

"我同意。我希望他们能把德里克送回来或带回来，他们说不定还真能，他们的时间感很糟糕。"

"乔说你可以和他们谈。"

她转过身来，惊讶地看着背叛自己的约瑟夫。

"你的敌人正在集结盟友，"他说，"你为什么要独自一人？"

她看着泰特，那个女人耸了耸肩。"那些人都是混蛋，"她说，"如果他们有脑子，他们就会闭起嘴巴，睁开眼睛，竖起耳朵，直到他们搞清到底发生了什么。"

"这就是我所希望的，"莉莉丝说，"我没抱多大期望，但我还是希望他们会。"

盖伯瑞尔说："这些人都被吓破胆了，想找个人去拯救他们。他们不需要理性或逻辑，或者是你的希望或期望。他们希望摩西①或其他人过来，率领他们过上他们能理解得了的生活。"

"范·韦尔登做不到。"莉莉丝说。

"他当然不行。但现在他们觉得他行，他们就追随他。接下来，他会告诉他们，离开这里的唯一方法就是把你打倒在地，直到你说出你所有的秘密。他会说你知道出去的方法。等真相大白的时候，你其实并不知道，那时你已经死了。"

她会死吗？他不知道把她折磨死要花多长时间。她和约瑟夫。她忧郁地看着他。

"维克多·多米尼克，"约瑟夫说，"还有莉娅和她钓上的那个家伙，还有碧翠丝和——"

"潜在的盟友？"莉莉丝问。

"是的，我们最好快点。今天早上我看到碧翠丝和另一边的一个人在一起了。"

莉莉丝说："忠诚会随着人们和谁上床而改变。"

"那又怎么了？"盖伯瑞尔问，"所以你不信任任何人？所以你想让自己落得个躺在地上支零破碎的下场？"

莉莉丝摇了摇头："我知道必须得这么做。可这太蠢了，不是吗？这就像是'让我们再来玩一局美苏争霸'。"

"跟你的朋友谈谈，"盖伯瑞尔说，"也许这不是他们之前

---

①　公元前 13 世纪时犹太人的民族领袖。《出埃及记》中记载，摩西受上帝耶和华之命，率领被奴役的希伯来人逃离古埃及，前往一块富饶之地：迦南地。

想过的演出。也许他们会帮你改写剧本。"

　　她皱着眉头凝视着他："你真的这样建议吗？"

　　"管用就行。"他说。

·⟨11⟩·

　　欧安卡利人没有选择扮演莉莉丝朋友的角色。她把自己关在房间里和他们对话时，他们既没出现也没回应她的呼唤，他们继续扣住德里克，莉莉丝猜，他估计又被弄去休眠了。

　　这些都没让她感到惊讶。她得把人类组织成一个统一的整体，或者她得成为组织他们的犹大山羊。如果可能的话——如果她似乎真到了生命垂危的境地，尼卡吉和它的伙伴们会出手救她一命。但除此之外，她只能靠自己。

　　但她有超能力。或者人们是这样想的，她可以用这种能力来操纵墙壁和假死植物。彼得却什么能力都没有。有些人觉得是彼得造成了德里克的消失——也许是他的死亡。幸运的是，彼得的口才还不够好，魅力也不够大，不足以把非难都转嫁到莉莉丝身上——尽管他已经尝试过了。

　　他所做的就是设法把德里克塑造成一个英雄，一个为了集体而行动的殉道者，一个至少尝试过做点什么的人。他责问莉莉丝到底在搞什么鬼，她的小组又在搞什么，袖手旁观，喋喋不休，夸夸其谈，坐等着劫持者告诉他们下一步该做什么。

赞成采取行动的人站在彼得那边。而像莉娅、雷、泰特和盖伯瑞尔等人则在等待时机来临，等更多的信息或真正的逃跑机会，他们站在莉莉丝这边。

还有碧翠丝这类人，他们害怕采取任何形式的行动，但也失去了掌控自己命运的希望。他们站到莉莉丝这边，希望维持原状，继续和睦地生活。莉莉丝想，他们只想要明哲保身，战前许多人都是这么想的。可他们无论在当时还是现在都不可能拥有这种东西。

当然，莉莉丝也吸收了这些人，她唤醒另外十个人时，就只用自己的小组成员来帮忙。彼得的人沦为起哄者和嘲讽者。新人们一开始把他们看作麻烦制造者。

也许这就是为什么彼得决定通过帮一个追随者抢个女人来打动他们。

这个女人——艾莉森·齐格勒——还没有找到一个她喜欢的男人，但是她选择了站在莉莉丝这边而不是彼得那边。彼得和一个新被唤醒的男人格雷戈里·塞巴斯特斯，他们俩先是和艾莉森争辩起来，然后决定直接动手把她拖进格雷戈里的房间里，她尖叫起来，喊着莉莉丝的名字。

莉莉丝独自待在自己的房间里，她皱起眉头，一时没搞清楚自己听到了什么。又在打架？

　　她无可奈何地放下了手头的一堆档案，这些档案是她为了寻找更多的盟友而查阅的。她一走出去就明白又出了什么麻烦。

　　两个男人架着一个挣扎的女人。莉莉丝的人拦住了这三人的去路，不让他们进入任何一间卧室，另外几个彼得的人又挡住了莉莉丝的人，不让他们靠近这三个人。

　　一个僵局——很可能会出人命。

　　"她究竟想留着自己干吗？"琼问，"找个男人待在一起是她的责任。我们剩下的人又不多。"

　　"搞清楚我在哪儿，怎么才能获得自由，这才是我的责任。"艾莉森哭号道，"可能你想给囚禁我们的人生出一个人类婴儿，让他们耍着玩，可我不想！"

　　"我们都配上对了！"柯特吼道，盖住了她的声音，"一个男人和一个女人。谁都没权利把你给扣下来，这只会造成麻烦。"

　　"给谁造成麻烦？"有人问。

　　"她是你什么人，"格雷戈里用他空着的手把一个人从艾莉森旁边推开，"找你自己该死的女人去。"

　　就在这时，艾莉森踹中了他。他咒骂着回了她一拳。她尖叫起来，剧烈地扭动着身体。血从她鼻子里溅了出来。

　　莉莉丝来到这群人面前，"住手，"她喊，"放开她！"但一大帮人吵吵嚷嚷的没听到她的声音。

"该死，住手！"她用一种连她自己都感到惊讶的声音大吼道。

她身边的人都愣住了，盯着她看，但围着艾莉森的一群人太投入，直到她走到跟前才注意到她。

对她来说，这太熟悉了，太像保罗·提图斯说过和做过的事。

她冲向围着艾莉森拉拉扯扯的一群人，她已经出离愤怒了，根本不担心他们围堵住她。其中两个人抓住她的胳膊。她看都没看一眼就直接把他们甩到一边。这次她一点儿也不关心他们会怎么样。野人，蠢货！

彼得向她抡起拳头，她一把揪住他空着的那只胳膊。她只是握住他这只胳膊，使劲一捏，再一扭。

彼得尖叫着跪倒在地，把艾莉森给忘了，撒开了紧抓住她的手。莉莉丝盯着他。他就是个垃圾，人渣。她怎么会犯这种错误去唤醒他呢？现在她该拿他怎么办？

她抓起他往边上一扔，他"咚"的一声撞到旁边的墙上，她也完全不在乎。

另一个人，格雷戈里，还在妄图坚守自己的阵地。柯特和他并肩站在一起，向莉莉丝发起挑战。他们看到她是怎么揍彼得的，但似乎还不相信，任她来到他们面前。

她重重的一拳打在柯特肚子上，只一拳就让他弓起腰抱着肚子，轰然倒地。

格雷戈里放开艾莉森，飞起一脚踢向莉莉丝。

她干脆利落地收拾了他：没等他落地就揪住他，抱住他的头往后一翻，他被压倒在地，昏了过去。

突然间，一切都安静了，除了柯特的喘息声和彼得的呻吟声——"我的胳膊！哎哟，天哪，我的胳膊！"

莉莉丝看着彼得手下的每一个人，她敢狠揍他们一顿，几乎期待着他们来攻击她。但现在他们中有五个人受了伤，莉莉丝却毫发无损。甚至她的自己人也对她敬而远之。

"这里禁止强奸。"她平静地说，然后提高了音量，"这里没人是他人的所有物，这里没人可以侵犯他人的身体。不要妄想回到石器时代，野人，狗屎！"她把自己的声音降到了正常水平，"我们要保持人性。我们要像人一样彼此相待，我们也要像人一样渡过难关。有谁想做野人的，在森林里有的是机会。你会有足够的空间逃跑，做一只人猿。"

她转身朝自己的房间走去，身体因残余的愤怒和挫折而颤抖着，她不想让别人看到她发抖。她从未像这样差一点儿就失控杀人。

约瑟夫温柔地叫着她的名字。她转过身来，刚准备战斗，听出他的声音后放松了下来。她站在那里看着他，渴望着走到他身边，但又克制住自己。他对她所做的事会怎么想？

"我知道那些人活该，"他说，"但他们有些人需要帮助。彼得的胳膊断了，其他人……你能让欧安卡利人帮他们一下吗？"

她担忧地回头看着自己制造的凌虐，深吸了一口气，设法平息自己的颤抖。然后她用欧安卡利语平静地说："有谁在监视，请进来检查这些人。他们有些人可能受了重伤。"

"没那么糟，"一个空洞的声音用欧安卡利语回答，"躺在地板上的人伤口会自行愈合。我会通过地板接触他们。"

"那个断了胳膊的人呢？"

"我们会关照他的。我们要不要扣下他？"

"我希望你能扣下他。可是不行，把他留给我们吧。他们已经怀疑你们是杀人犯了。"

"德里克又沉睡了。"

"我猜是这样。我们拿彼得怎么办呢？

"不管他，让他先反省一下自己的所作所为。"

"艾哈佳？"

"是的。"

莉莉丝又深吸了一口气："我很惊讶地发现，听到你的声音是这么好。"

没有回应，已经没什么要说的了。

"他说了什么？"约瑟夫想知道。

"是她。她说没有人受重伤。她说欧安卡利人会在彼得花时间反省过自己的行为后照顾他。"

"在那之前我们拿他怎么办？"

"不管他。"

"我还以为他们不会跟你说话。"盖伯瑞尔说，他的声音里充满了毫不掩饰的怀疑。他、泰特和其他几个人都向她走过来。他们谨慎地站得离她有段距离。

"他们想说的时候就说，"她说，"这是紧急情况，所以他们决定谈谈。"

"你认识那位，是吗？"

她看着盖伯瑞尔说："是的，我认识她。"

"我想是这样的。你说话的语气和你对她说话时的样子……你放松多了，看起来几乎算是热切了。"

"她知道我从来不想要这份工作。"

"她是你的一位朋友？"

"尽可能多地和完全不同种族的人交朋友。"她笑得毫无幽默可言，"对人类来说，相互之间交朋友实在太难了。"

然而她却把艾哈佳当成了朋友——艾哈佳、迪昌、尼卡吉……可在他们眼里她又是什么呢？一个工具？一个令人愉悦的变态？为他们所接受的一位家庭成员？作为什么被接受？一团乱麻。不去在意会让人更放松些。到了地球上，这些都不重要了。欧安卡利人为了达到自己的目的毫不留情地利用她，而她却在焦虑他们对她的看法。

"你怎么能这么强悍？"泰特问，"你怎么能做到这一切的？"

莉莉丝疲倦地用手抹了把脸："就像我可以打开墙壁一样，"她说，"欧安卡利人稍微改造了我。我很强壮，行动敏捷，伤口愈合得快。所有这些都是为了帮我带领尽可能多的人通过考验，回到地球上。"她扭头看了看，"艾莉森在哪儿？"

"在这里。"女人走上前。她已经把脸上的大部分血迹清理干净了，现在努力让自己看起来好像什么事也没发生过。这就是艾莉森，她不会允许别人多一刻看到自己不在最佳状态。

莉莉丝点点头："嗯，我看得出来你没事。"

"是的。谢谢你！"艾莉森犹豫了，"听着，不管真相如何，我真的很感激你，但是……"

"但是？"

艾莉森低下头，然后又抬起头，似乎强迫自己再次面对莉莉丝："我想不出来怎么能措辞委婉些，但我得问问。你真的是人吗？"

莉莉丝盯着她，希望自己心中的怒火能被激起，却只是感到无可奈何。她要回答这个问题多少次？她为什么要为这种事烦恼呢？她的话能消除别人的怀疑吗？

"如果我不是人，这就容易多了。"她说，"想想吧，如果我不是人，我怎么会在乎你会不会被强奸？"

她又一次朝自己的房间转过身去，然后想起了一件事，又停下来，转过头："明天我要再唤醒十个人。最后十个。"

· ⟨12⟩ ·

这就在这群人中来了一次洗牌。有些人避开了莉莉丝，因为他们怕她——怕她不是人，或者不够像个人。其他人过来加入她的一方，因为他们相信她会是个赢家。他们不知道这意味着什么，但他们认为站在她那边总比与她为敌要好。

她的核心小组——约瑟夫、泰特、盖伯瑞尔、莉娅和雷——都没改变。可彼得的核心小组发生了变化。维克多加入了。他个性强烈，清醒的时间比大多数人都长。这鼓励了一些新人追随他。

彼得被柯特取代了，他的断臂让他消沉了下来，他闷闷不乐，独自待在自己的房间里。无论如何，柯特更聪明，他的大块头也更能让人印象深刻。如果他之前动作快一点儿，很可能从一开始就能领导这个小群体。

头两天，彼得的胳膊一直是断的，又肿又疼，根本动弹不得。第二天夜里，他就被治愈了。他睡了很久，错过了早饭，但当他醒来时，他的胳膊好了——他被吓得不清。他不能简单地忽视这两天折磨得他虚弱不堪的疼痛，把它当成是幻觉或骗局。他胳膊的骨头断了，而且是严重骨折。谁都能看出骨头错位，肿胀，瘀青，大家都看到他的手动不了。

现在大家都看到他的一条胳膊完好，没有变形，很正常，他的手使用起来也很轻松、很健康。彼得自己的那帮人都对他充满了怀疑。

在他康复那天的午餐后，莉莉丝向人们讲述了经过她仔细删减的、在欧安卡利人中生活的故事，彼得没有留下来听。

"你比其他人更需要听这些东西，"她后来告诉他，"即使你准备好了，欧安卡利人也会让你大吃一惊。他们在你睡着的时候接好了你的胳膊，因为他们不希望在他们试图帮你的时候，让你受到惊吓，和他们打起来。"

"告诉他们我是多么感激他们。"他嘟囔着。

"他们想要的是理智，而不是感激。"她说，"他们希望——我也希望——你足够聪明，能够生存下去。"

他轻蔑地瞪着她，表情狰狞到几乎认不出他的脸来。

她摇了摇头，轻轻地说："我打伤你是因为你想伤害别人。其他人都没伤害过你。欧安卡利人救了你的命。最终，他们会把你送回地球，为你创造新的生活。"她停顿了一下，"彼得，多思考一点儿，多一点儿理智。"

她起身离开了他。他什么也没说，只是带着仇恨和轻蔑看着她。"现在我们有四十三个人了，"她说，"欧安卡利人随时都可能出现。不要做任何会让他们把你单独扣在这里的事。"

她离开了他，希望他能开始思考。希望，但不相信。

彼得痊愈后第五天，晚饭中被下了激素。

莉莉丝没有得到预先警告。她和别人一起吃饭，坐在约瑟夫旁边。在她意识到的时候，她正在吃着东西，并感到越来越放松，一种特殊的舒适感使她想起了——

她坐直了身子。她现在的感觉，以前只有在和尼卡吉在一起，并和它建立了神经联系的时候才会有。

先前的甜蜜迷雾消散了。她的身体似乎摆脱了这种感觉，她又恢复了警觉。附近，其他人仍然在互相交谈，笑得比以前多了一些。这群人的笑容从来没有完全消失过，尽管有时会比较罕见。在过去的几天里，打架越来越多，换床越来越频繁，笑声也越来越少。

现在这群男女开始手拉手，坐得更近了。他们相互搂住对方，坐在一起，也许是自从苏醒后感觉最好的时刻了。他们不可能像莉莉丝那样摆脱这种感觉，欧劳没有改造过他们。

她四处张望，想看看欧安卡利人是否已经进来了，可没有发现他们的踪迹。她转向旁边皱着眉头的约瑟夫。

"乔？"

他看着她。他皱起的眉头平复下来，伸手去拉她。

她让他把自己拉近点，然后附在他耳边悄悄说："欧安卡利人就要进来了，我们都被麻醉了。"

他摆脱了麻醉。"我想……"他揉了揉脸，"我觉得有点儿不对劲。"他深深地吸了一口气，然后四处张望，"瞧。"他轻声说。

她顺着他凝视的方向望去，看到食品柜之间的墙壁泛起了涟漪，然后打开了。欧安卡利人至少从八个地方进入了房间。

"真糟糕，"约瑟夫说，僵硬地转过目光看向别处，"你为什么就不让我舒舒服服地被麻醉呢？"

"对不起。"她说，把头靠在他的胳膊上。他只和一个欧安卡利人有过一次短暂的接触。无论发生什么事，对他来说都可能和其他人一样艰难。"你被改造过了，"她说，"我觉得改造一旦有了效果，这种激素就对你无效了。"

更多的欧安卡利人从开口处进入。莉莉丝数了一下，一共二十八个。当药效过了，他们能应付得了四十三个吓破胆的人类吗？

人们似乎对非人类的到场反应迟缓。泰特和盖伯瑞尔一起站了起来，互相依偎着，盯着欧安卡利人。一位欧劳走近他们，他们向后退缩着。

由于麻醉，他们并没有像他们本应表现出的那样惊骇莫名，但是他们还是被吓坏了。

欧劳跟他们说话时，莉莉丝认出那是卡古雅。

她站起来，盯着那三个人。她无法分辨出卡古雅所说的每一个词，但它的语气没法让她和卡古雅联系起来。它的语调很平静，很镇定，很奇妙地令人信服。这是莉莉丝印象中只能和尼卡吉联系起来的语调。

另一处则发生了一场混战。柯特尽管被用了激素，还是向走近他的欧劳发起了攻击。所有在场的欧安卡利人都是欧劳。

彼得本想去帮柯特一把，可是琼在他身后尖叫起来，他只好转身去帮她。

碧翠丝逃离了她的欧劳，她跑出几步才被它抓到。它用一只感知臂搂住她，她便昏了过去。

在房间里的各处，所有要打架的、要逃跑的人，全都倒下了。欧劳不会容忍任何形式的恐慌。

泰特和盖伯瑞尔都还醒着。莉娅醒着，雷却昏了过去，欧劳似乎使她平静下来了，也许是在向她保证雷没事。

琼虽然处于暂时性的惊慌失措当中，但仍是醒着的，彼得却倒下了。

赛琳醒着，僵住一动不动。一位欧劳碰了她一下，然后抽搐着走开了，就像很痛苦的样子。然后赛琳就晕了过去。

维克多和希拉莉·巴拉德都醒着，他俩紧紧地抱在一起，尽管他们直到此刻才表现出对彼此的兴趣。

艾莉森尖叫着向她的欧劳扔出食物，然后转身就跑。她的欧劳抓住了她，但让她保持清醒，可能是因为她没有挣扎。她呆呆的，但似乎在听着她的欧劳安抚她。

房间里的其他地方，一小群人相互扶持，毫不惊慌地与欧劳对峙，激素使他们平静下来。房间里是一片安静的、奇妙的、温和的混乱。

莉莉丝看着卡古雅和泰特、盖伯瑞尔在一起。欧劳现在坐了下来，面对着他们，和他们说话，甚至给他们时间盯着它的关节弯曲的方式，以及它的感知触须对运动物体的追随方式。当它移动时，它每个动作都做得很慢。在它说话时，莉莉丝听到的不再是她所习惯的那种高高在上的轻蔑或逗乐式的宽容了。

"你认识它？"约瑟夫问。

"是的，是尼卡吉的长辈之一。我从来没能和它相处融洽过。"

在房间的另一侧，卡古雅的头部触须向她的方向扫了一下，她知道它听到了。她想着干脆再多来几句，比如说把它臭骂一顿。

可她还没来得及开口，尼卡吉就到了。它站在约瑟夫面前，用评判的眼光看着他。

"你做得很好，"它说，"你感觉如何？"

"我没事。"

"你会没事的。"它瞥了一眼泰特和盖伯瑞尔，"我想，你的朋友估计不行。总之不是两个都行。"

"什么？为什么不行？"

尼卡吉的触须沙沙作响："卡古雅会试试的。我警告过它，它承认我对人类有天赋，但它特别想要他们。那个女人能生存下来，但男人可能不行。"

"为什么？"莉莉丝问道。

"他可能自己会选择不活下来。但是卡古雅经验丰富。除了你们俩，这两个人在这个房间里是最安静的。"有一阵子，它的注意力被约瑟夫的手吸引过去了，他在用一只手的指甲抠另一只手，那只手被抠出了血，血滴到地上。

尼卡吉转移了自己的注意力，甚至转开身体不对着约瑟夫。它的本能就是给出帮助，治愈伤口和止痛。但它对人类太了解了，所以决定让约瑟夫暂时继续伤害自己。

"你在做什么，预言未来吗？"约瑟夫问道，他的低语声听起来很刺耳，"盖比①会自杀吗？"

"他可能会间接自杀，我也希望不会这样，我什么都不能预言。也许卡古雅能挽救他，他值得挽救。但他过去的行为表明，他会很难共事。"它伸出触须，抓住约瑟夫的手，显然再也受不了他继续抠下去了。

"在你们的食物中下的只是一种弱效的药，"它告诉他，"我

---

① 盖比，盖伯瑞尔的昵称。

可以帮你感觉更好点。"

约瑟夫想要抽开手，但它没有理会他的努力。它检查了他弄伤的那只手，还进一步使他镇定下来，同时一直在安静地和他说话。

"你知道我不会伤害你的。你不怕受伤，也不怕疼痛。你对我奇异之处的恐惧最终也会过去。不，别动。身体别那么僵硬，放松下来。如果你身体放松了，你会更容易控制你的恐惧。就是这样，靠到墙上。我可以帮助你保持这种状态，不会让你思维恍惚的。你明白了？"

约瑟夫转过头去看着尼卡吉，然后又转回去，动作缓慢，有点儿没精打采，掩盖了他内在的情绪。尼卡吉挪到他身旁坐下，继续控制着他。"你的恐惧比以前少了，"它说，"即使你现在感觉到的也会很快过去。"

莉莉丝观察着尼卡吉的工作，知道它只会给约瑟夫下点微量的激素——也许会刺激他分泌自己的内啡肽，让他感到放松和轻微兴奋。尼卡吉带着平静而确信的语气说出来的话，只是要强化一种新的安全感和幸福感。

约瑟夫叹了口气。"我不明白为什么见到你让我害怕成这样。"他说，但他的语气听起来并不害怕，"你看起来没那么吓人，只是……非常不同。"

"不同对大多数物种来说就是一种威胁。"尼卡吉回答，"差异就是危险，它可能会杀了你。这对你的动物祖先和亲缘最近的动物亲属来说是如此，对你来说也是如此。"尼卡吉的头部触须平滑了，"对你们的人来说，相比以团队成员的身份，以个人身份去战胜这种感觉会更安全。这就是为什么我们要以这种方式处理这件事。"它观察着周围所有单身和成对的人，他们都配有一个欧劳。

尼卡吉注视着莉莉丝："用这种方式来处理，对你们来说会更容易一些——配上一个成年欧劳，再加上点激素。"

"为什么对我不是这样？"

"你是为我准备的，莉莉丝。大人们相信在我的亚成人阶段，你会是我最好的伴侣。杰达亚相信自己不用激素就能把你带到我身边，他是对的。"

莉莉丝战栗起来："我不想再经历这样的事情了。"

"你不会的。看看你的朋友泰特。"

莉莉丝转过身来，看到泰特向卡古雅伸出了手。盖伯瑞尔一把抓住她的手，拽了回来，两个人争执起来。

泰特只说了寥寥几句，而盖伯瑞尔则唠叨个不停，但过了一会儿，他放手了。卡古雅没动，也没说话，它等待着。它让泰特再看着它，也许又鼓起了她的勇气。当她再次伸出手时，它的感知臂一卷便抓住了她的手，动作似乎快得不可思议，但却很温和，毫无威胁。那只胳膊像一条攻击人的眼镜蛇一样瞬移，然而却带着某种奇特的温柔。泰特似乎毫不吃惊。

"它怎么能那样移动呢？"莉莉丝低声说道。

"卡古雅担心她没有勇气完成这个动作，"尼卡吉说，"我想它是对的。"

"我退缩过很多次。"

"杰达亚只能让你自己完成所有的工作，他帮不上忙。"

"现在怎么办？"约瑟夫问。

"我们会和你们一起待几天。当你们适应了我们时，我们会带你去我们创造的训练场，到森林里去。"它注视着莉莉丝，"在这段时间内，你不需要承担任何责任。我可以带你和你的伴侣出去一段时间，带他多看看这艘船。"

莉莉丝环视了一下房间，已经没人继续挣扎了，也没有明显的恐惧。那些无法自控的人全都失去了意识。另一些人则全神贯注于他们的欧劳，承受着来自自身恐惧和激素诱导的幸福感的混乱组合。

"我是唯一知道在发生什么的人，"她说，"他们中的一些人可能想和我谈谈。"

沉默。

"好的。怎么样，乔？想到外面看看吗？"

他皱起了眉头："刚才你没说出来的是什么？"

她叹了口气："这里的人暂时不想让我们靠近他们。事实上，你可能也不想让他们靠近你。这是对欧劳激素的反应。所以我们可以留在这里被他们忽视，或者走出去。"

尼卡吉将一只感知臂的末端缠绕在她的手腕上，提示她考虑一下第三种可能性。她没说话，但她心中的渴望之花突然如此强烈地绽放，它没动什么手脚才怪。

"放手！"她说。

它放开了她，但完全聚焦在她身上。它已经感觉到了她的身体对它无声的建议——或对它的化学暗示——起了反应，她跃跃欲试。

"是你干的？"她问，"你向我……注射了什么东西吗？"

"什么都没有。"它用那只空着的感知臂搂住她的脖子，"嗯，但我是要注射点东西了。我们可以晚一点儿再出去。"它站起来，把他们俩都带上了。

"什么？"约瑟夫被拖着走的时候问，"怎么了？"

没有人回答他，但他被领进了莉莉丝的卧室时并没有抵抗。莉莉丝封上门时，他又问："怎么回事？"

尼卡吉的感知臂从莉莉丝的脖子上滑了下来。"等等。"它对她说，然后它注视着约瑟夫，它放开了他，但并没有离开，"第二次对你来说才是最难的。第一次我让你别无选择，你不可能明白有什么可选择的。现在你有了一些小想法，你可以选择了。"

他现在明白了。"不！"他厉声说，"不要再来了。"

沉默。

"我宁愿要来真的!"约瑟夫说。

"和莉莉丝吗?"

"当然。"他看上去好像还想说些什么,但他瞥了莉莉丝一眼,沉默了。

"宁愿和任何人类在一起,也不愿和我在一起。"尼卡吉温柔地补充道。

约瑟夫只是瞪着它。

"可是我使你愉悦。我使你非常愉悦。"

"那是幻觉!"

"我向你解释:这是对某些神经,对你大脑的某些部分的电化学刺激……发生的事都是真实的,你的身体知道它有多么真实。你把它解释为幻觉,可这种感觉是完全真实的,你可以再次拥有它,你还可以拥有别的体验。"

"不行!"

"你所拥有的一切,都可以和莉莉丝分享。"

沉默。

"她会和你分享她所有的感受。"它伸出手,用感知臂卷住了他的手,"我不会伤害你的。我提供了一种你们人类为之奋斗,为之梦想,但单凭你们自己却无法实现的水乳交融。"

他抽出了胳膊:"你说我可以选择,我已经做出了我的

273

选择！"

"你，嗯，是的。"它用多指的真手解开他的夹克，把他的衣服脱了下来。当他想往后缩的时候，它抓住了他。它和他一起躺在床上，似乎并没有强迫他躺下来："你看，你的身体做出了不同的选择。"

他剧烈地挣扎了几秒钟，然后停了下来，他问："你为什么要这么做？"

"闭上你的眼睛。"

"什么？"

"跟我躺一会儿，闭上眼睛。"

"你想干什么？"

"没什么。闭上你的眼睛。"

"我不相信你。"

"你又不怕我。闭上你的眼睛。"

沉默。

过了好一会儿，他闭上眼睛，他们俩躺在一起。起初，约瑟夫的身体僵直，但慢慢地，什么事也没有发生，他开始放松下来。过了一会儿，他的呼吸平稳，好像睡着了。

莉莉丝坐在桌子上，等待着，观察着。她很有耐心，也很感兴趣。这可能是她唯一一次近距离观看欧劳引诱某个人的机会。她认为这件事应该让她感到烦恼，因为这里的"某个人"就是约瑟夫。他现在正遭受着极度矛盾的情感折磨，她对此了解得比她想知道的还要多。

然而，在这件事上，她完全信任尼卡吉。它和约瑟夫在一起感到很享受，它不会因为伤害他或催促他而破坏自己的乐趣。约瑟夫自己也许也在以一种堕落的方式享受其中，尽管他不可能这样说出来。

莉莉丝打起了瞌睡，这时尼卡吉拍着约瑟夫的肩膀，把他叫醒。他的声音惊醒了她。

"你在干什么？"他问道。

"叫醒你。"

"我没睡着！"

沉默。

"我的天哪，"过了片刻他说，"我的确睡着了，是不是？你一定是给我下了激素。"

"没有。"

他揉了揉眼睛，但没有试图站起来。

"你为什么不……就直接干了呢？"

"我告诉你，这一次你可以选择。"

"我已经选了！可你无视我。"

"你的身体选了这个，但你嘴上说的是那个。"它把一只感知臂移到他的后颈处，松松地在他脖子上绕了一圈。"就是这个位置，"它说，"如果你真想，我现在就停下来。"

一阵沉默，约瑟夫长叹了一声。"我不能给你，也不能给我自己这个允诺。"他说，"不管我有什么感觉，我都不能。"

尼卡吉的头部和身体变得像镜子一样光滑。它的变化太戏剧性了，把约瑟夫吓了一跳，他往后缩了缩。"你觉得……莫名其妙就觉得很有趣？"他痛苦地问道。

"这的确让我觉得有趣。这正是我所预料的。"

"那么……现在怎么办？"

"你的意志很坚强。你会严重伤害自己，还会视之为实现目标或坚持信念所必须做的。"

"放开我。"

它的触须又平滑了："乔，你应当心存感激。我不会放开你的。"

莉莉丝看到约瑟夫的身体僵硬，他挣扎着，然后放松下来，她知道尼卡吉对他的解读是正确的。当尼卡吉让他更舒服地靠在它的身上，他既不挣扎，也不争辩。莉莉丝看到他又闭上了眼睛，表情平静了下来。现在他准备接受他从一开始就想要的东西。

莉莉丝默默地站起来，脱下外套，走到床边。她站在那儿，俯视着它。有那么一刻，她看到的尼卡吉，就像她曾经看到的杰达亚一样——一个完全异形的生物，怪诞，超越了单纯的丑陋，令人无比厌恶。它那夜行爬虫一样的身体触须，和蛇一样的头部触须，都在不断扭动着，发出了关注和情感的信号。

她站在原地一动不动，竭尽全力不转身逃跑。

那一刻过去了，她差点喘不过气来。当尼卡吉用感知臂的尖端触碰她时，她跳了起来。她又盯着它看了一会儿，心里纳闷她怎么会不再害怕这样一个生物了。

然后她躺下，执拗地渴望它能给自己点什么。她靠过去贴到它身上，直到她感觉到那只感知手的轻微的触摸，感觉到欧劳的身体在她身侧颤抖，才终于满意。

• ⬡13⬡ •

这些人被持续用了好几天激素，他们被麻醉了，而且被看守着，每一个单身的人或每一对都有一位欧劳守护。

"用铭印来形容他们的行为是最恰当的词，"尼卡吉告诉约瑟夫，"化学性和社会性的铭印。"

"看看你对我做了什么！"约瑟夫指责道。

"我对你做的，以及我对莉莉丝做过的，都是必须的。如果没有它的话，谁都别想着会被送回到地球上。"

"他们会被麻醉多久？"

"有些人现在没被严重麻醉。泰特·玛拉就没有，可盖伯瑞尔·里纳尔迪是。"它注视着约瑟夫，"你没有。你知道的。"

约瑟夫移开了视线："没人应当被麻醉。"

"当然，最终，大家都不会。我们会消除你们天生对陌生人和差异的恐惧，我们会阻止你们伤害甚至杀害我们和你们自己，我们会教你们做更愉快的事。"

　"可这还不够！"

　"这只是一个开始。"

· ⟨14⟩ ·

　　彼得的欧劳证明了欧劳并非绝对可靠。当彼得被下药时，他就像变了个人。也许这是他苏醒后第一次心平气和，不去跟自己较劲，也不想着去证明什么，甚至还跟琼和他们的欧劳就他的胳膊和打架的事开起了玩笑。

　　莉莉丝后来听到这件事，不明白这件事有什么好笑的。但是欧劳生成的激素可能真是挺有效的。在激素的影响下，彼得可能觉得任何事都很好笑。在激素的影响下，他接受了三者的结合，并享受着其中的快乐。当这种影响逐渐减弱时，彼得开始思考，他显然认为自己被羞辱和奴役了。在他看来，这种激素不是减轻他适应可怕的非人类的痛苦的方式，而是一种让他违反自己本心的方式，让他在外星人的变态行为中失去尊严，让他的人性受到了亵渎，让他丧失了自己的男子气概。

　　彼得的欧劳本该注意到，在某些时候，彼得所说的话和他所假装出来的表情，与他的身体告诉它的表里不一。也许它对人类的了解还不足以应付像彼得这样的人。它比尼卡吉年长，和卡古雅差不多同一年龄段，但它不像它俩那样敏锐，或许也不像它俩那样聪明。

它把自己封闭在彼得的房间里，和彼得单独待在一起，结果给了彼得赤手空拳攻击它的机会。对彼得来说很不幸，他的第一拳就打中了他的欧劳的一个敏感点，触发了它的防御反应。它根本来不及控制住自己，就给了他致命的一刺。彼得抽搐着瘫倒在地，肌肉剧烈收缩，瞬间折断了自己的几根骨头，然后在这样的打击中辞世了。

彼得的欧劳一从自己最严重的痛苦中恢复过来，就立刻想要帮他，但为时已晚，他已经死了。欧劳坐在他的尸体旁，它的头和身体的触须结成硬硬的肿块，一动不动，不言不语。它那冰冷的肌肉变得更冷了，它似乎和它在哀悼的人一起死去了。

这时上面没有欧安卡利人监视。如果有的话，彼得可能会得救。但是大房间里满是欧劳，有什么必要去监视呢？

当一个欧劳注意到琼独自一人绝望地坐在封闭的房间外面时，一切都已无可挽回。没有别的办法，只好把彼得的尸体搬出来，并派人去找彼得的欧劳的伴侣。这个欧劳仍然陷入紧张症之中无法自拔。

琼仍然处于轻微麻醉中，她吓坏了，又很孤独，人群聚集在房间周围时，她往后退缩着。她独自站在一边，看着尸体被抬出来。莉莉丝注意到了她，向她走去，知道自己帮不了忙，但至少希望能给她点安慰。

"不要！"琼说，背贴着墙，"走开！"

莉莉丝叹了口气，琼正在经历一段由欧劳引起的长期规避状态。所有被大量注入激素的人类都是这样的——除了他们的人类伴侣和给他们用激素的欧劳，他们无法忍受任何人的接近。莉莉丝和约瑟夫都没有经历过这种极端的反应。莉莉丝几乎没有注意到自己有任何反应，除了在尼卡吉成熟的时候把她束缚住了，让她对卡古雅越来越厌恶之外。这几天，约瑟夫只是简单地在莉莉丝和尼卡吉身边待上几天，然后他的反应就过去了。琼的反应还远远没有过去，她现在会怎么样呢？

莉莉丝四处寻找尼卡吉。她在一群欧劳中发现了它，于是走过去把一只手搭在它的肩上。

它聚焦到她身上，却没有转动或分开它与其他欧劳接触的各种感知触须和感知臂。她对着它那束细细的圆锥形的头部触须问："你不能帮帮琼吗？"

"她会得到帮助的。"

"看看她！她会在得到帮助之前就崩溃的。"

触须聚焦在琼身上。她把身体缩在一个角落里，默默流泪，茫然四顾。她是一个高大强壮的女人，可在此刻，她看起来就像个大孩子。

尼卡吉和另一位欧劳分开，显然结束了正在进行的某种交流。其他欧劳也放松地互相分开，去找它们各自负责的人类，这些人，单独的或者一对的，都远远地分开站着，等着它们。死亡的消息一传开，除了莉莉丝和琼，所有的人都被下了重药。尼卡吉拒绝给莉莉丝下药，它相信她能控制住自己的行为，而其他欧劳也相信它。至于琼，在场的人谁也无法在不伤害她的情况下给她注入激素。

尼卡吉走向琼，离她不到十英尺时停了下来，等待着，直到她看到它。

她浑身颤抖，但并没有试图进一步缩回到角落里去。

"我不会靠近你的。"尼卡吉温柔地说，"有人会来帮助你的，你并不是一个人。"

"但是……但是我就是一个人，"她小声说，"他们都死了，我看见他们了。"

"死了一个。"尼卡吉压低声音纠正道。

她双手掩面，用力地摇着头。

"彼得死了，"尼卡吉告诉她，"特加特只是……受伤了。会有手足同胞过来帮你的。"

"什么？"

"他们会帮你的。"

　　她坐到地板上，低下头，声音含糊不清："我从来没有手足同胞。即便在战前也没有。"

　　"特加特有伴侣。他们会照顾你的。"

　　"不。他们会怪我的……因为特加特受伤了。"

　　"他们会帮你的。"它说得极其温柔，"他们会帮助你和特加特。他们会帮上忙的。"

　　她皱起眉，试图理解它的话，脸上的神情显得比以往任何时候都孩子气。然后她的脸色变了。柯特被下了重药，沿着墙慢慢地向她走来。他为了让自己舒服一点儿，离尼卡吉远远的，但离琼就有点儿太近了。她退缩着避开他。

　　柯特摇摇头，向后退了一步。"琼？"他喊道，他的声音阴沉沉的，听起来非常大，就像喝醉了一样。

　　琼跳了起来，但什么也没说。

　　柯特转向尼卡吉："她是我们的人！我们才是应该照顾她的人！"

　　"这是不可能的。"尼卡吉说。

　　"这就是可能的！就是！为什么不是？"

　　"她和她的欧劳之间的联结太强烈，强化得太重了——就像你和你的欧劳一样。以后当你们的纽带放松后，你们就可以再次靠近她了。那是以后，不是现在。"

　　"该死！她现在就需要我们！"

"不行。"

柯特的欧劳走到他面前，抓住他的胳膊。柯特本想抽开胳臂，但突然间他的力气似乎被抽离了。他的腿一软，跪倒在地。莉莉丝移开了目光。柯特就像彼得，不可能原谅任何羞辱。他也不会一直被注入激素。他会记住的。

柯特的欧劳扶他站起来，把他带到他的房间，现在他俩和赛琳一起住在那里。当他离开时，房间另一端的墙打开了，一男一女两个欧安卡利人走了进来。

尼卡吉向那对伴侣做了个手势，他们就朝它走来。他俩搀扶着对方，走起路来就像受了伤，好像是需要互相扶持似的。他们本该是三个，现在却变成了两个，少了一个基本部分。

那一男一女走到尼卡吉跟前，又经过它，来到琼面前。琼很害怕，整个都僵住了。然后她皱起眉头，表情就好像有人说了什么话，可她并没有听清似的。

莉莉丝悲哀地观察着，知道琼接收到的第一个信号是嗅觉。对琼来说，那一对男女闻起来很好闻，闻起来像一家人，他们被同一个欧劳联结到了一起。当他们握住她的手时，他们的感觉都会很好，有一种真正的化学亲和力。

琼似乎仍然害怕这两个陌生人，但她看起来也如释重负。他们就是尼卡吉说过的那样，能帮忙的人。一个家庭。

他们把她带进特加特僵坐着的房间里，没说一句话。不同物

285

种的陌生人就这样被她接受，成了一家人，而一个人类朋友和盟友却被她断然拒绝。

莉莉丝站在那里，目不转睛地盯着琼，几乎没有意识到约瑟夫正走过来站在她身边。他也被注入了激素，但这种激素只使他变得莽撞起来。

"彼得是对的。"他怒气冲冲地说。

她皱起了眉头："彼得？杀戮是对的？死亡是对的？"

"他是作为人类而死的！他差点就捎上了他们中的一员！"

她看着他："那又怎样？那又改变了什么？在地球上我们可以改变一些东西，可在这里我们无计可施。"

"到那时我们就愿意了？我很怀疑我们会变成什么，不再是人，不再是了。"

The Xenogenesis

series

IV

训练场

训练室的色彩是褐色、绿色和蓝色的。透过零星的落叶可以看到褐色的泥泞地面，褐色的混浊河水流过这片土地，在像是阳光的光辉下闪烁着银光。水中富含泥沙，混浊不堪，显不出一丝蓝色，尽管上面的天花板——天空——是深蓝色的。空气澄澈，没有烟雾，只飘着几朵云——是上一场雨遗留下来的。

越过宽阔的河面，对岸是一排树木的幻景，一道绿线。在远离河流的地方，绿色是占支配地位的色彩。上方是真实的绿色林冠——各种树木参差生长，许多巨木都是承载丰富物种的小世界：生长着凤梨、兰花、蕨类、苔藓、地衣、藤木、寄生藤等，还有多种昆虫、蛙类、蜥蜴和蛇类栖身其中。

莉莉丝在前期训练中首先学会的事中，有一条就是不能倚在树上。

林间几乎没有其他品种的花，主要是凤梨和生长在高高的树上的兰花。在地面上，一团色彩斑斓的静物很可能是一片叶子或某种菌类。绿色无处不在。林下植被稀疏，在其中行走并不费力，可到了河边草木茂盛处，砍刀就必不可少了——当然现在还不准使用砍刀。

"工具随后会送过来的，"尼卡吉告诉莉莉丝，"让人类现在先适应一下这个地方。让他们自己去四处探索，发现他们是在一个岛上的森林里。让他们自己逐渐感受到居住在这里的感觉。"它略一思索，"让他们更坚定地与他们的欧劳在此定居。他们现在已经可以互相容忍了。要让他们认识到，他们相互之间，以及他们和我们之间，彼此和睦相处，这并不可耻。"

它和莉莉丝一起来到河边，那里有一大片土从底下被蚀空，坍塌到河里，带走了好几棵树和一些林下植被。虽然形成了一个大约十英尺高的陡坡，但从这里下到水边并不困难。在陡坡的边上生长着岛上的巨人——一棵长着板根的巨树。板根像墙壁一样，越过莉莉丝的头顶盘绕延伸出去，把周围的土地分隔成一个个独立的空间。尽管这棵树上寄居着形形色色的小生命，莉莉丝还是钻了进去，站到一对板根之间，它们有三分之二长得合拢起来。她觉得自己被一种坚实的地球上的东西包围着，可它很快就会像它的邻居们那样，被水流从底下侵蚀，倒在激流中死去。

"你知道，他们会砍伐树木，"她轻声说，"他们会造船造木筏。他们认为自己是在地球上。"

"他们中有些人不会这么想，"尼卡吉告诉她，"他们会相信你所相信的。"

"这又不能阻止他们造船。"

"不。我们并不想阻止他们。就让他们把船划到墙边再回头。他们找不到其他出路，除了我们指给他们的：学会在这个环境中养活自己，为自己搭起茅屋——学会自立。一旦他们能做到这些，我们就会把他们带到地球上，放他们走。"

她想，它知道他们会跑，它一定知道。它还提及了混居点，人类和欧安卡利人——交易伙伴的定居点，在这里，欧劳将管控生育，并"混合"出这两个族群的孩子。

她抬头看着那倾斜的楔形板根。她被半封在里面，看不见尼卡吉和那条河。只有森林中的褐色和绿色——一个荒野中的独居幻象。

尼卡吉把这个幻象留给了她一段时间。它什么也没说，也没发出什么声响。她的脚走累了，便四处寻找某种可以坐的东西。她不想太早回到其他人那里去。最困难的磨合阶段结束了，他们现在又能互相容忍了。目前还需要欧劳继续使用激素的人已经不多了，也就是柯特、盖伯瑞尔那几个。莉莉丝为此感到担忧。奇怪的是，她也钦佩他们能够抵制对他们的调整。是他们足够坚强呢，还是仅仅无法适应？

"莉莉丝？"尼卡吉柔声叫道。

她不回应。

"我们回去吧。"

她找到了一个干枯粗壮的藤蔓根，可以坐上去。它像秋千一样悬挂着，从树冠上挂下来，又弯曲着向上攀爬，绕在旁边一棵小一点儿的树的树枝上锁住，然后垂到地面，扎下根去。它的根比一些树干还粗，上面的虫子不多，看起来也无害。这个"座位"不太舒服，硬邦邦的盘来扭去，但是莉莉丝还不情愿离开。

"那些适应不了的人，你们打算怎么处理？"她问。

"如果他们不暴力，我们就把他们和你们其他人一起带到地球上去。"尼卡吉绕过板根，破坏了她的独居感和家的感觉。像尼卡吉这样的外表和举止都不可能来自地球。她无奈地站起来，跟上了它的脚步。

"蚂蚁叮你了吗？"它问。

她摇了摇头。它不喜欢她隐瞒小伤口。它很关心她的健康，并把这个当成一件很重要的事，每天晚上都查看她被昆虫叮咬的伤——尤其是蚊子叮的包。她觉得把蚊子排除在这个小小的模拟地球之外会更容易一些。但欧安卡利人并非这样认为。对地球热带森林的模拟必须包括蛇、蜈蚣、蚊子和其他一些莉莉丝希望日常生活不会遇到的东西。她讥讽地想，欧安卡利人为什么要操心呢，反正又没东西会咬他们。

在他们并肩行走时，尼卡吉说："你们的人这么少，没人想

291

舍弃你们中的任何一个。"

她得思量一下才能明白它在说什么。

"我们中的一些人认为，我们应该推迟在你们之间建立起纽带关系，直到把你们带到这里。"它告诉她，"在这里，你们更容易团结在一起，组成一个家庭。"

莉莉丝不安地瞥了它一眼，却什么也没说。家庭里会有孩子。尼卡吉的意思是孩子应该在这里被孕育和出生吗？

"但我们大多数人都等不及了。"它用感知臂松松地绕在她的脖子上，继续说，"如果我们没有那么强烈地被你们所吸引，对我们双方可能都会更好。"

2

最后分发下去的工具是防水油布、大砍刀、斧头、铁锹、锄头、铁罐、绳子、吊床、篮子和垫子。莉莉丝在给每个有危险的人发放工具之前都找他们私下谈过。

再试一次，她无奈地想。

"我不在乎你怎么看我，"她对柯特说，"你是人类在地球上会需要的那类人。所以我才唤醒你。我要你活着回到那里。"她犹豫片刻，"别走彼得的路，柯特。"

他瞪着她。他直到最近才免除被注射激素，也直到最近才有能力使用暴力，他狠狠地瞪着她。

"让他再睡过去！"莉莉丝告诉尼卡吉，"让他忘掉一切！不要给他大砍刀，这是等着他拿它在别人身上砍一刀。"

"亚贾希认为他会没事的。"尼卡吉说。亚贾希是柯特的欧劳。

"是吗？"莉莉丝说，"彼得的欧劳是怎么想的？"

　　"它从来没有告诉别人它的想法，因此都没人意识到它有麻烦。真是不可思议的行为。我说过如果我们不是那么被你们所吸引就好了。"

　　她摇摇头："如果亚贾希认为柯特还不错，那它是自欺欺人。"

　　"我们观察了柯特和亚贾希，"尼卡吉说，"柯特最近要度过一段危险期，但亚贾希已经做好准备。就连赛琳都做好准备了。"

　　"赛琳！"莉莉丝轻蔑地说。

　　"你把他们配成一对，做得很好。比把彼得和琼配在一起好多了。"

　　"我可没把彼得和琼凑到一起。他俩搭上了是因为他们自己的性格，简直是干柴烈火。"

　　"……是的。不管怎样，赛琳不想再失去另一个伴侣。她会抓住他不放。而柯特，既然他看出来她比表面上还要脆弱，就有充分的理由让自己别去冒险，不能抛下她独自一人。他们会没事的。"

　　"他们迟早会出状况的。"盖伯瑞尔后来告诉她。他也终于停用激素了，但他对此表现得好多了。卡古雅一直那么急切地推动莉莉丝，胁迫她，嘲讽她，可似乎对泰特和盖伯瑞尔有着无限耐心。

　　"站在柯特的角度看问题，"盖伯瑞尔说，"他甚至无法控制自己身体的行为和感觉。他被当成个女人……不，别解释！"

他抬起手来，不让她打断他的话，"他知道欧劳不是雄性。他知道所有的性爱都发生在他的脑子里。但这不重要。该死的根本不重要！别人随意拨弄着他的每一个按钮。他不会饶过它们的。"

莉莉丝真的吓坏了，她问："你是怎么……跟它和平相处的？"

"谁说我有？"

她凝视着他："盖比，我们也不能失去你。"

他笑了，既迷人又完美，露出了一口白牙，让她联想到某种食肉动物。"我不会迈出下一步，"他说，"直到我认清自己此刻的处境。你知道，我还是无法相信这里不是地球。"

"我知道。"

"太空飞船上的热带森林。这玩意儿谁能信？"

"可是欧安卡利人，你可以看出他们绝不是来自地球的。"

"当然。但是他们现在是在这里，而这里看起来像，听起来像，闻起来也像是在地球上。"

"不是。"

"你是这么说的。迟早我会自己搞清楚。"

"卡古雅可以向你展示一些证据，让你现在就能确定。他们估计都能说服柯特。"

"什么都说服不了柯特。什么都不能影响他。"

"你认为他会做彼得做的那种事吗？"

"还会更有效！"

　　"哦，天哪。你知道他们让琼又假死了吗？当她再次醒来的时候，她甚至都不会记得彼得。"

　　"我听说了。我想，这样他们把她和另一个男人放到一块时，对她来说就容易多了。"

　　"这就是你想让泰特也经历的？"

　　他耸耸肩，转身走开了。

$$\cdot \hspace{4pt} \langle 3 \rangle \hspace{4pt} \cdot$$

莉莉丝教大家做茅草屋顶，把它们一排排叠起来放在椽子上，这样就不会漏雨了。她带他们去挑选最好的树木，用来铺设地板并搭起屋子的框架。大家一起干了好几天，终于建好了一栋巨大的吊脚茅屋，远远高出河水的最高水位线。这栋茅屋和另一栋一模一样，他们目前还全挤在那另一栋里面。那栋是在欧劳带他们穿过几英里长的廊道来到训练室之前，莉莉丝和欧劳们盖好的。

欧劳们把第二栋房子的建造工作完全丢给了人类。它们或在一边观看，或坐着交谈，或因独自外出办事而消失一阵。但在房子盖好后，它们还是举办了一个小型宴会庆祝了一下。

"我们不会再向你们提供食物了，"其中一个欧劳告诉这个人类团队，"你们要学会以这里生长的东西为生，要学会在园地上耕作。"

没人对此感到惊讶。他们已经从林间的树上砍下一串串绿香蕉，挂在房梁上或门廊栏杆上。当香蕉成熟时，人们发现他们必须与虫子争食。

还有一些人砍了菠萝，从林间的树上采摘木瓜和面包果。大多数人都不喜欢面包果，直到莉莉丝把它的种子，也就是面包坚果，展示给他们看。当他们按照她的指示把它烤着吃的时候，才意识到他们在大房间里时，就一直在吃这种坚果了。

他们从地里挖出甜木薯，挖出莉莉丝在训练时种下的白薯。

现在他们该种植自己的作物了。

也许，现在该让欧安卡利人看看他们的人类作物将会有什么收获了。

两个男人和一个女人拿着分配给他们的工具消失在森林里。他们在还没有足够的知识来独立生活时，就急匆匆地离开。他们的欧劳并没有去追他们。

这群欧劳把它们的头部触须和感知臂绕到一起，过了一会儿，它们似乎很快达成了共识：它们不会去关注那三个失踪的人。

"没人能逃得掉。"当约瑟夫和莉莉丝问尼卡吉该怎么办时，它是这样回答他们的，"失踪人员还在岛上，我们正在监视他们。"

"通过这些树监视？"约瑟夫问。

"船会追踪他们。如果他们受了伤，我们会照顾他们的。"

又有人陆续离开了定居点。日子一天天过去了，他们的一些欧劳似乎非常不舒服。它们独自待在一边，坐着一动不动，像块石头一样，它们头部和身体的触须凝结成又粗又黑的肿块，就像莉娅说的，像奇形怪状的肿瘤。不管是对着它们吼叫，任它们淋雨，还是把它们绊倒，这些欧劳始终一动也不动。当它们的头部触须不再对周围的事物做出反应时，它们的伴侣就会过来照料它们。

欧安卡利男性和女性会走出森林，来照看他们自己的欧劳。莉莉丝从没见过它们中有人召唤过他们，但她看到有一对过来了。

她独自来到河上的一处地方，那里有一棵果实累累的面包树。她爬上树，不仅是为了摘果子，也是为了享受孤独，同时欣赏这棵树的美。她从小就不擅长攀爬，但在训练中，她学到了爬树的技巧，并从中获得了自信——还有对这么像地球上的树木的热爱。

她在树上看到两个欧安卡利人从水里走出来。他们似乎不是向陆地游来，而只是站在近岸的水里走了上来。那两位一起盯着她看了片刻，然后向内陆的定居点走去。

她看着他们时根本没发出声音，但他们知道她在那儿。又是一对男性和女性，他们来解救一位被遗弃的患病欧劳。

当人类知道可以让他们的欧劳生病、感觉被遗弃，这会给他们一种强有力的感觉吗？在失去了所有携带着它们独特气味和特殊化学标记的人之后，欧劳无法忍受这种煎熬。它们还活着，可新陈代谢放缓，它们缩进了自己的内心深处，直到被家人召唤回来，或者，不那么令人满意的是，被另一个类似内科医生的欧劳召唤回来。那么，当它们的人类离开时，它们为什么不去找自己的伴侣呢？它们为什么要留下来生病？

　　莉莉丝走回定居点，背上背着一个长长的粗篾篓子，里面装满了面包果。她发现刚才那两个欧安卡利人正在悉心照料着他们的欧劳，他们把欧劳夹在中间，用自己的头部和身体的触须缠绕着欧劳。他们三个一接触上，触须就立即缠到一起。这个姿势既亲密又脆弱，其他欧劳在附近踱来踱去，守卫着他们，却表现得并不是在守卫。也有一些人类在旁观。莉莉丝在定居点四处环顾，想知道那些不在场的人，在他们闲逛或采集食物的一天结束时，有多少不会再回来。那些离开的人是在岛上其他地方聚到一起了吗？他们搭了茅屋吗？他们造船了吗？一个疯狂的念头闪现在她脑海中：如果他们是对的呢？如果他们不知何故真是在地球上呢？如果真有可能划着一条船奔向自由呢？不管她到底看到和感觉到了什么，假如这真是某种骗局呢？它将怎么实施？为什么会这样实施？为什么欧安卡利人要搞出这么多麻烦事？

　　不。欧安卡利人的某些行为的确让她看不懂，但她相信几个基本要素：这艘飞船，等待着它的人民重新殖民的地球，欧安卡利人拯救残存的人类的价码。

　　但是越来越多的人离开了定居点。他们去了哪里？假如……无论她认为自己掌握了什么事实，可一旦她脑子里产生了这种念头，就放不下来——如果其他人是对的呢？

　　这种怀疑从何而来？

那天晚上她抱了一捆柴火进来，泰特拦住了她的去路。

"柯特和赛琳走了，"她平静地说，"赛琳悄悄地告诉我他们要走。"

"我很惊讶他们居然拖了这么长时间。"

"我很惊讶柯特在离开之前没有敲碎一个欧安卡利人的脑袋。"

莉莉丝点头表示同意，绕过了她，放下那捆木柴。

泰特跟在后面，再次拦住了莉莉丝的去路。

"什么？"莉莉丝问。

"我们也要走，今晚。"她的声音压得很低——尽管无疑不止一个欧安卡利人听到了她的话。

"去哪儿？"

"我们不知道。我们也许能找到其他人，也可能找不到。我们会发现一点儿有意义的东西——或者干出点有意义的事。"

"就你们两个？"

"我们四个。也许会更多。"

莉莉丝皱起眉头，不知道对此该作何想。她和泰特是朋友。无论泰特去哪里，她都逃不掉。如果她没有伤到自己或其他人，她没准还会回来的。

"听着，"泰特说，"我不是为了闹着玩才告诉你的。我们希望你和我们一起走。"

莉莉丝把她从营地的中心引开。无论他们怎么做，欧安卡利人都能听得到，但是没有必要把其他人牵涉进来。

"盖比已经和乔谈过了，"泰特说，"我们想——"

"盖比什么！"

"闭嘴！你想让大家全听到？乔说他要一起走。现在你呢？"

莉莉丝的眼神中带着敌意："我怎么了？"

"我现在就想知道。盖比想尽快离开。"

"如果我和你们一起走，我们明天早饭后再走。"

泰特就是泰特，她什么也没说，只是淡然一笑。

"我没有说我要走。我的意思是没有理由在夜里偷偷溜出去，一脚踩到银环蛇之类的东西上。晚上外面一片漆黑。"

"盖比觉得这样的话，在他们发现我们溜走之前，我们会有更多的时间。"

"那你们俩的脑子呢？今晚走的话，他们明天早上会注意到你们走了——如果你们在跑出去的路上没有绊倒什么东西或什么人，把大家都吵醒的话。明早走，他们要到明天晚饭时才会发现你们走了。"她摇了摇头，"他们不会在意的。到目前为止还没有。但是，如果你们想溜走，至少要在天黑前，或者下雨的时候，能找到遮挡处。"

"下雨的时候，"泰特说，"迟早都要下雨的。我们想，也许我们一离开这个地方就会渡河，朝北走，一直朝北，直到找到一个气候更干燥、更凉爽的地方。"

"如果我们在地球上，泰特，考虑到地球的实际情况，特别是北半球的状况，往南方会是一个更好的方向。"

泰特耸了耸肩："除非你和我们一起走，否则你无权表决。"

"我去和乔谈谈。"

"但是——"

"你应该让盖比帮着你一起演戏。我说的都是你和盖比考虑过的事。你们俩都不傻。至少你不擅长骗人。"

典型的泰特式的笑容。"我以前是。"她清醒了，"那好吧，是的。我们已经找到了最好的方法——明早和南方，和一个可能最了解如何在这片土地上活着的人，欧安卡利人除外。"

一阵沉默。

"你知道，我们真的是在一个岛上。"莉莉丝说。

"不，我不知道，"泰特回答，"但我愿意采纳你的意见。我们得渡河。"

"不管河对岸会有什么，我们会看到什么，我相信我们会在那里找到一堵墙。"

"也不管太阳、月亮和星星吗？不管天上下的雨，不管树木显然已经在这里生长了几百年了？"

莉莉丝叹了口气："是的。"

"都是因为欧安卡利人这么说的。"

"也因为我在唤醒你之前所看到和感觉到的。"

"我不知道欧安卡利人让你看到了什么，让你感觉到了什么。可你不会相信卡古雅硬塞给我，让我感觉到的东西。"

"我不会？"

"我的意思是，你无法相信他们对你的感觉所做的事情！"

"我认识尼卡吉的时候，它还太小，不能在我毫无觉察的情况下欺骗我的感觉。"

泰特把目光移开，盯着河面，那里仍能看到流水的波光。太阳——不管是人造的还是真实的——还没有完全落下，河水看上去比以前更混浊了。

"听着，"她说，"我不是这个意思，但我必须说。你和尼卡吉……"她咽下自己要说的话，突然看着莉莉丝，好像在要求回应，"好吗？"

"好吗，什么？"

"你和他——它——更亲密，比起我们和卡古雅来。你……"

莉莉丝默默地看着她。

"见鬼，我的意思是，如果你不和我们一起去，也别想阻止我们。"

"有人要阻止别人离开吗？"

"什么也别说。就是这样。"

"说不定，你其实很傻。"莉莉丝轻声说。

泰特又转头耸了耸肩："我答应过盖比，我会得到你的承诺。"

"为什么？"

"他认为如果你许诺了，你就会遵守诺言。"

"否则，我就跑去告发你们，对吧？"

"我现在不会再在乎你做什么了。"

莉莉丝耸耸肩，转身向营地走去。泰特似乎过了几秒钟才明白她是认真的，于是拔脚追上她，把她从营地里拉了回来。

"好吧，我很抱歉让你受辱了，"泰特有几分恼羞成怒，"现在你去还是不去？"

"你知道河岸边的那棵面包树——那棵大的吗？"

"什么？"

"如果我们去的话，明天早饭后我们会在那儿等你。"

"我们不会等太久的。"

"好吧。"

莉莉丝转身走回营地。有多少欧安卡利人听到了这番对话？一个？几个？或者它们全听到了？不管了。尼卡吉几分钟后就会知道，这样就有时间叫艾哈佳和迪昌过来。它不必像其他欧劳那样枯等着紧张症发作。

事实上，她仍然不明白为什么其他欧劳不这样做。它们当然知道它们所选择的人类离它们而去。卡古雅就会知道。它会怎么做？

　　她突然想起了一件事——部落的人会把他们的儿子送进森林、沙漠或其他地方独自生活一段时间，以此来作为他们成年的考验。

　　教导到了一定年龄的男孩如何在那些环境中生活后，再把他们派出去证明他们学会了。

　　是这样吗？训练人类掌握基本知识，然后在他们准备好后，让他们自己外出？

　　那紧张症又是怎么回事呢？

　　"莉莉丝？"

　　她蓦地一惊，然后停下脚步，让约瑟夫赶上来。他们一起走向火堆，人们正分享烤白薯和某个人从一棵偶然发现的巴西栗上采来的果实。

　　"你和泰特谈过了吗？"他问道。

　　她点了点头。

　　"你和她说了什么？"

　　"就是我和你说过的那些。"

　　沉默。

　　"你想干什么？"她问道。

　　"走吧。"

　　她停下来，转过身去看着他，但他面无表情。

　　"你会离开我吗？"她低声说。

"你为什么要留下来？和尼卡吉在一起？"

"你会离开我吗？"

"你为什么要留下来？"这样的低语却有一种嘶吼的力量。

"因为这是一艘船。因为无处可逃。"

他抬头看着明亮的半月和初现的寥落星光。"我得亲自看看，"他轻声说，"这感觉就像是家乡一样。尽管我以前从未去过热带森林，但这里闻起来、尝起来的味道都像是家乡。"

"……我知道。"

"我得去看看！"

"是的。"

"别让我离你而去。"

她抓住他的手，仿佛那是一只即将逃跑的动物。

"跟我们走！"他低声说。

她闭上眼睛，把森林和天空都关在外面，人们在火堆旁安静地交谈着，几个欧安卡利人也用身体加入了无声的交谈。有多少欧安卡利人听到她和约瑟夫说的话？可他们没有一个人表现得好像他们听到了什么似的。

"好吧，"她轻声说，"我走。"

$$\cdot \langle 4 \rangle \cdot$$

　　第二天早饭后，约瑟夫和莉莉丝发现没人在面包树旁等他们。莉莉丝看到了盖伯瑞尔离开营地，他提着一个大篮子，拿着他的斧头和大砍刀，就像要出去砍柴。人们视需要会这样做，就像莉莉丝视需要也会拿起她自己的大砍刀、斧头和篮子，去采集森林里的食物一样。当她想指导人的时候，她就带上别人；而当她想思考的时候，她就一个人出去。

　　今天早上只有约瑟夫和她在一起。泰特早饭前就离开了营地。莉莉丝怀疑她可能去了莉莉丝和尼卡吉一家种植的园地。在那里，她可以挖木薯、白薯或摘木瓜、香蕉和菠萝。这帮不上多大忙。他们很快就得靠在森林里找到的东西为生了。

　　莉莉丝带着烤好的面包树坚果，一方面是因为她喜欢它们，另一方面是因为它们富含蛋白质。她还带了白薯、豆子和木薯。在篮子的底部，她多带了几件衣服、一张轻便结实的欧安卡利吊床、几条干燥的火绒①。

"我们不用再等了，"约瑟夫说，"他们应该在这儿的。说不定他们来过又走了。"

"更有可能的是，一旦他们觉得没人跟踪我们，他们就会在这里现身。他们会想着先确认一下我没有出卖他们，没去告诉欧安卡利人。"

约瑟夫皱着眉头看着她："泰特和盖比？"

"是的。"

"我不这么想。"

她耸耸肩。

"盖比说，你要是为自己好就该离开。他说他听到那些人又开始说你的坏话了——现在他们可以再替自己好好想想了。"

"我是在向着那些危险的人走去，而不是远离他们。乔，你也是。"

他盯着那条河看了片刻，然后用胳膊搂住了她："你想回去吗？"

"是的。但我们不会。"

他没有争辩。她讨厌他的沉默，但还是忍住了。他太想出走了，他对自己还在地球上的感觉太过强烈。

___

① 火绒，一种野生"火草"背面的绒棉，晒干后易燃，可用作野外的生火材料。

过了一阵，盖伯瑞尔带着泰特、莉娅、雷和艾莉森来到面包树下。他停下脚步，盯着莉莉丝看了一会儿。她确信他听到了她所说的一切。

"我们走吧。"她说。

他们一致同意向上游进发，因为没有人真的想返回营地。为了避免迷路，他们一直沿着河畔前进。这意味着他们偶尔得从林下的灌木丛和树木的气根中砍出一条道来，但似乎没人介意。

空气湿答答的，大家都汗流浃背。然后下起雨来。除了要在泥泞中更小心地行走，也没人在意这个。蚊子对他们的烦扰也不太大。莉莉丝拍死了一只顽固的蚊子。今晚将没有尼卡吉给她治疗昆虫叮咬，也不会有感知触须和感知手的各种温柔抚摸。难道只有她一个人会想念这些吗？

雨终于停了。这群人一直走到太阳直晒头顶。然后，他们坐在一棵倒下的潮湿树干上，顾不得上面长的菌子，只扫掉了虫子。他们吃了面包树坚果和泰特带来的最成熟的香蕉，又喝了河里的水——他们很久以前就学会了无视泥沙。舀起来喝就看不到泥沙了，何况喝了又不会生病。

他们之间的交谈少得出奇。莉莉丝走到一边去解手，当她从那棵遮住她的树下走出来时，所有的目光都集中在她身上。突然间，每个人都发现了有别的东西可以关注——他们彼此、一棵树、一块食物、他们的指甲。

"哦，天哪。"莉莉丝喃喃自语，然后放开嗓子说，"我们来谈谈，伙计们。"她站在那棵倒下的树前，"这是什么意思？"她问道，"你们是在等我抛弃你们，回到欧安卡利人那里去吗？或者你们认为我有什么神奇的方法能从这里发出信号？你们在怀疑我什么？"

沉默。

"怎么回事，盖比？"

他直视着她的眼睛，"没什么。"他摊开双手，"我们感到紧张。我们不知道会发生什么。我们吓坏了。你不应该承受我们感情的冲击，但是……但是你是一个不同的人。没人知道你有多不同。"

"她也来了！"约瑟夫说，走过去站在她身边，"这应该就能让你明白她有多像我们。不管我们要冒什么险，她也一样得冒。"

艾莉森从原木上滑下来："我们要冒什么险？"她问道。然后她直接向莉莉丝发问："我们会怎么样？"

"我不知道。我已经猜到了，但我的猜测没有多大价值。"

"告诉我们！"

莉莉丝看着其他人，看到他们都在等着。"我觉得这是我们的最终考验，"她说，"人们认为自己准备好了就离开营地，他们尽最大努力谋生。如果他们能在这里养活自己，他们就能在地球上养活自己。这就是欧安卡利人允许大家离开的原因，这就是为什么没人追他们。"

"我们可不知道有没有人追他们。"盖伯瑞尔说。

"没有人在追我们。"

"这些我们也不知道。"

"你什么时候能让自己知道？"

他什么也没说，带着满脸不耐烦的神情望着上游。

"你为什么要我加入这次行程，盖比？你为什么要我来这儿？"

"我没有。我只是——"

"骗子。"

他皱起眉头，瞪着她："我只是觉得，如果你想的话，你应该有机会离开欧安卡利人。"

"你认为我可能有用！你以为你会吃得更好，能更好地在这里生存。你想的不是在帮我的忙，而是在帮你自己的忙。这样是能解决问题的。"她看了看周围的人，"但不可能。如果每个人都坐等着我扮演犹大的角色，那就行不通。"她叹了口气，"我们走吧。"

"等等，"艾莉森说，这时人们都站了起来，"你还是以为我们在船上，是吗？"她问莉莉丝。

莉莉丝点点头："我们是在船上。"

"这里还有人这么认为吗？"艾莉森问。

沉默。

"我不知道我们在哪儿，"莉娅说，"我不明白这一切怎么会是一艘船的一部分，但不管它是什么，无论它在哪里，我们都要探索它，把它搞明白。我们很快就会搞清楚的。"

"但她已经知道了，"艾莉森坚持说，"莉莉丝知道这是一艘船，不管真相到底是什么。她在这里干什么？"

莉莉丝张开嘴想回答，但约瑟夫先开口了："她在这里是因为我想让她在这里。我和你们一样非常渴望探索这个地方。我希望她和我在一起。"

莉莉丝真希望她从树后走出来后，能假装没注意到所有的目光，所有的沉默，以及所有的怀疑。

"是吗？"盖伯瑞尔问道，"你来是因为乔让你来的吗？"

"是的。"她轻声说。

"否则你会和欧安卡利人待在一起？"

"我会留在营地里。毕竟，我知道我可以在这里活下来。如果这是最终考验，那我已经通过了。"

"欧安卡利人给你打了几分？"这也许是他问过她的最诚实的问题——充满了敌意、怀疑和蔑视。

"盖比，这是一门及格与不及格的课程，生与死的课程。"她转过身来，开始向上游走去，开辟小径。过了一会儿，她听到他们跟在后面。

河的上游是岛上最古老的部分，那里有许多高大的古树，有许多宽阔的板根。这片土地曾经与大陆相连——最初是一个半岛，然后才形成一个岛屿，由于河流改道，切断了连接大陆的窄颈地带。或者说假设它就是这样形成的。这真是欧安卡利人制造的幻象？或者它真的是一场幻象吗？

莉莉丝发现，在她前行的时候更容易产生怀疑。这一段河岸她之前没走过。和欧安卡利人一样，她也不担心迷路，她和尼卡吉在岛内穿行过好几次。她觉得抬头看看绿色的林冠，相信自己置身于一个广阔的巨大房间里，这样要容易得多。

但这条河似乎非常宽广。当他们沿着河岸往前走的时候，对面的河岸也一直在变化中，而且似乎离得近了一些，显得森林更加茂密，水土侵蚀也更严重。一程一程走过去，对岸从低矮的悬崖，到延伸入河中的缓坡，与河中的倒影几乎完美地融合在一起。

她可以分辨出一些单独的树——到处都是树梢，而那些树高耸在林冠之上。

"我们应该停下来过夜，"看看日头，发觉已是傍晚时分，她说，"我们该在这里扎营，明天，我们就该着手造船了。"

"你以前来过这里吗？"约瑟夫问她。

"没有。但这附近我来过。在这一带，对岸离我们非常近。我们得想想能搭出个什么样的棚子来。又要下雨了。"

"等一下。"盖伯瑞尔说。

她看着他，知道接下来会发生什么。她出于习惯担起了责任，下面她就要听到了。

"我邀请你不是让你来告诉我们该怎么做的，"他说，"我们现在不在监狱里。我们不受你指挥。"

"你带我来是因为我拥有你不具备的知识。你想干什么？继续走下去，直到来不及搭棚子为止？今晚睡在烂泥地里？找更宽的河段渡河？"

"我想找到其他人——如果他们还自由的话。"

莉莉丝惊讶地踌躇片刻，"和他们在一起，"她叹了口气，"这就是你们其他人想要的吗？"

"我想尽可能地远离欧安卡利人。"泰特说，"我想忘掉他们触摸我的感觉。"

莉莉丝指出："如果河对岸是陆地而不是某种幻象，那才应该是你们的目标。总之应该是你们的第一个目标。"

"我们得先找到其他人！"盖伯瑞尔坚持说。

莉莉丝饶有兴趣地看着他。他现在终于公开了。也许在他心里，他是在和她做某种斗争。他想成为领导者，那她就没资格——可她必须这样做。他这样很容易把人搞死。

"如果我们现在搭起一个棚子，"她说，"而且他们在附近，我明天就能找到他们。"她举起手来制止明显的反对意见，"如果你们愿意的话，你们可以派一个，或你们全体都可以跟我一起走，监视我。只是因为我不会迷路。如果我离开你们，你们原地不动的话，我就能找到你们。要是我们全体一起行动，我还可以把你们带回这个地方。毕竟，你们想找的人，有可能已经部分或全部渡河了。他们有这个时间。"

人们纷纷点头。

"我们在哪里宿营？"艾莉森问道。

"现在还早呢。"莉娅抗议道。

"我觉得不早了，"雷说，"蚊子太多，我也走累了，我很高兴能歇下来。"

"今晚蚊子会很凶，"莉莉丝告诉他，"与欧劳一起睡觉比任何驱蚊剂都好。今晚，蚊子可能会生吞了我们。"

"我受得住。"泰特说。

她真那么恨卡古雅吗？莉莉丝怀疑。或者她只是刚刚开始想念它，试图进行自我保护，因此需要对抗自己的真实感情？

"我们可以把这里清理一下，"她大声说，"不要砍那两棵小树。等一下。"她查看了一下这两棵小树中是否有鳌蚁的巢穴，"是的，这几棵都可以。再找两棵这种尺寸的或者大一点儿的，把它们砍下来，砍下气生根，细一点儿的能做绳子。小心点，如果这里有什么东西蜇了你或叮了你一下，我们就只能听天由命，你说不定会死。不要走得看不到这片区域，迷路比你想象的要容易得多。"

"你太好了，连迷路都不会。"盖伯瑞尔说。

"好不好与此无关。我的记性好，我花了更多的时间来适应森林。"她从来没告诉他们为什么她的记性会那么好。她告诉他们的每一样欧安卡利人带给她的变化，都降低了她在他们心目中的可信度。

"好得令人难以置信。"盖伯瑞尔轻声说。

他们挑了能找到的最高的地方，搭起了一个临时住所。他们相信他们至少会用上几天。这个临时住所当然没墙——只不过是一个有屋顶的框架。他们可以把吊床挂在上面，或者把垫子铺在树叶和树枝做成的床垫上。它大到足够容纳下每个人，让大家都不会淋到雨。他们用某个人带来的油布盖在屋顶上。然后用树枝把地面上的残枝败叶和菌类清扫干净。

　　雷铆足了劲总算用莉娅带来的一个弓钻①生起了篝火，但他发誓再也不这么干了。"太费劲了。"他说。

　　莉娅从园地里带来了玉米。天黑了下来，他们把玉米和莉莉丝的白薯放到一起烤，然后把这些连同剩下的面包树坚果一起吃光了。这顿饭大家吃得很饱，但无法令人满意。

　　"明天我们可以捕鱼。"莉莉丝对他们说。

　　"连安全别针、绳子和棍子都没有？"雷说。

　　莉莉丝笑了："比这更糟糕。欧安卡利人不会教我如何杀死动物，所以我只抓到那些在小溪里搁浅的鱼。我砍下一根又细又直的小树干，削尖了一头，在火里烤硬，自学叉鱼。我还真抓到了鱼，叉住了好几条。"

　　"试过弓箭吗？"雷问。

　　"嗯。可我用起鱼叉来更顺手。"

　　"我来试试，"他说，"说不定我还能用安全别针和绳子拼凑出一个丛林版的钓竿。明天你们去找其他人的时候，我就要开始学钓鱼。"

　　"咱俩一起去钓。"莉娅说。

　　他微笑着握住她的手，然后几乎在瞬间又撒了手。他的笑容消失了，凝视着火堆。莉娅移开视线，望向森林的黑暗中。

---

　　①　原始生火工具，弓钻在取火棒上来回钻时摩擦生热，以此引燃火绒。

莉莉丝皱着眉头看着他们。发生了什么？只是他们之间有了麻烦，还是别的什么？

突然就下起雨来，他们坐在干燥的棚子下面，其乐融融，外面一片漆黑，雨打在丛林中，哗哗作响。大雨倾盆而下，虫子们也躲到棚子里，叮咬着他们，有时还飞到火里去。火堆是晚饭后又点起来的，为了给人们带来光亮和舒适感。

莉莉丝把吊床绑在两根横梁上，躺了下来。约瑟夫把吊床挂在她旁边，离得那么近，其他人没法插到他们中间来，但是他没有碰她。这里毫无隐私可言，她并没指望做爱。但她很在意他没碰她，这让她感到烦恼。她伸出手，摸了摸他的脸，让他转过来面对着她。

可他却退缩了。更糟糕的是，如果他没有退开，她自己也会这样做的。他的身体莫名其妙地让她感到不对劲，有种奇怪的排斥感。在尼卡吉介入之前，他来找她的时候，事情并不是这样的。她太喜欢约瑟夫的抚摸了，他是她久旱之后的甘霖。可后来尼卡吉来了，并留下来了。它为他们创造了强悍的三者浑然一体，这是欧安卡利人生活中最具有异星特色的特征之一。这种结合现在已经成为他们人类生活的必要特征了吗？如果真是这样，他们该怎么办？这种特征会消失吗？

欧劳需要一对男性和女性配对才能扮演它在生殖中的角色，但它既不需要也不希望男性和女性之间有双向接触。欧安卡利人的男性和女性从未发生过性接触。这对他们来说很管用，但对人类来说行不通。

　　她伸出手来，牵着约瑟夫的手。他本能地想缩手，然后他似乎意识到出了什么问题。他握着她的手，努力想坚持一个较长的时间，却越来越难以忍受。最后是她把手抽走了，因为厌恶和解脱而浑身发抖。

• ⟨ 6 ⟩ •

第二天一大早，柯特和他的人发现了棚子。

莉莉丝醒了过来，感觉到事情有点儿不对劲。她笨拙地坐在吊床上，把双脚放到地上。在约瑟夫身侧，她看见了维克多和格雷戈里。她转身看着他们，松了一口气。现在就没有必要再去找其他人了。他们可以忙着建造过河所需的小船或木筏。大家都会明确地搞清楚对岸到底是森林还是幻象。

她四下张望，看看还有谁来了。就在这时，她看到了柯特。

就在那一瞬间，柯特的砍刀向她脑袋的一侧平拍了过来。

她倒在地上，惊诧莫名。她听到约瑟夫在旁边喊她的名字，接着又是几声撞击的响声。

她听到盖伯瑞尔的咒骂和艾莉森的尖叫。

她拼命想站起来，又挨了一下。这次她彻底失去了知觉。

莉莉丝在痛苦和孤独中醒来。她独自一人躺在她帮忙搭起来的棚子里。

她爬起来，尽量不去理会自己还在疼的头。很快就会好的。

可其他人都去哪儿了？

约瑟夫在哪儿？即便所有人都抛弃了她，他也不会。

他是被强行带走的吗？如果是这样，又是为什么？他像她一样受了伤才离开的？

她走出棚子，四处张望。没有人，什么都没有。

她仔细辨识着他们去向的蛛丝马迹。她对追踪不是很在行，但是泥泞的地面上确实留下了人类的足迹。她追寻着足迹离开了营地。可最终，她还是失去了他们的行踪。

她观察着前方，想要推测出他们走了哪条路，想不明白如果她找到他们该怎么办。此刻，她一心想的就是看到约瑟夫安然无恙。如果他看到柯特攻击她，他绝对会想着去阻止的。

她现在想起尼卡吉说过约瑟夫有敌人的话。柯特从来都不喜欢他。他们俩在大房间和定居点里没发生冲突，可现在发生了什么呢？

她必须赶回定居点，向欧安卡利人求助。在这个可能在也可能不在地球上的地方，她必须让非人类帮助她对抗自己的种族。

为什么他们不能把约瑟夫留给她呢？他们拿走了她的大砍刀、斧头、篮子——除了吊床和多余的衣服外，全都拿走了。他们至少可以让约瑟夫留下来看她是否平安无事。如果他们允许的话，他一定会留下来这样做的。

她走回棚子，收拾好衣服和吊床，在一条汇入河里的清澈小溪边喝了点水，然后朝定居点走去。

要是尼卡吉还在那里就好了。也许它可以在人类没有发觉的情况下监视人类营地，避免发生冲突。如果约瑟夫在那里，他就会被释放……如果他想的话。他想吗？也许他会选择和其他人待在一起，尝试着做她一直期望他们做的事？学了再跑。学会在这片土地上生存，然后消失，走到欧安卡利人的势力范围之外，学会像人类一样再次触摸彼此。

假如一切都如他们所相信的那样，他们的确是在地球上，他们也许还有机会。可如果他们在船上，他们做什么都无关紧要。

如果他们是在船上，约瑟夫肯定会回到她身边。但如果他们在地球上……

她飞快地走在前一天清理出来的小径上。

她身后传来一阵水声，她急忙转过身来。几位欧劳从水里冒出来，涉水来到岸上，在河岸边浓密的矮树丛中踏出一条道来。

她转过身去，走到它们身边，认出了它们中的尼卡吉和卡古雅。

"你知道他们去哪儿了吗？"她问尼卡吉。

"我们知道。"说着，它用一只感知臂搂住了她的脖子。

她的手很自然地搭在它的胳膊上，好让它放稳点。她是那样毫无立场地欢迎它。"乔还好吗？"

它不回答，这让她感到忧心忡忡。它放开了她，带着她穿过树林，快速前行。其他欧劳跟在后面，它们全都一言不发，清楚地知道它们要去哪里，可能也知道它们会在那里发现什么。

莉莉丝再也不想知道了。

她轻易地跟上了它们的匆匆步伐，紧挨着尼卡吉。当它毫无预兆地在一棵倒下的树旁突然停下时，她差点撞到它身上。

这棵树已经腐烂了，长满了真菌，但曾经是一棵巨树。即使从它树干的一侧看，它也很高，很难爬上去。尼卡吉敏捷地跳了上去，又跳到了另一侧，莉莉丝根本无法与它相比。

"等等，"她开始爬树干时，它说，"待在那里。"然后它注视着卡古雅。"继续朝前走，"它催促道，"你们要是和我在这儿等着，可能会有更多的麻烦。"

卡古雅和其他欧劳都没动。莉莉丝在它们中间发现了柯特和艾莉森的欧劳，还有——

"莉莉丝，现在过来吧。"

她爬过树干，跳到另一边。约瑟夫在那里。

他被斧头砍了。

她瞪大眼睛，说不出话来，然后向他冲过去。他的头和颈部被砍了好几下，头部几乎与身体完全分离。他的身体已经冰冷。

一定是有人对他怀有仇恨……"柯特？"她问尼卡吉，"是柯特干的？"

"是我们。"尼卡吉的声音很轻。

过了一会儿，她才从那具可怕的尸体旁转过身，面朝着尼卡吉，"什么？"

"我们，"尼卡吉重复道，"我们想保护他的安全，你和我。他为你和他们打了起来。他们把他带走时，他受了轻伤，昏了过去。但他的伤口快速愈合了。柯特看到伤口那样愈合。他认为乔不是人类。"

"你为什么不帮他！"她尖叫着，痛哭起来。她又转过头去看那些可怕的伤口，不明白它怎么能看着约瑟夫就那样身体残缺地死去。她没有他的遗言，没有和他并肩作战的回忆，没有机会保护他。她最后的记忆是他在她过于人性的抚摸下退缩了。

"我比他更加不同，"她低声说，"柯特为什么不杀了我？"

"我不相信他真想要杀了谁，"尼卡吉说，"他又生气又害怕，处于痛苦之中。他袭击你的时候，约瑟夫把他打伤了。他看见约瑟夫在康复，看见他的伤口在他眼皮底下愈合。他尖叫着。我从没听过人类那样尖叫。然后他……拿起他的斧头。"

"你为什么不帮忙？"她问，"如果你什么都能看到，什么都能听到，为什么——"

"我们没有足够靠近这个地方的入口。"

她发出愤怒和绝望的悲鸣。

"没有迹象表明柯特想杀人。他几乎什么事都在怪你，但他并没有杀你。这里发生的一切……完全是场意外。"

她不要再听下去。尼卡吉的话她没法听懂。约瑟夫死了，被柯特砍死了。这只是由于某种误会，简直是疯了！

她坐在尸体旁边，开始还没明白这到底意味着什么，然后万念俱灰。她不再思考，不再哭泣。她只是坐着，虫子从她身上爬过，尼卡吉把它们赶走，她也浑然不觉。

过了一会儿，尼卡吉去扶她起来，它轻松地把她拉了起来。她想推开它，让它走开，留下她独自待着。它不去帮约瑟夫，她现在不需要它。可她只是在它的臂弯里徒劳地挣扎着。

它放开了她，她跌跌撞撞地又回到约瑟夫身边。柯特就这样走了，就像扔下一只死动物似的把他抛下。他们应该把他埋葬的。

尼卡吉又来到她跟前，似乎读懂了她的心思。"我们回去的时候可以把他接走，送他到地球上吗？"它问，"让他最终成为他故土的一部分。"

把他埋在地球上？让他的躯体成为地球上崭新开端的一部分？"是的。"她低声说。

它试探性地用一只感知臂摸了摸她。她瞪着它，满怀绝望，只想一个人待着。

"不！"它轻声说，"不，我让你们两个孤零零地离开，以为你们可以互相照顾。我现在不会再抛下你独自一人。"

她深吸了一口气，接受了脖子上熟悉的感知臂的环绕。"别给我用激素，"她说，"别碰我……至少，别碰我对他的感情。"

"我想要分享，而不是沉默或曲解。"

"分享吗？现在分享我的情感？"

"是的。"

"为什么？"

"莉莉丝……"它开始走了起来，她不由自主地跟在它身边。其他欧劳静静地走在他们前面。"莉莉丝，他也是我的。你把他带给我了。"

"是你把他带给我的。"

"如果你拒绝他，我是不会碰他的。"

"我希望我有，那他就能活着了。"

尼卡吉什么也没说。

"让我分享你的感受。"她说。

它以一种令人吃惊的人类姿态抚摸着她的脸。"那么，动一下你左手的第十六根手指。"它轻轻地说。又一个关于欧安卡利人全知全能的例子：我们能理解你们的感受，能吃你们的食物，能操纵你们的基因。但我们太复杂了，你们无法理解。

"只是近似而已！"她说，"交易！你们总是在谈交易。给我看一点儿你自己的东西吧！"

其他欧劳则回过头来看着他们，而尼卡吉的头部和身体触须也因为某种负面情绪结成了肿块。窘迫吗？愤怒吗？她不在乎。为什么它要寄生在她对约瑟夫的感情里——她对任何事的感情里，那会让它觉得舒服吗？它协助进行了一项人类实验，在实验中损失了一个人。它是什么感觉？为没有更仔细地研究有价值的受试者而感到愧疚？或者他们真是有价值的吗？

尼卡吉用感知手在她的后颈压了一下，发出了警示的压力。那么它是打算分享给她一些东西了。他们默契地一致停止了前进，面对面站着。

它向她展示了⋯⋯一种全新的色彩。一个完全陌生的、独特的、不可名状的东西，半用看，半用触摸，甚至可能是通过⋯⋯体验。一团令人恐惧的、熊熊燃烧的、焚尽一切的烈焰。

寂灭。

一知半解的神秘，美丽而隐晦。深奥的、无法想象的感官承诺。

破碎。

消逝。

死亡。

森林渐渐回到她的周围，她意识到自己仍然和尼卡吉站在一起，面对着它，背后是等待着他们的欧劳们。

“我只能给你这些了。”尼卡吉说，“这就是我的感受。我甚至不知道在人类的某种语言中是否有词语可以描绘它。”

　　"大概没有。"她小声说。过了片刻，她拥抱了它一下。即使是在冰冷的灰色身体中也深藏着些许安慰。她想，悲恸就是悲恸。那是痛楚、失落和绝望——本该继续的却突然终结。

　　她现在更乐意与尼卡吉并肩而行了，而其他欧劳也一直在他们前后，紧紧地和他们走在一起。

·〈7〉·

柯特的营地号称有一个更大的茅屋，但造得不太好。屋顶是一堆乱七八糟的棕榈叶——不是茅草，而是横七竖八、相互覆盖的树枝。毫无疑问，它会漏雨的。有墙，但没有地板。室内点起了一堆火，很热，烟很呛。这就是那些人看起来的样子：燥热、肮脏、愤怒、满面烟尘。

他们手持斧头、大砍刀和棍棒，聚集在茅屋外，和那群欧劳对峙起来。而莉莉丝发觉自己站在外星人的阵营里，和它们共同面对着充满敌意的危险人类。

她退缩了。"我不能跟他们打，"她对尼卡吉说，"柯特可以，但其他人不行。"

"他们要是攻击我们，我们就不得不战斗，"尼卡吉说，"但你别插手。我们会给他们下点猛药——尽管他们手持器械，我们仍然能在不杀人的情况下把他们打垮。这很危险。"

"不许靠近！"柯特吼道。

欧安卡利人停了下来。

"这是人类的领地！"柯特继续吼，"你们和你们的动物禁止入内。"他对莉莉丝目露凶光，握紧了斧头，蠢蠢欲动。

她也对着他怒目而视，她害怕他的斧头，但又太想抓住他，想宰了他。她渴望一把夺过他的斧头，亲手杀了他，让他死在这里，在他把约瑟夫丢弃的地方，在外星人的地盘上腐烂。

"什么也别做，"尼卡吉低声对她说，"他已经失去了回到地球的希望。他也失去了赛琳，她会被单独送到地球。他失去了精神和情感上的自由。把他交给我们吧。"

起初她无法理解它——它说的话在字面上并不复杂。可在她的世界里，除了死去的约瑟夫和还苟活着的肮脏的柯特之外，什么都不剩了。

尼卡吉一直紧紧搂住她，直到她不得不承认它也是她世界的一部分。当它看到她在瞪着它，竭力想挣脱它，而不是一头往柯特那里挣扎时，它就在她耳边一遍一遍重复着它的话语，直到她听到了，听进心里去了，直到她安静下来。它既没给她注入激素，也没放手。

另一边，卡古雅正在和泰特交流。泰特站在离它很远的地方，手里拿着一把砍刀，站在握着斧头的盖伯瑞尔旁边。是盖伯瑞尔说服她抛弃莉莉丝的。肯定是这样。但说服莉娅的又是什么？她考虑了实际情况？害怕被抛弃，害怕像莉莉丝一样被驱逐？

　　莉莉丝看到了莉娅，疑惑地瞪了她一眼，然后移开目光，又转回去关注起泰特来。

　　"走开，"泰特用一种完全不像她自己的声音恳求道，"我们不要你！我不要你！让我们自己待着！"她的声音听起来好像要哭了似的，两行热泪真的从她的脸上流下来。

　　"我从来没有骗过你，"卡古雅告诉她，"如果你想用你的大砍刀砍人，你会失去你的地球，你就再也见不到你的家园了。连这个地方也不会给你。"它一步步向她走去，"别这样，泰特。我们会给你最想要的东西：自由和回家。"

　　"我们在这里已经都有了。"盖伯瑞尔说。

　　柯特也走过来加入了他，"我们不需要你们的任何东西！"他喊道。

　　他身后的人大声赞同。

　　"你们会在这里挨饿，"卡古雅说，"即使短时间内你们能待在这里，你们也会渐渐地很难找到食物。这里的食物根本不够，而且你们还不知道如何利用现有的资源。"卡古雅提高了嗓门，对所有人说："只要你们愿意，你们就可以离开我们，这样你们就可以练习你们所学到的技能，从你们互相之间学习，也可以从莉莉丝那里学到更多。我们得了解你们离开我们之后的表现。我们想到了你们可能会受伤，但没想到你们会自相残杀。"

"我们没有杀人，"柯特大喊，"我们只是杀了你们的一只动物！"

"我们？"卡古雅的语声温和，"有谁帮你杀了他吗？"

柯特没有回答。

"你先是打了他，"卡古雅接着说，"当他失去知觉时，你用斧头砍死了他。是你独自干了这件事，在你这么干的时候，你就把自己永远地从地球上放逐了。"它对其他人说："你们愿意加入他吗？你们愿意被带离这个训练室，和托艾特的家人们一起在船上度过余生吗？"

有些人的脸色开始变了——怀疑开始滋生、滋长了起来。

艾莉森的欧劳向她走去，第一个接触到了它要找回的人类。它的语调安详。莉莉丝听不到它说了什么，但过了一会儿，艾莉森叹了口气，把她的砍刀交给了它。

它用一只感知臂推开了那把刀，另一只手臂搂住她的脖子，把她拉回了欧安卡利战线的后方，莉莉丝和尼卡吉就站在那儿。莉莉丝怒气冲冲地瞪着她，不明白艾莉森怎么能背叛她。只是出于害怕？如果柯特愿意干的话，他几乎可以吓住任何人。那可是手持大斧的柯特，何况他已经用这把斧头砍死了一个人。

艾莉森和她的目光相遇，然后避开了她看向别处，最后又转过脸面对着她。"对不起，"她低声说，"我们以为，跟着他们走，就可以避免流血。我们以为……我很抱歉。"

莉莉丝转过头去，再一次泪眼婆娑。她把约瑟夫的死暂时放到了一边，可不知怎的，艾莉森的话又让她回想了起来。

卡古雅向泰特伸出一只感知臂，但盖伯瑞尔把她拽开了。

"我们不要你在这儿！"他怒气冲冲，把泰特推到身后。

柯特大吼起来——一声含混的怒吼，一声进攻的召唤。他冲向卡古雅，他的几个手下也跟着冲了过来，抄起器械扑向其他欧劳。

尼卡吉把莉莉丝推向艾莉森，投入了战斗。艾莉森的欧劳顿了一下，只用欧安卡利语迅速说了一句："让她离远点！"然后它也加入了战斗。

事情发生得快到几乎让人无法及时做出反应。泰特和其他几个似乎只想脱身出去的人发现自己被迫卷入混战之中。雷和莉娅互相搀扶着，跟跟跄跄地从两个欧劳之间逃了出来，看上去这两位欧劳马上就要被三个挥舞着大砍刀的人砍倒了。莉莉丝突然看到莉娅在流血，便跑过去把她拉出了险地。

人们在大声吼叫，欧劳们却悄无声息。莉莉丝看见盖伯瑞尔朝尼卡吉砍去，差一点儿就劈到它。他又举起斧头，显然是想给它致命一击，卡古雅迅速从背后麻醉了他。

盖伯瑞尔发出一丝微弱的喘息声——好像他没有力气发出一声大喊似的，瘫倒在地。

泰特尖叫着抓住他，想要把他从混战中拖出来。她的大砍刀也扔到了一边，显然已毫无威胁。

柯特没有放下他的斧头。他挥舞起大斧，就像抡着一把小手斧一样轻松。他杀气腾腾，让欧劳们一时无法近身，没有一个欧劳愿意冒着被他砍到的风险冲上去。

另一处，一名男子的斧头实实在在地砍穿了一位欧劳的胸部，砍出一个大坑。当这位欧劳倒下时，一名手持大砍刀的女人帮着这名男子向它逼了上来，想要击杀它。

第二个欧劳从背后连刺，刺中了他们俩。他们倒下了，受伤的欧劳也爬了起来。尽管被砍了一刀，它还是走到莉莉丝几人等候的地方，重重地坐到地上。

莉莉丝看着艾莉森、雷和莉娅。他们一起打量着欧劳，但没有向它靠过去。莉莉丝走到它跟前，发现它尽管受了伤，却仍然敏锐地关注着她。她想，如果它觉得自己受到了威胁，这种伤势毫不妨碍它蛰她一下，让她迅速失去知觉或死亡。

"有什么我能帮忙的吗？"她问。它的伤口所在恰是人类心脏的位置。伤口渗出了黏稠的透明体液和鲜红的血液，血液看上去像是假的——像电影里的血液和广告颜料的血液。如此可怕的伤口本应血流如注，但欧劳看上去似无大碍。

"我会痊愈的，"它的声音平静得令人不安，"这并不严重。"它顿了一下，"我从没想过他们真想杀死我们。我从没想到不杀死他们有这么困难。"

"你早该知道了，"莉莉丝说，"你们用大量的时间研究了我们。当你们告诉我们，你们要通过改变我们孩子的基因来消灭我们这个物种时，你们觉得会发生什么？"

欧劳又注视着她："如果你使用武器，你可能会杀死我们中至少一个。其他人都不行，但你可以。"

"我不想杀你们。我只想离开你们。你知道。"

"我知道你这么想。"

它把注意力从她身上移开，开始用它的感知臂来处理伤口。

"莉莉丝！"艾莉森叫道。

莉莉丝回头看了她一眼，然后看向她所指的方向。

尼卡吉倒下了，在地上剧烈地抽搐起来，到目前为止还没有一个欧劳受过这样的伤。卡古雅突然不再避开柯特，倏地从他的斧头下冲了过去，把他刺翻在地。柯特是最后一个倒下的人。泰特还清醒着，抱着盖伯瑞尔，盖伯瑞尔被卡古雅刺得不省人事。稍远处，维克多神志清醒，扔了武器，正在向莉莉丝旁边受伤的欧劳走去——维克多的欧劳，她明白了。

莉莉丝不关心他们俩怎样见面，他们都能照顾好自己。她跑向尼卡吉，避开了另一个欧劳可能会不小心刺到她的感知臂。

卡古雅跪在尼卡吉身边，对着它低声说话。她跑过来在它对面跪下来时，它就闭口不言了。她立刻看到了尼卡吉的伤口。它的左感知臂几乎被砍断了。这只手臂似乎只靠一小点儿坚韧的灰色皮肤连着身体。清澈的体液和血液从伤口喷涌而出。

"我的天哪！"莉莉丝说，"能……能治好吗？"

"也许吧，但你得帮它。"卡古雅用它那种极度镇定的声音回答道，她讨厌它们的声音。

"是的，我当然会帮忙。我该怎么办？"

"躺在它身边，抓住它，把感知臂固定在它的适当位置，让它能续接上——如果还能接上的话。"

"续接？"

"脱掉你的衣服。它可能太弱了，穿不透你的衣服。"

莉莉丝脱掉衣服，拒绝去想在仍然清醒的人类眼中她是什么样子。他们现在可以确定她是个叛徒了，在战场上脱光衣服和敌人躺在一起。即使是少数之前接受她的人此刻也会背弃她了。但是她刚刚失去了约瑟夫，她不能再失去尼卡吉，她不能眼睁睁看着它死去。

她在它身边躺了下来，它默默地竭力向她靠过来。她抬头看着卡古雅，希望从它那里得到更多的指示，但卡古雅已经去检查盖伯瑞尔了。这里没有什么重要的事情，只不过是它的孩子受了重伤。

尼卡吉用能碰到她头部和身体的每一根触须刺进她的身体，这次的感觉和她想的一样，很痛！这就像突然被当成了针垫一样。她喘息着，但咬着牙不挣脱身体。这种痛苦是可以忍受的，也许跟尼卡吉的感觉比起来微不足道——它是在承受着怎样的痛苦啊。

她两次伸手去够那只几乎给砍下来的感知臂，才勉强摸到它。上面满是黏糊糊的体液，白色、蓝灰色和红灰色的组织从上面脱落了下来。

她尽力抓住它，把它压在被砍下来的肢端。

但肯定还得做些比这更必要的事。毫无疑问，这个沉重、复杂、强健的器官，除了人手的按压之外，如果没有其他外力的帮助，是无法续接上的。

"深呼吸，"尼卡吉嘶哑地说，"保持深呼吸。用双手握紧我的胳膊。"

"你插到我的左臂里了。"她喘着粗气说。

尼卡吉的声音喑哑难听："我控制不住。我得先和你彻底分开，然后再来一次。如果我还能的话。"

几秒钟后，数十根"针"从莉莉丝的身体里拔了出去。她尽可能轻柔地重新调整尼卡吉的体态，使它的头靠在她的肩膀上，她可以用双手握住那几乎断掉的肢体。她可以支撑起它，把它固定在合适的位置。她可以把自己的一只胳膊搁在地上，另一只胳膊揽过尼卡吉的身体。只要没有人打扰她，她就可以长时间保持这个姿势。

"好了。"她说，鼓起勇气再次承受被扎成个刺猬的痛楚。

尼卡吉毫无动静。

"尼卡吉!"她小声叫着,害怕极了。

它动了一下,然后一瞬间同时在她身体上多处刺了进去,刺得那么痛,她叫出了声。但她克制住了肌肉抽搐的本能反应,没有移动。

"深呼吸,"它说,"我……我会试着不再让你受伤。"

"没那么糟。我只是不知道这对你有什么帮助。"

"你的身体可以帮助我。继续深呼吸。"

它不说话了,也不再为自己的痛苦发出呻吟。她躺在它身边,大部分时间都闭着眼睛,就让时间流逝吧,就让自己失去时间感吧。似乎有手不时地碰她一下。当她第一次感觉到时,睁开眼看了看它们在做什么,发现那是欧安卡利人的手,正在从她的身上拂去虫子。

许久之后,当她忘了时间,她睁开眼睛,惊奇地发现天已经黑了。她感到有人抬起她的头来,在下面塞了什么东西。

有人用布盖住了她的身体。用多余的衣服吗?还有人把布塞进她身下的某些部位,那里的肌肉似乎需要调整放松。

她听见有人说话,听见人类的声音,却辨不出来是谁。她的身体已经部分麻木了,她没去管它,然后它自己又痛苦地恢复过来。她的胳膊先是酸痛无比,然后又自己放松了,尽管她从来没有换过姿势。有人把水放到她的唇边,她一边喘气一边喝着。

　　她能听到自己的呼吸声。没人提醒她深呼吸。她的身体需要这样做。她张开嘴大口喘气。照顾她的人注意到了这一点儿，更频繁地给她喝少量的水，让她润喉。喝下那么多水让她想到如果她必须上厕所那得多麻烦，但问题并没发生。

　　一块块食物放进她的嘴里。她不知道那是什么东西，尝不出味道来，但似乎让她生出了力气。

　　在某一刻，她认出了给她食物和水的双手的主人，那是尼卡吉的女性伴侣艾哈佳。起初，她很困惑，不知道他们是不是已经把她从森林里搬出来，回到了他们一家的住处。但是当天亮的时候，她仍然可以看到林冠——真正的树，长满了附生植物和藤本植物。她头顶的树枝上垂下来一个篮球大小的圆形白蚁穴。在植物修剪得整整齐齐、一切井然有序的欧安卡利生活区，根本不会存在这样的东西。

　　她又睡过去了。后来她意识到自己并不是一直清醒的。可是她又从来没有感觉到自己好像睡着过。她从来没有放开尼卡吉，她不能放手。它把她的手、她的肌肉凝结成活的铸件，在它的伤口愈合时一直握住。

　　有时她的心怦怦直跳，耳中发出隆隆的轰鸣，好像她一直在拼命奔跑。

　　后来换成了迪昌给她食物和水，保护她不受昆虫侵害。当他查看尼卡吉的伤口时，他的头部和身体的触须维持着平坦的姿态。

莉莉丝设法看了一眼，想知道是什么让他高兴成这样。

第一眼看上去似乎没什么值得高兴的。伤口的渗出液变得又黑又臭。莉莉丝担心它感染了某种疾病，但她无能为力。至少这里的昆虫似乎都不喜欢它——也许这里的微生物也不喜欢它。更有可能的是，尼卡吉自己把某种导致感染的东西带进了训练室。

感染似乎终于开始痊愈了，虽然伤口上仍有透明的液体渗出。直到再没有体液渗出，尼卡吉才放开了她。

她渐渐醒了过来，开始意识到她已经很久都没有完全清醒了。她仿佛又从假死中苏醒过来，这次没有疼痛感。在她一动不动地躺了这么长时间之后，她的肌肉本该一动就嘎吱作响，但却没有发出任何抗议。

她慢慢地挪动身体，伸直了四肢，从地上拱起脊背。

但少了点什么。

她突然惊慌失措，左右张望，然后发现尼卡吉坐在她身边，全神贯注地盯着她。

"你没事，"它用正常的中性声音说，"一开始你会觉得有点晃，但你没事。"

她看着它的左感知臂，它还没有完全康复，仍然可以看到一个看起来很严重的伤口——好像有人的胳膊被划了一刀，留下了一处皮肉伤。

"你没事吧？"她问。

　　它抬起手臂，很轻松，很正常，用这只胳膊以一种学来的人类姿势抚摸她的脸颊。

　　她笑了，坐了起来，定了定神，然后站起来环顾四周。除了尼卡吉、艾哈佳和迪昌，没有人类在场，也没有欧安卡利人。迪昌递给她一件夹克和一条裤子，都是干净的，比她还干净。她拿起衣服，勉强穿上。她没有自己想的那么脏，但还是想洗个澡。

　　"其他人在哪儿？"她问道，"大家都好吗？"

　　"人类回到了定居点，"迪昌说，"他们很快就会被送往地球。我们带他们去看了这里的围墙，他们明白了自己还在船上。"

　　"你们应该在他们来这儿的第一天就给他们看看那些墙。"

　　"我们下次再这么做。这是我们不得不从这个团队中学到的教训之一。"

　　"更好的是，在他们苏醒过来时，就向他们证明他们就在船上。"她说，"幻觉不能给他们长久的安慰，只会让他们感到茫然无措，让他们犯危险的错误。我自己在开始时都怀疑我们究竟在哪里。"

　　沉默。顽固的沉默。

　　她看了看尼卡吉仍在恢复中的感知臂。"听我说，"她说，"让我来帮你们了解我们，否则还会有更多的伤害、更多的死亡。"

　　"你是要穿过森林呢，"尼卡吉问，"还是要从训练室下面抄那条近道？"

她叹了口气。她就是卡珊德拉①，每当她开始警告和预言时，她要警告和预言的那些人都充耳不闻。

"我们穿过森林吧。"她说。

它站着不动，敏锐地注视着她。

"怎么了？"她问道。

它用受过伤的感知臂环在她的脖子上："没有人做过我们在这里做的事。像我这样严重的伤口，从来没有人能愈合得这么快，这么彻底。"

"你不该死亡或残废，"她说，"我帮不了约瑟夫，可我很高兴能帮到你——虽然我不清楚我是怎么做到的。"

尼卡吉注视着艾哈佳和迪昌。"约瑟夫的遗体呢？"它轻声问。

"冷冻了，"迪昌说，"等待着被送往地球。"

尼卡吉用它那感知臂冰冷坚硬的尖端摩挲着她的后颈。"我真希望那时对他的保护能周到一些，"它说，"如果那样就好了。"

"柯特还和其他人在一起吗？"

"他睡着了。"

"假死？"

"是的。"

"他会留在这儿吗？他永远也回不了地球了？"

---

① 卡珊德拉（Cassandra），希腊神话中的特洛伊公主，太阳神阿波罗的女祭司。阿波罗赐予她预言的能力，又让她的预言不被人相信。

"永远都不能。"

她点了点头："这根本不够，但总比没有强。"

艾哈佳说："他有和你一样的天赋。欧劳将利用他来学习和发掘那种天赋。"

"天赋？"

"你们不能控制它，"尼卡吉说，"但我们可以。你们的身体知道如何使一些细胞恢复到胚胎阶段。它能唤醒大多数人出生后从未使用过的基因。我们也有类似的基因，在蜕变后就休眠了。你的身体向我展示了如何唤醒它们，如何刺激正常情况下无法再生的细胞生长。这一课复杂而痛苦，但十分值得学习。"

"你是说……"她皱起眉头，"你是说我家族的癌症问题，是吗？"

"它已经不再是个问题了，"尼卡吉说，它的身体触须平滑了起来，"它是一个礼物。它把我的生活又还给了我。"

"你当时会死吗？"

沉默。

过了一会儿，艾哈佳说："它可能就得离开我们了。它得加入托艾特或阿克加的支系离开地球。"

"为什么？"莉莉丝问道。

"如果没有你的天赋，它不可能完全恢复感知臂的功能。它不可能构造婴儿。"艾哈佳迟疑着，"当我们听到所发生的事情时，我们还以为要失去它了。它陪伴我们的时间如此之短，我们感到……也许我们能感受到你在伴侣死后所表现的悲伤。我们的未来一片黯淡，直到尼卡吉的欧安告诉我们你在帮助它，它会完全恢复。"

"卡古雅表现得好像没有什么不寻常的事情发生。"莉莉丝说。

"关于我的事，它其实非常害怕，"尼卡吉说，"它清楚你不喜欢它。它觉得它发出的任何超出必要范围的指示都会激怒或耽搁你，它吓得不轻。"

莉莉丝苦涩地笑了："它是个好演员。"

尼卡吉的触须沙沙作响。它从莉莉丝的脖子上拿下感知臂，领着这群人朝定居点走去。

莉莉丝自然而然地跟了上去，她的思绪从尼卡吉转到约瑟夫，又转到柯特。柯特的身体被用来教会欧劳们更多关于肿瘤的知识。她无法让自己问出口：在这些实验中，他是否会有意识，是否是清醒的。她希望他是。

8

　　他们到达定居点时天快黑了。人们围坐在火堆旁，聊着天，吃着东西。尼卡吉和它的伴侣们在一种愉快的沉默中受到了欧安卡利人的欢迎——一阵感知臂和触须的纷乱交缠，通过直接神经刺激而与体验相联系。他们可以传达给对方完整的体验，然后以非语言的交流讨论这种体验。他们有一种完整的感观图像语言，可以取代言语去接收信号。

　　莉莉丝羡慕地看着他们。他们不擅长对人类撒谎，因为他们的感观语言让他们没有说谎的习惯——他们只能做到隐瞒信息，拒绝接触。

　　而相应地，人类轻易就会撒谎，也经常撒谎，他们不能相互信任。他们也不能相信她这样的人，即便她是他们中的一员。她似乎与外星人太过亲密了，更何况还脱下自己的衣服，躺在地上帮助她的看守。

莉莉丝选了一个火堆坐了下来，周围一片寂静。她旁边有艾莉森、莉娅和雷、盖伯瑞尔和泰特。泰特给了她一个烤白薯，令她吃惊的是，居然还有烤鱼。她看了看雷。

雷耸耸肩："我徒手抓住了它，这事儿真疯狂。它有我一半大，但它径直向我游过来，简直是求着我去抓它。欧安卡利人声称我可能会被河里游着的一些东西抓住——电鳗、食人鱼、凯门鳄……它们把所有最糟糕的东西都从地球上带来了。不过，这些东西都没来给我找麻烦。"

"维克多找来了一对乌龟，"艾莉森说，"没人知道怎么煮，所以他们把肉剁成块烤了。"

"然后呢？"莉莉丝问道。

"他们就把它吃了，"艾莉森笑了，"在他们烤乌龟吃的时候，欧安卡利人躲得远远的。"

雷咧开嘴笑了："你在我们的火堆边也没看到他们，是吧？"

"我还真不确定。"盖伯瑞尔回答。

沉默。

莉莉丝叹了口气。"好吧，盖比，你有什么要说的？你是想提问、指控还是谴责？"

"也许三者皆有。"

"嗯？"

"你没有参加战斗。你选择站在欧安卡利人一边！"

347

"这就针对你了？"

他怒而不答。

"柯特把约瑟夫砍死的时候，你又站在哪边？"

泰特把手放在莉莉丝的胳膊上。"柯特简直疯了，"她说，语音很轻柔，"没人想到他会做那样的事。"

"他做了，"莉莉丝说，"你们都在看着。"

他们默默地吃了一会儿食物，不再享受鱼的美味，而是把它分给了从其他火堆旁过来给他们拿来巴西栗、水果或烤木薯的人。

"你为什么脱掉衣服？"雷突然发问，"你为什么在战斗中和一位欧劳一起躺到地上？"

"战斗结束了，"莉莉丝说，"你知道的。和我躺在一起的欧劳是尼卡吉。柯特差点砍断它的一条感知臂。我想你也知道。我帮它利用我的身体来自愈。"

"但你为什么要帮它呢？"盖伯瑞尔厉声低喝，"你为什么不让它死掉呢？"附近的每一个欧安卡利人一定都听到了他的话。

"那有什么好处？"她问道，"尼卡吉还是个孩子时，我就认识它了。为什么我要让它死掉，然后再和某个陌生的欧劳别别扭扭地凑在一起？这对我、对你、对在座的诸位有什么帮助呢？"

他避开了她的目光："你总能找到借口。可听起来从来都不太对头。"

　　她在心里反复琢磨着她本可以对他说的那些话，关于他自己听起来不对头的一些倾向，可那些她懒得说，于是问："盖比，这是什么意思？你相信我能做什么，或者本可以做什么，可以让你提早一分钟在地球上获得自由？"

　　他没有回答，但仍然固执地生气。他很无助，处于一种无法忍受的不堪境地，因此必须有人为此承担责任。

　　莉莉丝看到泰特伸出手来，握住他的手。有几秒钟，他们紧紧地抓住对方的指尖，这让莉莉丝联想到一个非常神经质的人，突然给了他一条蛇去抓的样子。他们努力想让对方先撤开，而不用表现出自己很厌恶的样子，但大家都知道他们的感受。大家都看出来了。毫无疑问，这是莉莉丝必须回答的另一个问题。

　　"那是怎么回事？"泰特艰涩地问，她甩着盖伯瑞尔碰过的那只手，仿佛要把它抖干净，"我们该怎么办？"

　　莉莉丝的肩膀缩了一下："我不知道。我也和约瑟夫一样。我没来得及抽出时间去问尼卡吉它对我们做了什么。我建议你去问问卡古雅。"

　　盖伯瑞尔摇摇头："我不想见他……它，更别提问它什么了。"

　　"真的吗？"艾莉森问道。她的声音里充满了诚实的质问，盖伯瑞尔只是瞪了她一眼。

　　"不，"莉莉丝说，"不是真的。他希望他恨卡古雅。他想去恨它。但在战斗中，他想杀死的是尼卡吉。而此时此刻，他要责备和怀疑的是我。该死的，是欧安卡利人让我成为众矢之的，但我不恨尼卡吉。估计是我根本不能。我们都有点儿被同化了，至少就我们对各自的欧劳而言是这样的。"

盖伯瑞尔忽地站起来，盛气凌人地俯视着莉莉丝。营地里安静了下来，每个人都在看着他。

"我才不在乎你的感受呢！"他说，"你说的是你的感受，不是我的。你干脆就在这儿脱光了，和你的尼卡吉搞起来给大家看看。你为什么不干？谁不知道你是他们的婊子！大家都知道！"

她看着他，突然间觉得烦透了，她忍无可忍："那你和卡古雅一起过夜时，你又是什么东西？"

她一度相信他会打她。而且有那么一瞬，她想让他这么做。

相反，他转身高傲地大步向住处走去。泰特愤怒地瞪了莉莉丝片刻，尾随着他离开了。

卡古雅离开了欧安卡利人的火堆，来到了莉莉丝旁边。"你本可以避免这些。"它轻声说。

她没有抬头看它。"我累了，"她说，"我不干了。"

"什么？"

"我不干了！不再做你们的替罪羊，不再让我的人把我看作犹大山羊。我配不上这些。"

它又在她身边站了一会儿，然后去追盖伯瑞尔和泰特。莉莉丝看着它，摇摇头，苦笑起来。她想起了约瑟夫，仿佛觉得他就

350

在她身边，听见他告诉自己要当心，问她弄得两边都反对她有什么意义。

没有意义，她只是累了。约瑟夫不在那里。

人们纷纷避开莉莉丝，她怀疑他们把她看作叛徒或是一枚定时炸弹了。

无人打扰，让她感觉很满意。艾哈佳和迪昌问她，他们回家时，愿不愿意同他们一起回去，她谢绝了这个邀请。她想待在一个像是地球的地方，一直待到她返回地球。她想和人类待在一起，即便她一度都无法再爱他们。

她砍柴生火，采集野果当饭吃或当零食吃，甚至试着用一种她记得自己曾读过的方法捕鱼。她花了几个小时把结实的草茎和劈开的藤条编在一起，做成一个松垮垮的圆锥体长鱼篓，小鱼可以游进去，但游不出来。她在汇入大河的溪口里捕鱼，最终这群人吃的大部分鱼都是由她供给的。她还试验了一下用烟熏鱼，结果出乎意料的好。一方面，没人会因为是她捕的而拒绝吃鱼；另一方面，也没人问她是怎么编鱼篓的，所以她没有告诉他们。她不再主动去教了，除非有人来向她请教。自从她发现自己喜欢教导别人，这种惩罚对她简直比对欧安卡利人还重。但她发现，教一个心甘情愿的学生比教十几个心怀愤恨的学生更容易令她心生满足。

终于有那么几个人——艾莉森、雷和莉娅、维克多——过来找她。她终于和雷分享了捕鱼篓的知识。泰特避开了她——也许是为了取悦盖伯瑞尔，也许是因为她采用了盖伯瑞尔的思维方式。泰特曾是她的朋友，莉莉丝想念她，但不知何故无法控制对她的怨恨。没有别的好朋友能代替泰特的位置，即便是那些来向她请教问题的人也不信任她。除了尼卡吉。

尼卡吉从未试图让她改变自己的行为举止。她有一种感觉，除非她去伤害别人，否则它不会反对她做任何事。晚上，她和它及它的伴侣们睡在一起，这就像她认识约瑟夫之前一样，让她快乐起来。开始时她并不想这样，但后来她渐渐开始感激它了。

然后她发现自己又能触摸一个男人，并从中找到乐趣了。

"你这么急着想把我和别人撮合起来吗？"她问尼卡吉。那天，她递给维克多一抱木薯插条，准备栽培。感觉到他的手和自己的一样温暖，她有点惊讶，有一瞬间还感到了心中油然生起的喜悦。

"你可以自由地寻找另一个伴侣，"尼卡吉对她说，"我们很快就会唤醒其他人。我希望你能自由选择要不要和别人配成对。"

"你说过我们很快就会被送到地球上去的。"

"你在这里不再教他们，他们的学习速度也变得越来越慢，但是我想他们很快就会准备好的。"她还没来得及进一步发问，其他欧劳就把它叫走，让它跟它们一起去游泳了。这可能意味着它要离开训练室一段时间。只要有可能，只要在欧劳不引导人类时，它们总喜欢使用水下出口。

莉莉丝在营地里巡视了一圈，找不出她当天可做的事。她用香蕉叶把熏鱼和烤木薯包了起来，放进她的一个篮子里，再放上一些成熟的香蕉。她可以四处走走。稍后她可能会带回来一些有用的东西。

她往回赶的时候天色已经很晚了，她的篮子里装满了豆荚，豆荚里的果肉有着类似糖果的甜味，还有棕榈果——是她用大砍刀从一棵小树上砍下来的。豆荚叫作印加豆，大家都爱吃。而那种特别的棕榈树果实，莉莉丝不太喜欢，但有人喜欢。

她走得很快，不想在天黑后还被困在林子里没回去。她想她也许能在黑暗中找到回家的路，但她不想这样做。欧安卡利人把这片丛林弄得太过真实，只有他们才不会被那些可能会夺人性命的东西咬到、蜇到或是刺到。

当她回到定居点时，天黑得已经看不清树底下的东西了。

可是，在定居点里只有一个火堆。这原本是一个做饭、聊天、编篮子、织网和干一些别的小活儿的时间，人们可以一边享受彼此的陪伴，一边不费心思地去做这些事。但是此刻这里只有一堆火——而且火边只有一个人。

当她靠近火堆时，那个人站了起来，她认出那是尼卡吉。其他人却毫无踪迹。

莉莉丝扔下了篮子，最后几步是跑着冲进营地的。"他们在哪儿？"她问，"为什么没有人来找我？"

"你的朋友泰特说她为自己的行为感到抱歉，"尼卡吉告诉她，"她想和你谈谈，说她打算在未来几天内找你，刚好她在这里没有那么几天了。"

"她在哪儿？"

"卡古雅增强了她的记忆，就像我增强了你的记忆一样。它认为这将帮助她在地球上生存，并帮助其他人类。"

"可是……"她一边摇头一边向它走去，"那我呢？我是照你们说的做的。我没有伤害任何人。为什么我还在这里？"

"为了挽救你的生命。"它拉着她的手，"今天我被叫过去听那些针对你的威胁。其实我已经听过大部分了。莉莉丝，你会像约瑟夫那样死的。"

她摇着头。没有人直接威胁过她，大多数人都怕她。

"你会死的。"尼卡吉重复道，"因为他们杀不了我们，他们就会杀了你。"

她咒骂着它，拒绝相信，但在另一个层面上，她相信，也明白这是真的。她责怪它，怨恨它，失声痛哭。

"你们本来可以等一下的！"她最后说，"他们走之前你可以把我叫回来。"

"对不起。"它说。

"你为什么不叫我？为什么？"

它头部和身体的触须痛苦地拧成了结。"你本可以做出非常糟糕的反应。以你的力量，你可能会伤害或杀死别人。你本可以和柯特沦为同类。"它的结松开了，触须无力地垂了下来，"约瑟夫已经离开人世，我不想再冒失去你的风险。"

她都没法继续恨它。它的话让她想起了太多自己的想法，当她躺下来帮助它的时候，可没管别人会怎么看她。她走到一根砍下来的原木旁坐了下来，那根原木是用做火堆旁的长凳的。

"我得在这儿待多久？"她低声问，"他们会放犹大山羊走吗？"

它笨拙地坐在她身边，想把自己折叠到原木上，却找不到足够的空间来保持平衡。

"你们的人一到地球上就会逃离我们，"它对她说，"你知道的。你还鼓励他们这么做——当然，这也是我们所期望的。我们会告诉他们带着他们想要的装备离开。否则，他们可能连生活必需品都带不足就逃跑。我们会告诉他们我们欢迎他们回来。他们所有人，他们任何一个人，只要他们喜欢。"

莉莉丝叹了口气："老天保佑每一个做出尝试的人。"

"你觉得告诉他们会是个错误吗？"

"何必问我在想什么呢？"

"我想知道。"

她凝视着火堆，站起身来，拖了一小根木头放在上面。她很快就不能再这么做了。她不会再看到火堆，不会再采摘印加豆和棕榈果，也不会再捕鱼……

"莉莉丝？"

"你想让他们回来？"

"他们最终会回来的。他们必须回来。"

"除非他们自相残杀。"

沉默。

"他们为什么一定要回来？"她问。

它别过脸去。

"他们甚至不能触摸彼此，男人和女人。是因为这个？"

"当他们离开我们一段时间后，这种情况就会过去的。但这无关紧要。"

"那为什么不能？"

"他们现在需要我们。没有我们，他们就不会有孩子。没有我们，人类的精子和卵子不能结合。"

　　她想了一会儿，然后摇了摇头："他们会和你们生出什么样的孩子呢？"

　　"你还没有回答。"它说。

　　"什么？"

　　"我们能不能告诉他们，他们可以回来找我们？"

　　"不能。也不要太明显地帮助他们逃跑。让他们自己决定他们要做什么。否则，那些决定以后再回来的人似乎是在服从你们，为你们背叛了他们自己的人性。这可能会害死他们。反正你们也不能让很多人回头。一些人会认为人类至少应该得到一个干干净净的死亡。"

　　"莉莉丝，我们想要的是不干净的东西吗？"

　　"是的！"

　　"我让你怀孕，这是不干净的东西吗？"

　　起初她不明白它话中的意思，好像它在用一种她不懂的语言说话。

　　"你……什么？"

　　"我让你怀了约瑟夫的孩子。我不想这么快就这么做，但我想使用他的精子，而不是基因图谱。我无法让你和一个用图谱混合的孩子有足够近的亲密关系。我能让精子存活的时间是有限的。"

　　她盯着它，说不出话来。它说得很随意，好像在谈论天气。

她站起来，想躲开它，但它抓住了她的双腕。

她使劲挣扎，立刻明白她无法挣脱它的双手。"你说——"她喘不过气来，不得不重新开始，"你说过你不会这么做的。你说——"

"我说的是，直到你准备好了。"

"我还没准备好！我永远都不会准备好！"

"你现在已经准备好要个约瑟夫的孩子了。约瑟夫的女儿。"

"……女儿？"

"我混构了一个女孩给你做伴。你一直都很孤独。"

"真亏了你。"

"没错。一个女儿会成为长期的陪伴。"

"它不是个女儿。"她又想拽出自己的胳膊，可它就是不松手，"它是一个东西——不是人类。"她惊恐地低头看着自己的身体，"它在我的肚子里，它不是人！"

尼卡吉把她拉得更近了，用一只感知臂环绕着她的脖子。她本以为它会给她注射某种东西，让她失去知觉。她几乎急切地盼着黑暗降临。

但尼卡吉只是把她拉回原木长凳，"你会有一个女儿的，"它说，"你已经准备好做她的妈妈了。你绝对不可能说出口，就像约瑟夫永远不会邀请我到他的床上——无论他多么希望我在那里。你也一样口是心非，你的内心绝不会拒绝这个孩子。"

　　"但它不是人类，"她小声说，"它是一个东西，一个怪物。"

　　"你不应该对自己撒谎。这是一个极其糟糕的习惯。这孩子是你和约瑟夫的，也是艾哈佳和迪昌的。因为我混合了她，塑造了她，我知道她会很美丽，没有任何致命冲突，她也是我的。她将是我的第一个孩子，莉莉丝，至少是第一个出生的。艾哈佳也怀孕了。"

　　"艾哈佳？"它什么时候找到时间的？它简直无处不在。

　　"是的。你和约瑟夫也是她的孩子的父母。"它用它空着的那只感知臂把她的头拨转过来对着它，"这个孩子会从你腹中分娩出，她会像你，也会像约瑟夫。"

　　"我不相信你！"

　　"在蜕变之前，差异都会隐藏起来。"

　　"天哪。也会……"

　　"你所生的孩子和艾哈佳所生的孩子，将是手足同胞。"

　　"要是这样，其他人就不可能回来，"她说，"要知道是这样，我根本就不会回来。"

　　"我们的孩子会比我们双方都好。"它继续说，"我们会缓和你们的等级问题，你们会减少我们的身体限制。我们的孩子不会在战争中自我毁灭，如果他们需要再生肢体，或者以其他方式改变自己，他们可以做到，而且还会有其他优点。"

　　"但他们不是人，"莉莉丝说，"这就是问题所在。你无法理解，但这才是真正重要的。”

它的触须拧成了结：“你怀的孩子才真正重要。”它松开了她的胳膊，她的手无助地互握着。

“这会毁了我们的，”她低声说，“天哪，难怪你不让我和其他人一起出发。”

“你会出发的，在我出发的时候——你、艾哈佳、迪昌和我们的孩子。我们出发之前还有些工作要做。”它站了起来，“我们现在就回家。艾哈佳和迪昌在盼着我们呢。”

家？她痛苦地想。她上一次拥有一个真正的家是什么时候？她什么时候能期望有一个家呢？“让我留在这里，”她说，它会拒绝的，她知道它会，“这里看起来很像是地球，就好像你让我回去了一样。”

“你可以和下一批人一起回到这里。现在回家吧。”

她考虑着反抗，逼着它给她下激素，然后把她带回去。但这似乎是一个毫无意义的姿态。至少她有另一个机会加入人类团体，有机会去教导他们，但没有机会成为他们的一员。永远都没有。永远没有吗？

另一个机会在说：“学了再跑！”

这次她会给他们提供更多的信息。他们的未来将会拥有漫长而健康的生命。也许他们能找出欧安卡利人对他们所做的事情的答案。也许欧安卡利人也会有疏漏，说不定有少数有生育能力的人能逃过一劫，并找到彼此。也许吧。学了再跑！如果她已经迷失方向，其他人没必要也一起迷失。人类不必如此。

　　她任凭尼卡吉领着她走进黑暗的森林，走向一个隐蔽的陆上出口。